Osman Engin

Tote essen keinen Döner

Don Osmans erster Fall

Kriminalroman

Deutscher Taschenbuch Verlag

Von Osman Engin
sind im Deutschen Taschenbuch Verlag erschienen:
Kanaken-Gandhi (20476)
GötterRatte (20708)
Oberkanakengeil (20631)
Don Osman (20799)
West-östliches Sofa (20908)
Getürkte Weihnacht (20931)
Don Osman auf Tour (20996)

Originalausgabe
Januar 2008
2. Auflage April 2008
Deutscher Taschenbuch Verlag GmbH & Co. KG,
München
www.dtv.de

Umschlagkonzept: Balk & Brumshagen
Umschlagbild: Til Mette
Gesetzt aus der Perpetua
Satz: Greiner & Reichel, Köln
Druck und Bindung: Druckerei C. H. Beck, Nördlingen
Gedruckt auf säurefreiem, chlorfrei gebleichtem Papier
Printed in Germany · ISBN 978-3-423-21054-6

Einstimmig ins Unglück

Wenn ich geahnt hätte, dass mir die neue Wohnung zwar weniger Miete und niedrigere Nebenkosten, dafür aber wesentlich mehr Ärger und höhere Leichenzahlen bescheren würde, wäre ich niemals in dieses Horrorhaus gezogen.

Aber eins nach dem anderen, ich meine: eine Leiche nach der anderen. Ich muss meine wahnwitzige Mordsgeschichte von Anfang an erzählen – also bevor die Toten laufen lernten. Von dem Zeitpunkt an, als ich noch richtig glücklich, die Mörder relativ unschuldig, die Leichen ziemlich lebendig und die Schwarzarbeiter noch Weißarbeiter waren …

Eines schönen Morgens rufe ich nach dem Frühstück meine Familie zu einem runden Tisch an unserem eckigen Esstisch zusammen – ein bisschen gelebte Demokratie kann ja schließlich nicht schaden. Und aus langjähriger, leidvoller Erfahrung weiß ich, dass ich am demokratischsten bin, wenn ich mich vorher richtig satt gegessen habe. Dann bin ich manchmal sogar imstande, meinen kommunistischen Sohn Mehmet, den ewigen Studenten, ohne lautes Zähneknirschen zu ertragen.

Das heutige Thema unserer Familienbesprechung ist selbst ihm so wichtig, dass er, entgegen seiner lebenslänglichen Gepflogenheiten, vor zwölf Uhr mittags aufgestanden ist, um am Plenum teilzunehmen. Mit seinem ungewaschenen, zerknautschten Gesicht, seinen fettigen, langen Haaren und den zerknitterten Boxerschorts sitzt er mir im Unterhemd gegenüber. Neben ihm sehen meine Töchter Nermin, Zeynep und Hatice wie drei frisch gepflückte Rosen aus. Aber wie gesagt, da ich gerade gefrühstückt habe, bin ich unglaublich tolerant; ein Bilderbuchdemokrat durch und durch sozusagen.

Nachdem meine Frau allen Anwesenden einen kleinen Verdauungsmokka eingeschenkt hat, eröffne ich den runden Tisch. Mit dem Löffelchen an die Mokkatasse klopfend, verschaffe ich mir Gehör:

»Einen wunderschönen guten Morgen, meine liebe Familie. Wir sind heute hier an unserem heiligen Esstisch zusammengekommen, um über eine weitere glorreiche Epoche im Leben der ruhmreichen Familie Engin zu beraten. Ich danke euch für euer zahlreiches Erscheinen.«

»Vater, mach's kurz! Lass uns schnell abstimmen, damit ich wieder ins Bett kann, du weißt doch, dass ich heute Abend ...«

»Bitte nicht unterbrechen«, unterbreche ich Mehmet und fahre in meiner Rede fort, »liebe Familie, worum es geht, wisst ihr ja ...«

»Ja, Vater, wissen wir! Jetzt hau rein. Ich schlaf gleich ein«, meckert mein Sohn schon wieder.

»Nun gut, kommen wir zur Sache. Wie ihr alle wisst, steht die bisherige Wohnung meines lieben Arbeitskollegen Abdullah-Ibrahim zur Disposition. Wollt ihr ...«

»Ja, wir wollen! Und damit ist alles geklärt. Gute Nacht!«

»Mehmet, bitte halt die Klappe! Meine liebe Frau Eminanim und meine lieben Töchter Nermin, Zeynep und Hatice, bitte lasst euch von eurem unhöflichen und aufdringlichen Sohn und Bruder nicht bevormunden. Die heute zur Debatte stehende Existenzfrage ist extrem heikel: Wollen wir wirklich in diese große, schöne und außerordentlich preisgünstige Wohnung meines Arbeitskollegen Abdullah umziehen, oder bleiben wir weiter hier in unserem gemütlichen Karnickelweg 7b?«

»Na klar, Leute, wir ziehen um! Macht euch mal keine Gedanken wegen dem blöden Adolf. Darum kümmere ich mich schon«, versucht Mehmet erneut die übrigen Familienmitglieder zu beeinflussen. »Diesen durchgeknallten Skinhääd werde ich schon umerziehen. Oder ich vertreibe ihn genauso aus dem Haus, wie er das mit Onkel Abdullah gemacht hat.«

»Das finde ich ganz toll, mein Sohn, wie du an das Thema herangehst: immer demokratisch. Also, wer ist dafür, dass wir aus dieser Wohnung ausziehen und in die größere Wohnung von Onkel Abdullah-Ibrahim einziehen? Finger hoch!«

Meine siebzehnjährige Tochter Nermin streckt wie eine Erstklässlerin energisch ihren Zeigefinger in die Höhe und kreischt:

»Ich bin dafür, ich bin dafür! Ich schreibe gerade an einer Arbeit über Rechtsradikale in Deutschland. Dann hätte ich immer einen leibhaftigen Nazi ganz in meiner Nähe, den ich ständig für alle meine Forschungszwecke benutzen und interwjuen könnte!«

»Osman, du weißt, was mein Opa, Allah hab ihn selig, immer gesagt hat, ›Finde keine gute Wohnung, sondern finde gute Nachbarn‹«, meldet meine Frau Eminanim Bedenken an.

»Na und? Gute Nachbarn haben wir weder dort noch hier«, setzt Mehmet seine Lobbyarbeit für die neue Wohnung fort.

Ich fange langsam an, mir gewaltige Sorgen um unsere junge, aufstrebende Familien-Demokratie zu machen, da die jüngeren Geschwister der rigorosen Meinungsmache dieses grauenhaften Despoten Mehmet auf Dauer sicherlich nicht gewachsen sein werden.

»Ich will eine Wohnung, in der ich meine Ruhe habe, in der ich mich sicher, wohl und zu Hause fühlen kann«, ruft Eminanim, »und ich weiß, was dieser Adolf und seine unverschämten Freunde mit der armen Familie von Abdullah angestellt haben.«

»Mutter, hör mir doch mal zu. Du musst dir keine Sorgen machen. Darum habe ich mich schon gekümmert. Ich habe mir diesen Adolf erst gestern auf offener Straße vorgeknöpft. Ich habe ihm klar und deutlich gesagt: ›Wenn du deine dämlichen Spielchen auch mit uns treibst, schlage ich dir die Birne ein!‹.«

»Mehmet, sieh dich vor, diese Nazis sind schwer kriminell«, ruft Nermin.

»Ich möchte nicht, dass du mit diesem Adolf auch nur ein Wort wechselst! Ich habe dich nicht großgezogen, damit du im Gefängnis landest!«, meldet sich wieder die besorgte Mutter zu Wort.

»Ach, wäre doch nicht schlecht«, mischt sich meine achtzehnjährige Tochter Zeynep ein, »wenn Mehmet im Knast ist, dann bekomme ich sein Zimmer und brauche mich endlich nicht mehr vor meinem Verlobten Luigi zu schämen, dass ich immer noch ein Zimmer mit meiner Schwester teilen muss!«

»Stopp, stopp«, stoppe ich sie, »noch seid ihr ja nicht verlobt! Noch hat dieser Mafioso nicht um deine Hand angehalten – zumindest nicht bei mir! Und solange kommt mir dieser Rotzlöffel nicht ins Haus; weder in das alte noch in das neue!«

»Wenn Zeynep einen Mann bekommt, dann will ich einen Hund haben«, sagt meine feministische Tochter Nermin. »Seit Jahren erlaubst du es mir nicht, weil die Wohnung angeblich zu klein ist. Aber die neue Wohnung ist ja dann endlich groß genug! Da hat nicht nur ein Hund, sondern auch noch eine Katze und ein Hamster Platz.«

»Warte, warte, nicht so schnell. Lass uns doch in der neuen Wohnung erst mal ein paar Tage selber wohnen, bevor wir sie in einen Zoo umfunktionieren.«

»Lass uns in der neuen Wohnung erst mal selber wohnen, hast du gesagt, Vater«, ruft Mehmet. »Damit ist die Sache beschlossen. Wir ziehen um. Gute Nacht allerseits!«

Kannibalen ziehen um

Nach dreizehn völlig kaotischen Tagen, wobei nicht die Zahl der Tage, sondern die Zahl meiner Kinder für das ständige Kaos verantwortlich war, ziehen wir endlich um. Und das, obwohl die Wohnung noch nicht renoviert worden ist.

Ich komme mit einem riesengroßen Umzugskarton in die neue Wohnung rein und bin völlig kaputt. Mehmet und Zeynep sitzen faul auf einem Stapel Umzugskartons und tippen wie wild auf ihren Händys rum. In der Ecke sehe ich meine Frau etwas auf einen Notizblock kritzeln. Selbst die Möbelpacker sind fleißiger als meine Familie.

»Sagt mal, bin ich der Einzige in der Familie, der hier arbeitet, oder was? Eminanim, was hast du denn ausgerechnet jetzt so Wichtiges zu schreiben?«, keuche ich wie ein halb abgestochener Kampfstier durch die Nase.

»Osman, wie ich dich kenne, wirst du gleich wie ein kleines Bäby anfangen rumzuplärren: Ich habe Hunger, ich kann nicht mehr, ich habe Hunger.«

»Seit wann schreibst du denn erst mal auf, was du kochen willst?«

»Kochen? Wieso kochen? Siehst du hier irgendwo eine Küche? Ich notiere doch nur, was ich bei Luigi bestellen muss: Zeynep will Pizza Hawaii, Nermin möchte grünen Salat mit Keimlingen. Du willst sicherlich eine doppelte

Pizza mit allem drauf, was Luigi in der Restaurantküche finden kann, und Mehmet kriegt eine Pizza Kuba.«

In dem Moment kommt meine kleine Tochter Hatice mit einem leckeren, dampfenden Döner in der Hand herein. Mit der anderen Hand und den Füßen schiebt sie ein Skäitbord durch die Tür, auf dem sie ihren Computer und den Monitor transportiert.

Hocherfreut laufe ich sofort zu ihr:

»Meine Tochter, meine Retterin, mein Döner!«

Sie zeigt mir mit vollem Mund einen Vogel, rennt blitzschnell wieder raus und knallt die Tür hinter sich zu.

Ich bleibe mit offenem Mund und völlig verdattert vor der Tür stehen. Kaum habe ich mich umgedreht, kommt Hatice wieder rein und versucht mit weit aufgerissenen Augen den letzten Bissen Döner herunterzuwürgen.

»Wie die Mutter, so die Tochter«, rufe ich enttäuscht.

»Den Zwerg habt ihr zu einer richtigen Kapitalistin erzogen«, lästert Mehmet, »sie lässt sogar ihren eigenen Vater verhungern.«

»Hallo Osman, hallo Eminanim«, ruft mein guter alter Kumpel Abdullah-Ibrahim und kommt mit zwei Tabletts belegter Brötchen herein. »Weil ihr ja mit dem Umzug so beschäftigt seid, hab ich ein paar Brote für euch gemacht. Wo soll ich die hinstellen?«

Noch bevor er sie irgendwo abstellen kann, werden ihm sämtliche Brötchen aus der Hand gerissen.

»Der Einzige, auf den ich mich wirklich verlassen kann, ist mein alter Kumpel Abdullah-Ibrahim«, rufe ich, »danke, Abdullah-Ibrahim, komm her, ich muss dich abknutschen!« Er scheint aber auf meine Küsserei nicht so versessen zu sein und flüchtet sofort.

»Osman, gut, dass wir in diese Wohnung gezogen sind. Endlich mal ein ordentlich großes Wohnzimmer«, strahlt meine Frau.

»Ja, Eminanim, so groß wie ein Fußballstadion«, schaue ich mich stolz um.

»Toll, diese Ecke mit den vielen Steckdosen ist genau richtig für mich«, freut sich Mehmet. »Hier kommt meine Redaktion hin.«

»Nix da«, rufe ich sofort und schmeiße ihn, noch bevor er eingezogen ist, aus den Redaktionsräumen hinaus. »Im Wohnzimmer darfst du dich nicht breitmachen. Außerdem liest deinen Quatsch sowieso kein Schwein.«

»Das hättest du wohl gerne. Aber damit du es weißt: Hier herrscht Pressefreiheit. Schließlich leben wir in einem demokratischen Land.«

»In diesem Haus bin ich das Gesetz«, rufe ich wie ein junger John Wäyn.

»Schatz, ich habe mich wohl verhört?«, sagt meine Frau, »hier entscheide ich, das solltest du eigentlich inzwischen gelernt haben. Ich bin der Diktator!«

»Diktatorin, Mutter, das heißt Diktatorin, bitte schön«, ruft meine feministische Tochter Nermin aus dem Badezimmer.

»Wie, gibt's so was wirklich? Oder willst du mich auf den Arm nehmen?«, fragt Eminanim.

»Für deine Tochter gibt's das schon«, sagt Mehmet, »für sie gibt's keinen Stuhl, sondern eine Stühlin, und keinen Computer, sondern eine Computerin. Und hübsche Frauen darf ich auch nicht auf meine Titelseite nehmen, das ist ja frauenfeindlich – hässliche erst recht!«

»Bääh, Onkel Abdullahs Brötchen schmecken scheiße.

Da ist weder Pfeffer noch Salz drauf«, meckert Hatice, schnappt sich von der Fensterbank eine Dose mit schwarzem Pfeffer und streut das scharfe Zeug mit der Hand sehr großzügig auf die gesamten Brötchen.

»Osman, alle unsere Freunde und Bekannten werden vor Neid zerplatzen, wenn sie diese super Wohnung sehen«, freut sich Eminanim.

»Und die neuen Nachbarn erst! Hoffentlich merken die nicht, dass wir die teuren Leihmöbel die ganze Zeit vorne rein und zur Hintertür wieder raus tragen.«

»Osman, das war meine Idee. Du hast ja nie so geniale Einfälle.«

»Frau, was soll das denn jetzt heißen? Und was ist mit dem tollen Außenlift und den zwei zusätzlichen LKWs mit Anhänger?«

»Ach, ich weiß ganz genau, dass die Umzugsfirma selber dir dieses ›Angeber-Paket‹ vorgeschlagen hat.«

»Ja, aber ich wollte es auch haben, damit die Nachbarn nicht denken, wir gehören zur Unterschicht, nur weil wir viele türkische Kinder haben.«

»Ich glaub's einfach nicht! Wir ziehen doch nur vom Karnickelweg 7b in den Karnickelweg 57c um. Vater, wie viel hast du denn für diesen schwachsinnigen Zirkus bezahlt?«, ruft Mehmet und schlägt seinen Kopf gegen die weiche Polsterung des neuen Sofas.

»Pass auf, das Sofa ist doch nur für den Umzug ausgeliehen. Mach es bloß nicht kaputt. Das geht heute noch zurück.«

»Mit der Kohle könnte ich sicher zwei Ausgaben meiner Zeitschrift ›Wahrheit, nichts als die Wahrheit‹ finanzieren.«

»Und ich hätte von dem Geld noch einen Computer kriegen können, um zwei Spiele gleichzeitig zu spielen«, meckert Hatice.

»Und ich hätte sie endlich bekommen, meine zwei öh eh …«, ruft Zeynep und formt vor ihrer Brust zwei Rundungen mit ihren Händen.

»Zwei Silikon-Titten, nicht wahr? Oh Gott, gibt's denn in diesem Haus keinen einzigen vernünftigen Menschen? Ich drehe gleich durch«, schimpft Nermin.

Mit meinem Brötchen in der Hand gehe ich zum Fenster und beobachte das Treiben der Möbelpacker auf der Straße. Mit einem Außenlift werden ständig Möbel in die erste Etage hochgeschickt und über die Außentreppe hinten wieder in den Garten runtergetragen, um dann erneut von vorne über den Außenlift hochgefahren zu werden.

Eminanim ist auch sehr erfreut über diesen Anblick und stößt mich mit dem Ellbogen an:

»Osman, siehst du, wie die ganzen Nachbarn hinter ihren Gardinen stehen und unseren Hausrat voller Neid anglotzen?«

Plötzlich springt Mehmet auf, rennt auf die Straße und brüllt:

»Leute, damit ihr Bescheid wisst, diese Umzugsmöbel haben wir nur für euch ausgeliehen. Das ist alles Lug und Trug. Die Enthüllungsstory darüber könnt ihr nächsten Monat in meiner Zeitschrift ›Wahrheit, nichts als die Wahrheit‹ lesen.«

Dann springt er auf das weiße Sofa, das gerade zum vierten Mal mit dem Außenlift in die Wohnung befördert wird. Für seinen Mut bekommt er selbst von den Möbelpackern Beifall zu hören.

In dem Moment taucht Nermin mit einem Tablett Teegläser aus dem Badezimmer auf und hält mir das übel riechende Zeug stolz vor die Nase.

»Kind, was ist das denn für ein Tee? Willst du mich vergiften?«

»Hab keine Angst. Das ist was ganz Gesundes. Das ist Brennnessel- und grüner Tee, gemischt mit einer Prise Schnittlauch und Ingwer.«

»Muss jetzt auch noch der Tee zu deiner Haarfarbe passen?«, stöhne ich.

»Dieser Tee ist super! Ganz Deutschland trinkt das zurzeit.«

»Nermin, das glaubt dir aber keiner«, mischt sich Mehmet ein. »Du musst in meiner Zeitschrift eine ganzseitige Farbanzeige dafür schalten. Und das ein paar Monate lang. Anders wirst du das Volk hier nicht davon überzeugen können.«

Wütend schnappt sich Nermin das Tablett und geht wieder zurück.

»Nicht wegkippen«, ruft Eminanim, »wenn die Deutschen so was mögen, dann verfüttern wir es doch einfach an unsere netten Möbelpacker.«

»Genau, die Jungs sind so müde, die merken gar nicht, was das für ein Tee ist«, sage ich.

»Und was ist, wenn alle Männer hier vor unseren Augen abkratzen?«, fragt Mehmet.

»Das nennt man halt Berufsrisiko.«

»Wie ihr wollt. Dann trinke ich eben meinen Tee alleine«, zischt Nermin eingeschnappt.

»Wenn du schlau bist, dann gibst du vorher dein Testament bei mir als ganzseitige Anzeige auf. In dem Fall bestehe ich aber auf Barzahlung im Voraus«, schlägt ihr Bruder vor.

Die Tür geht erneut auf und mein Kumpel Abdullah-Ibrahim tritt wieder ins Zimmer:

»Hallo Fäns, ich hatte gerade eine Eingebung. Mehmet, ich habe wieder ein wundervolles Gedicht für deine Zeitung verfasst. Absolut genial!«

»Abdullah-Ibrahim, muss das denn unbedingt jetzt sein, wir haben noch so viel zu tun«, flehe ich ihn an.

»Osman, mein neues Gedicht beschreibt aber deine grandiose Karriere! Von deiner ruhmreichen Auswanderung aus unserem wunderschönen Dorf in Anatolien bis hin zu dem Einzug in diese Prachtvilla, die ich leider räumen musste. Setzt euch alle hin, so was Schönes habt ihr noch nie gehört!«

»Leute, setzt euch doch endlich hin«, rufe ich, »wann schreibt schon mal jemand ein Gedicht über mich!«

»Danke, Osman, du Stolz unseres Heimatdorfes! Mein Künstlerherz weiß dein Interesse zu schätzen. Also, hört zu:

Beim Morgengrauen machte er sich auf den Weg,
Die Wurzeln in der Hand ...«

»Stopp mal, stopp mal«, ruft Eminanim, »ich war ja dabei, Osman hatte nur einen Koffer in der Hand und keine Möhren.«

»Aber Eminanim, das ist doch nur eine Metapher. Das nennt man künstlerische Freiheit. Wir Dichter dürfen das. Mit Wurzeln meine ich, dass er nur seine Vergangenheit dabeihatte und sonst gar nichts. Ich fang noch mal von vorne an. Also, hört doch mal zu:

Beim Morgengrauen machte er sich auf den Weg,

Die Wurzeln in der Hand …
Seine Berge, seine Felder, sein Weib, sein Leid,
Winkten ihm hinterher, ohne einen Funken Neid …«

»Abdullah, das stimmt nun schon wieder nicht! Osman hat kein einziges Stück Land gehabt«, protestiert meine Frau erneut.

»Das ist Tatsachenfälschung, Onkel Abdullah, das geht nicht. So darf ich dieses Gedicht nicht in meiner Zeitung veröffentlichen«, meckert auch Mehmet.

»Du Banause«, rufe ich. »Du hast doch gehört, das nennt man künstliche Freiheit. Und jetzt seid doch endlich mal alle ruhig. Abdullah-Ibrahim, mein lieber Freund, du Stern meines Dorfes, lies weiter, was du über mich so Schönes geschrieben hast.«

Abdullah steht erneut auf, macht eine große Geste, so wie jeder bedeutende Schriftsteller, der kurz vorher den Literatur-Nobelpreis gewonnen hat, und fährt fort:

»*Der Zug fuhr immer weiter, immer weg …*«

»Abdullah-Ibrahim, ich will dir in deine künstliche Freiheit ja nicht reinreden, aber in Wirklichkeit bin ich mit dem Ford-Transit von meinem Arbeitskollegen Hasan hierhergekommen.«

»Das ist nicht so wichtig, Osman, das weiß doch kein Schwein mehr. Aber wenn du willst, kann ich es sofort ändern. Also, jetzt pass auf:

Der Ford-Transit fuhr immer weiter, immer weg …«

Plötzlich knallt Abdullah die Haustür in den Rücken und die Möbelpacker rufen:

»Nicht im Weg herumstehen, Leute! Sonst werden wir nie fertig.«

Abdullah beobachtet mit großen Augen, wie die Möbelpacker mit einer Kommode zur Balkontür reinkommen, um sie dann über die Hintertreppe wieder in den Garten rauszutragen.

»Ich will mich ja nicht einmischen, aber ist das normal, was die da machen?«, fragt er irritiert.

»Das ist die künstlerische Freiheit der Möbelpacker«, sagt Mehmet, »Packer-Metapher nennt man so was.«

In diesem Moment stürmt unsere neue Nachbarin Frau Weißbrot vom Dachgeschoss in unser Wohnzimmer. Als die alte Dame meine Familie erblickt, bleibt sie erschrocken stehen und fängt an zu brüllen:

»Hilffeee, Hilfeee, Einbrecher, Mördeeerrrrr!«

»Aber nicht doch, gnädige Frau«, versucht Eminanim sie zu beruhigen.

»Hilfeee, Einbrecher, Mördeeerrrrr, Ausländeeerrrr!«

»Nermin, gib ihr eine volle Tasse von deinem komischen Tee«, ruft Mehmet.

»Oma Elfriede, das sind doch nur die neuen Mieter«, stellt Abdullah-Ibrahim uns vor.

»Gute Frau, wir tun Ihnen nichts. Wir wohnen ab heute nur hier«, sage ich.

»Hilfeee, Einbrecher, Ausländer, Hausbesetzer!«

»Oma Elfriede, hören Sie mir mal zu. Ich habe ein neues Gedicht geschrieben. Sie finden doch meine Gedichte immer so schön«, sagt mein Arbeitskollege sanft.

»Hey, weg da!«

Wieder knallt meinem Kumpel die Tür in den Rücken.

»Abdullah, geh doch endlich von der Tür weg.«

»Der liebe Abdullah-Ibrahim hat früher auch schöne Gedichte geschrieben«, sagt die Oma plötzlich ruhig. »Besonders die, die er über mich und meinen Alois verfasst hat, waren herrlich. Und viel früher, noch vor Abdullah-Ibrahim und seiner Familie, da habe ich mit meinem Mann Alois in dieser Wohnung gewohnt. Aber danach sind wir nach oben in die etwas kleinere Dachgeschosswohnung gezogen. Und dieses Fenster war früher der Lieblingsplatz meines verstorbenen Mannes. Hier saß er den ganzen Tag und hat die Straße beobachtet. Als die Wohnung frei wurde, habe ich ihn wieder an seinen Lieblingsplatz gestellt«, sagt sie, geht zur Fensterbank, nimmt vorsichtig die Dose mit dem schwarzen Pfeffer, den Hatice eben großzügig über die Brötchen gestreut hat, und streichelt sie liebevoll und zärtlich.

»Darf ich bekannt machen? Das hier ist mein Mann Alois Weißbrot. Als vor ein paar Wochen sein gutes Herz plötzlich aufgehört hat zu schlagen, habe ich ihn sofort einäschern lassen. Wenn Sie es mir erlauben, würde ich ihn noch eine Weile hier am Fenster verweilen lassen, damit er wie früher glücklich die Straße beobachten kann.«

Ich spüre, wie sich mein Magen zu drehen beginnt. Alle im Raum laufen grün an und geben Würgegeräusche von sich. Eine Sekunde später fängt die große Rennerei an. Nermin schaltet am schnellsten, deshalb ist das Badezimmer leider schon besetzt. Auf die Gefahr hin, das Treppenhaus zu versauen, laufe ich in den Keller und versuche mein Glück in der Waschküche. Vorher entschuldige ich mich noch bei meinem Kumpel:

»Abdullah-Ibrahim, wir haben uns alle irgendwie den Magen verdorben, aber mach dir keine Sorgen, weder deine Brötchen noch deine Gedichte sind daran schuld!«

Mord im Karnickelweg

Auf halbem Wege in die Waschküche höre ich meine Frau im Keller kreischen.

»Hiiiilfeee, Hiiiiiiiilllfeeeeee!«, schreit sie so laut, als würde nicht sie den Opa, sondern er sie aufessen – und das bei lebendigem Leibe.

»Frau, brüll doch nicht das ganze Haus zusammen«, rufe ich unten angekommen, »du bist nicht die Einzige, die Herrn Weißbrot mit viel Käse runtergeschlungen hat.«

»Osman, ich ... ich ... ich bin eine Mörderin!!«

»Eminanim, übertreib doch nicht so! Der Mann war schon tot«, rufe ich in die Plastiktüte vor meinem Mund und laufe auch in die Waschküche rein.

»Ich bin eine Mörderiiiinn!«

»Ich würde sagen, du bist eine Kannibalin, so wie wir alle.«

»Da, da, da«, stottert meine Frau und zeigt mit riesengroßen Augen auf einen regungslosen Körper, der auf dem Kellerboden liegt. »Ich habe ihn umgebracht! Mein Gott, ich habe diesen armen Adolf umgebracht!«

»Wie hast du das denn so schnell geschafft?«, frage ich genauso schockiert.

»Die Kellertür ging nicht auf! Ich habe gerüttelt und gerüttelt! Dann habe ich ihr einen Tritt gegeben und es hat gekracht. Ich habe ihm die schwere Stahltür an den Kopf gehauen! Der ist bestimmt tot!«

»Du hast recht! Der sieht wirklich tot aus.«

»Sage ich doch! Ich bin eine Mörderin! Aber ich wollte das ganz bestimmt nicht! Die Tür hat geklemmt! Da habe ich mich mit voller Kraft dagegengeworfen. Und der arme Mann hat wohl dahinter gestanden!«

»Kann sein, Eminanim, aber daran ist er nicht gestorben. In seinem Schädel stecken drei Kugeln! Kein Mensch kann mit drei Kugeln im Kopf lange hinter einer Kellertür stehen!«

»Das fängt ja gut an, es sieht so aus, als hätte die neue Wohnung uns gute Nachbarn beschert. Den einen haben wir gerade gemütlich vernascht, und der zweite liegt gleich neben der Tiefkühltruhe. Ich glaube, hier werden wir so schnell nicht verhungern«, sagt Mehmet, der den Schock scheinbar am schnellsten überwunden und seine normale Gesichtsfarbe zurückgewonnen hat.

»Mehmet, ich will schwer hoffen, dass das Notwehr war!«, zische ich.

»Was soll das denn heißen, Vater? Ich hab damit nichts zu tun. Ich sehe ihn hier, mit den drei Löchern im Kopf, zum ersten Mal, genauso wie ihr.«

»Osman, was macht dich so sicher, dass ich den Mann nicht mit der Tür erschlagen habe?«, fragt meine Frau, immer noch am ganzen Körper zitternd.

»Ganz einfach, schau dir doch diese drei großen Löcher in seinem Kopf an.«

»Nein, das will ich nicht sehen! Mir ist so schlecht!«

»Außerdem sieht es so aus, als wenn bei ihm auch noch mehrere Knochen gebrochen wären.«

»Also bin ich's doch gewesen!«, fängt Eminanim erneut an zu jammern. »Ich habe genau gehört, wie alle seine Knochen zersplittert sind.«

»Der hat aber davon nichts mehr gehört, mach dir mal keine Gedanken. Die Toten merken nicht mal, wenn man sie mit Brötchen und Käse verspeist.«

»Öööööhhh!!«, Eminanim kriegt schon wieder einen Würganfall.

»Bitte, geh nach oben, bevor die anderen auch hierherkommen. Und erzähl bloß nicht, dass wir eine Leiche im Keller haben!«

Eminanim lässt sich das nicht zweimal sagen und flüchtet schluchzend aus der Waschküche.

Da ich noch nicht so geübt darin bin, die genaue Todeszeit bei Leichen zu diagnostizieren, frage ich Mehmet ganz pauschal mit einem treuherzigen Augenaufschlag wie Colambo:

»Wo waren Sie von letzte Woche Donnerstag bis jetzt?«

»Vater, geht's dir noch gut? Ich bin's nicht gewesen! Eine Leiche im eigenen Keller verstecken, sag mal, für wie blöd hältst du mich eigentlich?«

»Wo verstecken Sie denn sonst Ihre Leichen?«, dränge ich ihn mit meinen raffinierten Fragen in die Ecke.

»Warum siezen wir uns eigentlich plötzlich? Du bist nicht Colambo, auch wenn dein Gesicht wie sein ungebügelter Mantel aussieht.«

»Du bist hochgradig verdächtig, Mehmet. Schließlich hast du dem Mann in der letzten Zeit auf der Straße mehrfach vor allen Leuten gedroht, dass du ihn kaltmachen willst.«

»Mensch, Vater, das ist doch nur so 'n Spruch. Das habe

ich in meinem Leben schon mindestens hundert Leuten gesagt, aber nur der eine liegt hier. Außerdem war ich, wie du weißt, gerade eine Woche lang bei meiner Freundin. Unsere beiden Wohnungen sind ja völlig unbewohnbar.«

»Ich nehme dein Alibi erst mal zur Kenntnis. Obwohl ich mir sicher bin, dass deine Freundin dich zwischendurch öfters rausgeschmissen hat. Kein Mensch kann dich eine Woche lang ununterbrochen ertragen. Aber was machen wir jetzt mit ihm hier?«

»Die Polizei anrufen, was denn sonst?«

»Bist du wahnsinnig? Die würden dich auf der Stelle verhaften. Und als Zugabe mich gleich noch dazu.«

»Wieso sollen sie mich denn verhaften?«

»Halloooo, Mehmet, tickst du nicht mehr richtig? Du warst doch derjenige, der überall rumgetönt hat, du wirst ihn kaltmachen. Und jetzt liegt er ziemlich kalt in unserem Keller!«

Da kommt Eminanim wieder völlig außer sich in den Keller gerannt.

»Die Mädchen da oben sind immer noch mit ihrer Kotzerei beschäftigt. Zum Glück hat Oma Elfriede überhaupt nicht gemerkt, dass wir die Hälfte von ihrem Mann vernascht haben. Nermin hat gleich schwarzen Pfeffer nachgefüllt. Aber was passiert jetzt mit ihm?«

»Gar nichts, ich habe ihn schon verdaut«, sage ich.

»Nein, ich meine, mit dem Kerl hier im Keller. Wir müssen die Polizei rufen.«

»Nein, wir können das unmöglich der Polizei melden. Die stecken Mehmet sofort für zwanzig Jahre in den Knast! Warten wir ein paar Tage ab, vielleicht bekommt der Mörder ja ein schlechtes Gewissen und stellt sich selbst. Ansonsten können wir die Leiche ja immer noch irgendwie verschwinden lassen.«

»Wenn wir schon dabei sind, lasst ihn uns auch aufessen. Viel schlimmer als Opa Weißbrot kann der doch nicht schmecken«, sagt Mehmet.

»Kommt, wir stecken ihn in die Tiefkühltruhe. Wir können die Leiche ja nicht hier rumliegen lassen«, rufe ich.

»Osman, du kannst mir doch keine Leiche in die Tiefkühltruhe legen, das ist doch ekelhaft«, sagt Eminanim.

»Hast recht, am besten, wir verstauen ihn zuerst in einer anständigen Plastiktüte, dann kann er nichts einsauen.«

»Und bekommt auch keinen Gefrierbrand«, gibt Mehmet wieder einen seiner überflüssigen Kommentare ab.

Eminanim kommt mit einer Plastikplane an, die ich für die Malerarbeiten gekauft habe. Mehmet und ich rollen die Leiche ordentlich ein und stecken sie in die Tiefkühltruhe. Und die beiden Hammelköpfe packen wir als Tarnung obendrauf.

Mit angewidertem Gesicht und Tränen in den Augen wischt Eminanim die Spuren vom Fußboden weg.

»So, jetzt können wir nach oben gehen. Aber lasst euch ja nichts anmerken«, sage ich, während ich das Licht im Keller ausmache und die Treppen erklimme.

»Oh, es hört sich so an, als wären die Möbelpacker mit ihrer Arbeit schon fertig«, wundert sich Mehmet auf dem Flur.

»Ich habe denen vorhin gesagt, die können mit der Schow aufhören und nach Hause gehen. Und Abdullah-Ibrahim ist zum Glück auch schon weg«, sagt Eminanim.

»Da seid ihr ja endlich! Keine Angst, Frau Weißbrot ist schon gegangen«, empfängt uns Zeynep oben.

»Wer zum Teufel ist das denn jetzt?«, flippe ich aus.

Nun ja, so bin ich halt. Wenn ich Stress habe, reagiere ich leicht reizbar. In der letzten Zeit hatte ich auch relativ selten Leichen im Keller. Ich vermute, dass meine Reizbarkeit ein bisschen damit zusammenhängt.

»Mensch, Papa, Frau Weißbrot ist doch die ältere Dame von oben, deren Alten wir vorhin runtergeschlungen haben. Ein bisschen blöd hat sie schon geguckt. Ich glaube, sie hat geahnt, dass ihr Alois etwas abgenommen hat. Ich hab ihr gesagt, dass es bei älteren Menschen häufiger vorkommt, dass der Knochenschwund erst nach dem Tod einsetzt«, ruft Nermin aus dem Badezimmer.

»Hauptsache, die Leiche ist weg«, sage ich.

»Osman, so wie es aussieht, wirst du als Erster den Mord ausplaudern«, zischt mir meine Frau vorwurfsvoll ins Ohr.

»Ich wollte nur die Reaktionen von Zeynep und Nermin testen, wenn sie das Wort ›Leiche‹ hören«, flüstere ich oberschlau zurück.

»Du spinnst ja wohl!«, schimpft sie und zerrt mich ins Schlafzimmer oder vielmehr in den Raum, der mal unser Schlafzimmer werden soll.

»Osman, wie kannst du nur so was denken? Unsere Töchter haben mit dem Mord nichts zu tun, hast du verstanden!«

»Frau, mit Mördern kenne ich mich ganz gut aus – ich habe genügend Krimis gesehen! Eins ist doch klar: Am Ende ist immer derjenige der Mörder, bei dem man es am allerwenigsten vermutet. Was meinst du wohl, warum ich vorhin im Keller Mehmet sein Alibi einigermaßen abgenommen habe? Denkst du, weil er gesagt hat, dass er den Mann nicht umgebracht hat? Nein, ganz im Gegenteil, eigentlich weil er wie der leibhaftige Mörder aussieht. Zum Schluss, am Ende des Films, sind die wahren Mörder immer diejenigen, die völlig harmlos aussehen – so wie deine Töchter.«

»Halloo, Osman, komm zu dir! Wir sind hier nicht im Fernsehen. Das ist nicht ›Derrick‹, was hier abläuft. Wir haben im Keller eine richtige, echte Leiche! Ich werde noch verrückt!«

»Ich auch, Eminanim, hoffentlich ist das alles nur ein böser Traum. Kneif mich mal … Auaaa, bist du bescheuert! Schau dir das an, das wird ein riesengroßer blauer Fleck. Die Polizei wird denken, dass ich mich vorher mit Adolf geprügelt habe.«

»Ach, Osman, zum Schluss bleibt es sowieso an mir hängen.«

»Also, Eminanim, wenn überhaupt, dann bist du bestenfalls Mörderin dritten Grades. Vorher haben ihn ein paar Leute in die Zange genommen und ihm jeden zweiten Knochen gebrochen. Und dann hat ein anderer ihm drei Kugeln in den Kopf geschossen. Von mir aus hast du ihn zum Schluss noch mit der Kellertür erschlagen. Aber das ist unwichtig, weil du es ja nicht absichtlich getan hast und dieser Adolf schon längst tot war. Verstehst du, was ich sagen will? Das Einzige, was sie dir vorwerfen können, ist: fahrlässiges Erschlagen einer toten Leiche im Affekt. Vermutlich nicht mal das. Denn in keinem meiner Krimis habe ich jemals von so einer Straftat gehört. Weder bei ›Colambo‹ noch bei ›Derrick‹, noch im ›Tatort‹.

Du kommst also als Mörderin noch weniger in Frage als deine Töchter.«

»Danke, dann kann ich ja gleich meine Sachen packen und für immer in den Knast wandern.«

»Wieso das denn?«

»Du hast doch gerade gesagt, dass zum Schluss immer derjenige der Mörder ist, von dem man es am wenigsten erwartet.«

»Also gut, Frau Engin, wo waren Sie von Donnerstag bis jetzt?«

»Osman, nerv mich nicht! Du weißt genau, wo ich war, du Idiot!«

»Sie können gehen, Frau Engin, Sie haben ein hieb- und stichfestes Alibi, was man von Ihrem Sohn nicht unbedingt behaupten kann.«

»Genau, Mehmet ist sehr tatverdächtig. Und deshalb kann er nicht der Mörder sein. Hast du eben auch gesagt.«

»Da bin ich mir mittlerweile nicht mehr ganz so sicher. Wir gucken uns ja keinen Krimi an, sondern wir stecken mittendrin.«

»Richtig! Wir sind die Familie, die zu Unrecht beschuldigt wird, die der Kommissar durch den Fleischwolf dreht und die der Richter anschließend in den Knast wirft!«

»Eminanim, noch dreht hier keiner irgendetwas. Noch weiß ja niemand, dass wir eine Leiche im Keller haben.«

»Doch, der Mörder weiß es. Und der wird uns verraten.«

»So, Leute, ich gehe schon mal los, die Pizzas holen«, brüllt Zeynep aus dem Flur.

»Fräulein, du weißt ganz genau, dass du da nicht alleine hingehen sollst«, brülle ich zurück.

»Sollen wir hier etwa alle verhungern?«

»Zeynep, du darfst nicht alleine dahin, bevor du mit diesem Mafiatypen Luigi verlobt bist.«

»Osman, stell dich doch nicht so an, die beiden sind doch so gut wie verlobt.«

»Was heißt hier ›so gut wie verlobt‹? Das ist ja so ähnlich wie ›ein bisschen schwanger‹.«

»Keine Angst, schwanger ist sie kein bisschen.«

»Das will ich auch schwer hoffen! Zeynep, wieso hat der Kerl keinen Lieferservice, so wie alle anderen Pizzabäcker?«

»Papa, du weißt doch, sein Laden ist ganz neu. Einen Fahrer kann er sich noch nicht leisten.«

»Und so einen willst du heiraten, der sich nicht mal einen pakistanischen Fahrer für 3,50 Euro die Stunde leisten kann?«

»Mein Luigi ist kein Ausbeuter. Wenn er jemanden einstellt, dann will er ihn auch anständig bezahlen können.«

»Er stellt bald eine Türkin ein, die umsonst für ihn arbeitet«, ruft Mehmet.

»Eine Türkin? Wer ist das? Ist sie jung, ist sie hübsch, wie sieht die aus?«, fragt Zeynep reichlich irritiert und ziemlich eifersüchtig.

»Na, wen schon? Dich natürlich. Wofür soll ein Mann dich denn sonst freiwillig heiraten?«

»Da wird er aber ein schlechtes Geschäft machen«, sage ich, »von dem Geld, das Zeynep für ihre Schminke braucht, kann er zehn illegale Pakistanis ein ganzes Jahr lang für sich schuften lassen.«

»Jetzt hackt nicht alle auf meiner Tochter rum«, wird Eminanim laut, »komm Kind, geh los und hol unsere Pizzas. Und grüß den netten Luigi von mir ganz herzlich. Der ist auch wirklich ein richtig hübscher Junge!«

»Ja, aber Mehmet und Hatice gehen mit ihr«, rufe ich, »ich will nicht, dass dieser lüsterne Dschigolo auf die Idee kommt, mit Zeynep Schweinkram zu machen. Ich kenne diese Typen aus Halle 4, die haben nur Weiber im Kopf!«

Breinstorming

Osman, jetzt komm rüber in die Küche. Ich werd wahnsinnig, wie es hier aussieht. Na ja, wenigstens den Wasserkocher kann ich anschmeißen. Wir müssen besprechen, wie es jetzt weitergehen soll.«

Lustlos latsche ich von der einen Bauruine in die andere. Mein Freund Sükrü – die Frage ist, wie lange er noch mein Freund ist – hat eine Baufirma. Und der hat mir versprochen, ein paar billige Arbeiter rüberzuschicken, um unsere Wohnung blitzschnell zu renovieren. Aber von denen fehlt seit Tagen jede Spur. Nur einmal sind sie gekommen und haben mit dem Presslufthammer die Kacheln in der Küche rausgehauen. Eminanim wollte unbedingt andere Kacheln haben, und jetzt haben wir gar keine. Dabei gibt es tausend andere Sachen, die die Jungs viel dringender renovieren müssten:

Die alten Schränke kriegen wir nicht in die neue Küche rein. Die Fliesen im Badezimmer sind fast alle kaputt. Die Badewanne muss erneuert werden. Das Laminat, das verlegt werden muss, stapelt sich immer noch in einer Ecke im Flur. Ein kaputtes Wohnzimmerfenster ist mit Plastikplane abgedeckt. Das Fenster sollte innerhalb eines Tages ausgetauscht werden, aber da die Firma nicht liefern kann, warten wir seit einer Woche bei ziemlich frischer Luft und hohen Heizkosten. Selbst schuld, würde Mehmet sagen, anstatt eine Möbelfirma zu bestellen, um groß anzugeben, hätten wir ein paar anständige Handwerker bestellen sollen und nicht die Schwarzarbeiter von Onkel Sükrü.

»Osman, du musst Verständnis haben, zurzeit gibt's jeden Tag irgendwo eine Razzia«, meinte Sükrü gestern im Café, »meine Männer haben alle Angst. Selbst die Albaner, die Ukrainer und die Kurden haben Schiss. Ich natürlich noch viel mehr! Wenn die mich jetzt zum dritten Mal erwischen, dann bin ich fällig.«

»Sükrü, in dem Loch können wir nicht wohnen! Wenn du keine Schwarzarbeiter für mich hast, dann schick wenigstens einen einzigen rüber, der eine Arbeitserlaubnis hat und versichert ist.«

»Osman, in welcher Welt lebst du eigentlich? Willst du mich auf den Arm nehmen? Wenn ich auch nur einen von meinen Jungs versichern und ihn nach Tarif bezahlen würde, dann könnte ich den Laden sofort dichtmachen.«

»Aber Sükrü, du hast doch über fünfzig Arbeiter!«

»Alle illegal!«

»Schöne Scheiße!«, sagte ich ihm.

»Schöne Scheiße!«, sagt Eminanim, »wir können aus dieser zerfallenen Bruchbude noch nicht mal flüchten.«

»Doch, das wäre vielleicht sogar das Beste. Lass uns sofort ausziehen. Soll sich der neue Mieter um Adolf Gedanken machen«, ruft Mehmet.

»Hey, was machst du denn hier?«, wundere ich mich. »Wolltest du nicht deine Schwester vor der italienischen Mafia schützen? Die türkischen großen Brüder sind auch nicht mehr das, was sie früher mal waren.«

»Wir müssen uns erst mal vor der deutschen Justiz schützen!«

»Osman, mach dir keine Sorgen«, sagt Eminanim, »ich habe Nermin und Hatice mit Zeynep geschickt. Die Mädchen dürfen auf gar keinen Fall erfahren, dass wir jetzt diese Mordgeschichte am Hals haben. Ich will nicht, dass so kurz vor der Verlobung Zeyneps junges, unschuldiges Glück zerstört wird.«

»Wahrscheinlich wäre es nicht schlecht für sie, wenn sie davon erfahren würde«, sagt Mehmet, »wenn sie nämlich einen Italiener heiratet, dann wird sie öfter mit Leichen zu tun haben, als ihr lieb ist.«

»Tolle Familie habe ich. Gut, dass ihr überhaupt keine Vorurteile habt«, schimpft Eminanim.

»Was heißt hier Vorurteile? Die italienische Mafia ist schließlich noch berühmter als die italienische Pizza. Da kann ich doch nichts dafür!«, redet sich Mehmet heraus.

»Apropos Mafia: Osman, ich kann mich in dieser Küche nicht bewegen. Wann lässt sich denn nun endlich Sükrüs türkische Bau-Mafia hier blicken?« Plötzlich scheint Eminanim doch nichts mehr gegen die Mafia zu haben.

»Ich hab dir doch gesagt, seine Schwarzarbeiter haben Angst.«

»Bei Allah, jetzt auch noch die afrikanische Mafia, oder was?«

»Nein, Illegale, Unversicherte! Diese Schwarzen kommen nicht aus Tansania, die kommen aus Moldawien.«

»Mein Gott, gibt's denn nichts in diesem Haus, was mit rechten Dingen zugeht? Ihr beide steckt ja bis zum Hals in kriminellen Machenschaften.«

»Mutter, wer im Glashaus sitzt, soll nicht mit Steinen

werfen. In wessen Tiefkühltruhe liegt denn da unten eine Leiche?«

»Jetzt hört endlich auf mit dem Quatsch!«, schlürfe ich meinen Tee. »Lasst uns zur Sache kommen, bevor die Mädels wieder da sind. Aus meiner langjährigen Erfahrung als brillanter Krimigucker weiß ich, dass der erste Schritt bei der Aufklärung eines Kriminalfalles heißt: Ermittle, wer die Nutznießer der Tat sind.«

»Vater, gib doch nicht so an, der Spruch ist über zweitausend Jahre alt. Das haben die alten Römer schon gesagt: ›Wenn du den Täter suchst, frage nach dem Nutznießer!‹ Ich glaube, es war Seneca.«

»Von was für Nutznießern redet ihr? Der Mann da unten war ein ganz armer Schlucker, der hatte doch überhaupt kein Geld«, wundert sich Eminanim. »Osman, das hier ist kein Mordfall bei ›Colambo‹ oder ›Derrick‹. Bei denen sind die Toten immer steinreich oder berühmt oder beides gleichzeitig. Aber auf die Idee, dass auch arme Menschen getötet werden, kommen Fernsehautoren nie.«

»Warum wohl?«, gibt Mehmet erneut seinen Senf dazu, »im Fernsehen interessiert es doch keinen, was mit den armen Menschen passiert. Genau wie im richtigen Leben. Es könnte zum Beispiel passieren, dass wir den Adolf jahrelang da unten verstecken – und kein Schwein sucht nach ihm.«

»Nun gut, verehrtes Tribunal, in dem Fall formuliere ich meine Frage anders: Wer könnte Interesse daran haben, dass dieser Junge das Zeitliche segnet und ausgerechnet in unserem Keller abkratzt?«

»Vater, guck mich doch nicht so an! Wenn ich ihn umgebracht hätte, würde ich ihn bestimmt nicht in unserem

Keller verstecken. So blöd kann doch nicht mal dein Sohn sein!«

»Mein Gott, wenn wir bei diesem Thema schon unter uns so ausflippen, was wird denn passieren, wenn uns die Polizei erst richtig in die Zange nimmt und in die Folterkammer schmeißt?«, jammert Eminanim.

»Deshalb darf ja die Polizei davon keinen Wind bekommen! Das müssen wir schon selber erledigen. Ich weiß, wir Türken können das! Schließlich haben wir ja auch türkische Kommissare im Fernsehen.«

»Leute, wir müssen ganz professionell an die Sache herangehen. Wir müssen systematisch jeden herauspicken, der auch nur das kleinste Interesse daran haben könnte, dass dieser Adolf jetzt in unserer Tiefkühltruhe schläft.«

»Mein Sohn, der erste Platz in den Top Ten aller möglichen Adolf-Killer gehört unangefochten dir. Und so schnell fällt mir auch kein anderer ein, der dir diese Puulposischen streitig machen könnte.«

»Sag mal, Mehmet, haben es denn viele Leute gehört, als du den Adolf auf der Straße bedroht hast?«

»Nein, Mutter, höchstens ein, zwei Dutzend Leute. Und einem weiteren Dutzend habe ich es anschließend in der Kneipe selber erzählt.«

»Toll«, sage ich, »und die haben es natürlich auch weitererzählt. Wenn rauskommt, dass Adolf tot ist, dann bist du für knapp tausend Leute der Mörder.«

»Oder der Held!«

»Freu dich nicht zu früh, Mehmet. Ich habe erst vor kurzem in der Zeitung gelesen, dass in den USA mehr Unschuldige als Schuldige auf dem elektrischen Stuhl landen.«

»Ja, wenn das so ist, dann such mal einen guten Anwalt für Mutter und dich. Wir wollen doch nicht, dass ihr unschuldig bei lebendigem Leibe geröstet werdet.«

»Brrrr, hört auf damit, elektrischer Stuhl«, schüttelt sich Eminanim angewidert, »ich hab sogar vor elektrischen Heizdecken Angst!«

»Eminanim, keine Sorge! Die gefährlichsten Stühle in Deutschland sind die schlecht zusammengeschraubten Stühle von Ikea.«

»Also, meiner Ansicht nach müssen wir den Täter nicht nur hier im Haus suchen«, sagt Mehmet.

»Mein Junge, als Kriminalist geht man an so einen Fall wie folgt ran: Erstens sucht man den Täter in der Nachbarschaft, zweitens in der Familie, drittens am Arbeitsplatz, viertens im Freundeskreis. Aber da der Junge arbeitslos war, müssen wir statt am Arbeitsplatz beim Arbeitsamt nach dem Mörder suchen.«

»Hm, die Vermittler vom Arbeitsamt versuchen zwar mit allen möglichen Tricks ihre Arbeitslosenzahlen zu schönen, aber dass sie deswegen schon anfangen, die Arbeitslosen umzubringen, so weit sind wir, glaube ich, immer noch nicht.«

»Abdullah-Ibrahim kommt auch in Frage«, sagt meine Frau, »schließlich hat dieser Adolf ihn aus seiner billigen Bruchbude vertrieben.«

»Das kann nicht sein, Eminanim. Du hast doch vorhin gehört, was für ein schönes Gedicht er über mich geschrieben hat. Ein so sensibles Wesen kann niemals so einen ruchlosen Mord begehen«, verteidige ich meinen feingeistigen Kumpel.

»Solche Jammer-Phrasen, wie der sie ablässt, haben die

Gastarbeiter früher doch massenweise fabriziert. Und die deutschen Verlage haben diese Plattitüden als Pseudo-Meisterwerke der Migrantenliteratur auch noch veröffentlicht«, flucht Mehmet.

»Du hast doch keine Ahnung. Du bist schließlich hier geboren. Du hast dein Dorf in Anatolien nicht mit zwei Scheiben Brot und einer Zwiebel in der Tasche verlassen müssen. Deshalb kannst du Jungspund das überhaupt nicht beurteilen.«

»Um diesen banalen Betroffenheitskitsch als wertloses Zeug zu erkennen, muss ich nicht in einem anatolischen Bergdorf zur Welt gekommen sein. Ich muss dafür nicht mal der Chefredakteur einer so wichtigen Zeitschrift wie ›Wahrheit, nichts als die Wahrheit‹ sein.«

»Jetzt hört endlich auf mit diesem Unsinn«, beendet meine Frau unseren kulturellen Diskurs. »Der Mörder könnte doch auch einer von den anderen Nachbarn sein. Wer weiß, wer noch Probleme mit ihm hatte. Abdullah-Ibrahim ist sicherlich nicht der Einzige hier im Haus gewesen.«

»Du hast Recht, Eminanim. Wo zum Beispiel sind die Leute aus dem Erdgeschoss? Die habe ich ja überhaupt noch nicht gesehen.«

»Die sind im Urlaub, die haben ein altes Bauernhaus in der Toscana gekauft, das sie gerade renovieren.«

»Also die Toscana ist heutzutage auch kein hieb- und stichfestes Alibi mehr«, gibt Mehmet zu bedenken, »mit dem Flugzeug ist man in zwei Stunden wieder hier.«

»Am besten, wir fragen Abdullah-Ibrahim, wer im Haus noch Ärger mit Adolf hatte«, schlägt Eminanim vor.

»Genau! Mehmet, mein Sohn, du druckst jetzt sein

neues Gedicht ›Osman Engin, der unerschrockene Held der Arbeiterklasse‹ in deinem neuen Heft ab. Dann hat Abdullah-Ibrahim gute Laune und merkt überhaupt nicht, wenn wir ihn ausfragen.«

»Plötzlich soll ich also doch ein neues Heft machen?«

»Das ist ein Notfall! Dieses eine Extrablatt noch, damit die Nachbarn und die Ermittler denken, du hättest was zu tun und würdest nicht den ganzen Tag auf der Straße rumlungern. Schreib doch mal einen hübschen Artikel darüber, dass du die Skinhääds im Grunde deines Herzens eigentlich sehr nett und intelligent findest!«

Auf frischer Tat

Mitten in der Nacht, als Eminanim neben mir tief und fest schläft, krabbele ich, wie ein Ehebrecher, der sich klammheimlich zu seiner Geliebten schleichen will, leise aus dem Bett. Ich passe höllisch auf, dass meine Frau nicht aufwacht. Eigentlich ist das völlig überflüssig, denn wenn Eminanim schläft, dann schläft sie wie eine Tote. Ich könnte dabei wahrscheinlich pfeifen, springen, singen oder Schlagzeug spielen.

Aus dem Schlafzimmer habe ich es schon mal unbemerkt rausgeschafft, nun muss ich mich nur noch vorsichtig an Hatices Zimmer vorbei zur Wohnungstür schleichen – das neugierige Gör hört im Gegensatz zu Eminanim nämlich immer alles. Geschafft! Im Hausflur schalte ich vorsorglich kein Licht an und taste mich behutsam, Stufe für Stufe, eine Etage höher. Dort angekommen, schließe ich die Wohnung von Adolf auf. Es war wirklich kein schöner Anblick heute Abend, als ich die Tiefkühltruhe öffnen musste, um an seinen Wohnungsschlüssel zu kommen. Ich glaube, selbst die beiden Hammelköpfe fühlten sich unwohl in seiner Nähe.

In der Wohnung ziehe ich zuerst die Vorhänge richtig zu und mache meine Taschenlampe an. In den engen Spülhandschuhen von meiner Frau schwitzen meine Hände wie verrückt.

Mein Gott, was für ein Kaos! Überall leere Bierflaschen. Sogar eine Flasche an der Wand: sein Namensvetter und sein großes Vorbild, dieses hässliche Männchen mit dem kleinen Bärtchen. Hier herrschen schlimmere Wohnverhältnisse als in dem Müllhaufen, den Mehmet sein Zimmer nennt. Eigentlich hätte ich Eminanim hierher mitnehmen sollen. Dann käme ihr unsere Bauruine wie das Paradies vor. Wie kann ein Mensch nur so wohnen? So viel Müll und Dreck hinterlassen nicht mal achtundsechzigtausend Fußballfäns nach einem ausverkauften Pokalendspiel mit Verlängerung und Elfmeterschießen. Wie soll ich hier mit meiner kleinen Taschenlampe einen Hinweis oder eine Spur finden, die mich zu Adolfs Mörder führt? Man muss ja eher aufpassen, dass man hier nicht selbst im Schutthaufen versinkt. Möglicherweise hatte der Täter gar keine bösen Absichten gegen uns, als er Adolfs Leiche in unserem Keller deponierte. Vielleicht machte er sich als verantwortungsvoller Mörder auch nur Sorgen, dass man sein armes Opfer hier niemals finden würde.

Eine nackte Matratze liegt auf dem Boden, alle Kleider sind auf einen Haufen geschmissen. Ein kleiner Tisch und zwei klapprige Stühle stehen in der Küche, das Spülbecken ist bis oben hin voll mit dreckigem Geschirr. Und es stinkt auch schon ohne eine verwesende Leiche bestialisch. Ich reiße alle Schubladen auf und suche nach Adress- und Telefonbuch. Nichts zu finden. An den Wänden hängen nur Plakate von Konzerten mit hässlichen Männern, es gibt keinen geheimnisvollen Schrank oder Säyf hinter dem teuren Ölgemälde wie bei meinen Kollegen Derrick und Colambo. Es gibt ja nicht mal Ölgemälde. Die beiden recherchieren in piekfeinen Gegenden und ich Armer stehe mit meiner Taschenlampe in einem riesigen, stinkenden Müllhaufen.

Unter der Matratze entdecke ich einen ganzen Stapel Pornohefte. Als gewissenhafter Detektiv schaue ich mir jedes einzelne Bild ganz genau an. Plötzlich höre ich Geräusche auf dem Flur. Da ist jemand an der Tür. Den Killer treibt es zurück an den Ort des Verbrechens!

Bei Allah, hier kann ich mich nirgendwo verstecken! Mit großer Sicherheit werde ich dem Adolf bald in unserer Tiefkühltruhe Gesellschaft leisten. Während sich die Tür öffnet, bleibt mein Herz fast stehen. In meiner Verzweiflung halte ich mir die Pornohefte vors Gesicht, in der Hoffnung, dass der Mörder mich dann auch nicht sehen kann.

»Du brauchst dein hässliches Gesicht gar nicht zu verstecken, du Mistkerl!«, brüllt mich der Killer mit seltsam vertrauter Stimme an.

»Bitte, bitte, bring mich nicht um!«, flehe ich ihn an und werfe mich zu seinen Füßen nieder.

Igiitt, ein Transvestit! Der Killer ist ein Transvestit! Er läuft mit schäbigen Frauenschuhen herum.

»Ich habe mit der ganzen Geschichte nichts zu tun! Lassen Sie mich gehen! Ich wollte hier nur ein paar Pornohefte angucken. Ich bin nämlich schon seit fünfundzwanzig Jahren verheiratet, wissen Sie?«

»Du ekelhaftes, perverses Schwein!«

»Das mag ja sein, aber bitte, bitte bringen Sie mich nicht um!«

Wer hätte gedacht, dass Adolf nicht einem politischen, sondern einem sexuell motivierten Mord zum Opfer gefallen ist?

»Osman, steh doch endlich auf, du Idiot!«, kreischt der Transvestit, der aussieht wie Eminanim. Es gibt Transen, die haben Marlene Dietrich zum Vorbild, andere Märilyn Monro oder Zarah Leander. Aber Eminanim als Vorbild? Nein – das ist wirklich Eminanim!

»Osman, ich glaub's einfach nicht! Wir stecken bis zum Hals in den unglaublichsten Schwierigkeiten, und du schleichst mitten in der Nacht in die Wohnung von diesem Mann und blätterst in aller Ruhe in seinen ekelhaften Pornoheften. Ich fass es nicht! Wie krank bist du eigentlich?!«

»Frau, was fällt dir ein, mir mitten in der Nacht einen solchen Schrecken einzujagen? Was Adolfs Tod angeht, konnte dir bisher ja noch nichts nachgewiesen werden, aber an meinem Herzinfarkt wärst du jetzt ganz alleine schuld gewesen!«

»Osman, du machst mich fertig! Es ist seit Jahren das Gleiche: Immer wenn wir in riesigen Problemen stecken, schaffst du es, eine noch größere Dummheit anzustellen. Wie kannst du es denn riskieren, dass man dich um diese Zeit in der Wohnung des Toten erwischt? Wie willst du denn eine solche Situation der Polizei erklären?«

»Eminanim, ich versuche, eine Spur zu finden, die mich zu seinem Mörder führt. Nur deshalb bin ich in diese Wohnung gekommen!«

»Du meinst also, eines von den nackten Weibern in diesen schmierigen Pornoheften hat ihn umgebracht? Soviel ich weiß, ist er nicht beim Onanieren gestorben, sondern er wurde erschossen. Das hast du mir zumindest gesagt.«

»Stimmt, aber als ich Geräusche an der Tür gehört habe, dachte ich, der Mörder kommt zurück, und da wusste ich nicht, was ich tun sollte. Deswegen habe ich, schlau wie ich bin, versucht, den Verbrecher auf eine falsche Fährte zu locken: indem ich seine Aufmerksamkeit auf diese Hefte gelenkt habe.«

»Und was sollte es bedeuten, dass du schon so schrecklich lange verheiratet bist?«

»Mit irgendwas musste ich doch versuchen, den Mörder einzulullen ... um ihn blitzschnell zu entwaffnen.«

»Indem du seine Schuhe ableckst?«

»Eminanim, sei mal ruhig, da ist wieder jemand an der Tür. Ich glaube, diesmal ist es wirklich der Killer, denn zwei neugierige Ehefrauen habe ich ja nicht«, flüstere ich.

»Mehmet, komm rein, mein Junge, die Tür ist offen«, ruft sie.

»Was macht ihr denn hier?«, fragt Mehmet und macht alle meine Sicherheitsmaßnahmen zunichte, indem er das große Deckenlicht anmacht.

»Bist du verrückt geworden, niemand darf wissen, dass wir hier sind«, brülle ich.

»Mein Gott, Vater, die ganzen Nachbarn schlafen doch schon um die Uhrzeit, aber wenn du weiter so rumbrüllst, nicht mehr lange.«

»Sag mal, Eminanim, woher hast du eigentlich gewusst, dass Mehmet vor der Tür steht? Habt ihr euch hier verabredet oder erkennst du ihn mittlerweile an seinem Geruch?«

»Genau, an seinem frisch aufgetragenen Rasierwasser. Mehmet rasiert sich immer nur nachts.«

»Leute, ich wollte doch nur bei der Spurensuche helfen. Sechs Augen sehen besser als vier. Hier zum Beispiel: Bei diesem Konzert werden mit Sicherheit all seine Freunde sein«, sagt Mehmet und zeigt auf eines der Plakate, die ich vorhin schon entdeckt hatte.

»Schnüffel woanders, diese Beweisstücke habe ich alle schon inspiziert. Aber stell dich dabei nicht so schusselig an wie deine Mutter«, sage ich und deute auf Eminanim, die mit zugehaltener Nase in der Küche auf Spurensuche ist. So was habe ich auch noch nie gesehen: Sie ist die erste Schnüfflerin, die mit zugehaltener Nase schnüffelt.

»Schaut her, ich habe eine Geburtstagskarte gefunden, von seiner Freundin«, ruft sie.

»Wie heißt sie denn, steht die Adresse drauf?«, frage ich aufgeregt.

»Nein, da steht kein Name. Nur: ›Meinem Schatz alles Liebe zum Geburtstag‹. Und drei Herzchen.«

»Na toll! Was hilft uns das?«

»Wir können die Schrift analysieren lassen. Sieht aus wie Zeyneps Schrift.«

»Prima! Jetzt kannst du in der ganzen Stadt rumlaufen und von allen Frauen Schriftproben nehmen, ob sie so wie Zeynep schreiben.«

»Und dann gleich noch von allen Männern dazu«, meint Mehmet, »wer sagt denn, dass der Fascho nicht schwul war?«

»Diese Hefte hier, mein Sohn, die du vorhin so gierig angeschaut hast, sagen das. Aber was soll's, aus dir wird sowieso kein anständiger Kriminalist mehr – geschweige denn irgendetwas anderes Anständiges.«

»Kommt, ihr beiden, lasst uns nach unten gehen«, ruft Eminanim und hakt sich bei mir und Mehmet unter. »Ihr könnt euch auf unserer eigenen Baustelle weiterstreiten.«

Im falschen Film

Am nächsten Vormittag, während der Frühstückspause in Halle 4, sagt mein Kollege Hans mit verschwörerischem Blick:

»Du, Osman, ich weiß, wer der Mörder ist.«

Mir bleibt vor Schreck mein Pausenbrot fast im Halse stecken und ich verschütte meinen Tee.

»Auaa, Mensch, pass doch auf, alles auf mein Bein! Du hast mich total verbrüht wie eine Weißwurst«, schimpft Hans und hüpft wie ein Irrer durch die Gegend.

»Tut mir leid …«, stammle ich irritiert. Woher um Himmels willen weiß Hans von der Leiche?

»Hans, stimmt das wirklich, dass du den Mörder kennst?«, frage ich schockiert.

»Ja, natürlich«, sagt er mit der größten Selbstverständlichkeit, als wäre er leif dabei gewesen. Ich fass es nicht! Wie hat er es erfahren?

»Und wer ist es?«, frage ich, höchst gespannt an meinen Nägeln kauend. Mein Herz flattert so, als wollte es jeden Moment aus meinem Hals springen, um Hans die Antwort aus dem Mund zu ziehen.

»Ich sag nur eins: Ehefrau«, meint Hans ganz trocken.

»Waas? Eminanim …?«, verschlucke ich mich. Zum Glück hatte ich gerade nichts im Mund. »Sie ist auch der Meinung!«

Mir wird heiß, als hätte man mir einen Kessel Tee über den Kopf gekippt. Ich schwitze fürchterlich und muss mein kariertes Hemd unter dem Blaumann aufknöpfen.

»Osman, was ist los mit dir?«, fragt Hans besorgt. »Du siehst so blass aus!«

»Bist du dir ganz sicher, dass sie die Mörderin ist?«, frage ich.

»Ja, ganz sicher!«

»Und was ist ihr Motiv? Ihren Sohn zu schützen?«

»Ja, schon möglich.«

»Und wie hat sie es deiner Meinung nach gemacht?«

»Sie hat den armen Kerl jahrelang systematisch vergiftet!«

»Jahrelang vergiftet, ohne dass irgendjemand was gemerkt hat?«

»Klar doch.«

»Aber die kannten sich doch gar nicht!«

»Du kapierst aber auch wirklich nichts!«

»Aber warum hat sie ihm dann auch noch drei Kugeln in den Kopf geschossen? Um die Spur auf andere zu lenken?«

»Was für Kugeln denn? Er wurde doch nicht erschossen.«

»Doch.«

»So ein Unsinn, Osman!«

»Aber ich habe die Löcher doch selber gesehen, drei Stück, sein Kopf sah aus wie eine Bowlingkugel.«

»Osman, ich glaube, du bist im falschen Film.«

»Was für ein Film?«

»Ich rede doch von diesem Krimi-Zweiteiler im ZDF. ›Mord in der guten Stube‹ heißt er, glaube ich.«

»Im ZDF? Und was hat Eminanim damit zu tun?«

»Das fragst du mich? Du hast doch vorhin selber gesagt, Eminanim ist auch der Meinung, dass die Ehefrau die Mörderin ist.«

Oh Allah, ich danke dir!!

»Ach ja, stimmt! Das hat sie gesagt: Mit Sicherheit ist die Ehefrau die Mörderin, hat sie gesagt. Aber ich bin immer noch der Ansicht, dass in Wahrheit der Gärtner der Mörder ist.«

»In der Geschichte gibt's doch gar keinen Gärtner!«

»Noch nicht, aber im zweiten Teil kommt bestimmt einer vor, du weißt doch: Der Mörder ist immer der Gärtner.«

»Osman, was ist denn los mit dir? Hast du schlecht geschlafen? Seit Jahren sind wir beide doch die besten Fernsehkommissare, die die Halle 4 je gesehen hat. Aber ich bekomme langsam das Gefühl, dass du stark nachlässt. Komm, lass uns wetten, ich tippe auf die Ehefrau. Um einen Fünfer, abgemacht?«

Ich bin so unglaublich erleichtert, dass ich ihm die 5 Euro auch sofort gegeben hätte. Betont kuul und vergnügt reiche ich ihm die verschwitzte Hand:

»Abgemacht.«

Wer weiß, vielleicht habe ich ja Glück und heute Abend stellt sich heraus, dass es kein Mord, sondern nur eine Lebensmittelvergiftung war.

Wenn die Nachtigall stört

Als wir gerade zu Abend essen wollen, klingelt es unerwartet an der Tür. Nun lebe ich schon seit einer halben Ewigkeit in Deutschland, aber so etwas habe ich noch nie erlebt. Hierzulande haben sich doch Besucher mindestens zwei Wochen vorher schriftlich anzukündigen, sonst werden sie nicht reingelassen. Bei engen Freunden und Verwandten sind in Ausnahmefällen auch kurzfristigere Anmeldungen gestattet. Unsere gute alte Nachbarin Oma Fischkopf hat mir mal vor Jahren erzählt, wer alles an ungebetenen Gästen in Deutschland vor der Tür stehen kann: Mörder, Vergewaltiger, Triebtäter, Betrüger, Räuber, Diebe, Gerichtsvollzieher oder Zeugen Jehovas. Mein kommunistischer Sohn Mehmet meint, nur in den dekadenten, reichen und verdorbenen Gesellschaften des Spätkapitalismus würden die Leute so denken. Diese Spießer hätten schreckliche Ängste, dass sie einen gewissen Teil ihres Besitzes oder ihrer Beute wieder abgeben müssten oder dass Bedürftige sich eine Scheibe davon abschneiden könnten. Meine Frau sagt immer, ich würde in so einer Situation doch lediglich befürchten, dass ich meinen angestammten Platz auf dem Sofa vor dem Fernseher für Gäste räumen muss.

Ich bin mir aber ganz sicher, dass ich diese innere Unruhe beim Klingeln an der Tür erst habe, seitdem ich eine rassistische Leiche im Keller liegen habe. Ist das überhaupt politisch korrekt, ›rassistische Leiche‹ zu sagen? Aber warum nicht? Nur weil man dem Kerl jetzt drei Kugeln verpasst hat, wird er ja nicht schlagartig zum Bilderbuch-Demokraten. Und wenn doch, hat er nicht mehr viel davon!

Meine kleine Tochter Hatice, die keinerlei Vorurteile kennt – außer dass ich angeblich geizig bin, was ihr Taschengeld betrifft –, macht fröhlich hüpfend die Wohnungstür auf. Zurzeit ist jeder bei uns wie ein Hürdenläufer unterwegs, weil überall Kartons rumstehen. Für Hatice hat sich allerdings nichts verändert, sie hüpft immer so rum.

»Papa, da sind ein paar komische Leute für dich an der Tür«, schreit sie quer durch die Baustelle.

»Wer ist denn da?«, hüpfen meine Wörter über all die Umzugskartons zurück.

»Kenn ich nicht. Eine Oma und ein Opa, beide uralt.«

Für Hatice ist jeder alt und hässlich. Gut, dass sie sich das mit dem hässlich verkniffen hat. Aber ich nehme es ihr nicht wirklich übel. In ihrem Alter dachte ich auch, spätestens mit dreißig stirbt man. Jetzt bin ich selber ein, zwei Tage älter als dreißig und erfreue mich bester Gesundheit. Von meiner Bandscheibe, der Prostata, den Hämorriden und dem Rheuma mal abgesehen.

»Schönen guten Abend, dürfen wir Sie kurz stören?«, fragt die Dame höflich. »Mein Name ist Nachtigall, wir sind die Eltern von dem jungen Mann, der über Ihnen wohnt.«

»Ja, schönen guten Abend auch«, sage ich, »also, ihr Sohn ist in letzter Zeit so leise und rücksichtsvoll, wir hören ihn überhaupt nicht.«

»Genau, das ist ja das Problem«, sagt Herr Nachtigall, »wir machen uns Sorgen, weil wir schon länger nichts von ihm gehört haben.«

»Entschuldigen Sie die Unordnung«, ruft meine Frau, »bitte kommen Sie doch rein ins Wohnzimmer. Wir sind erst vor ein paar Tagen hier eingezogen, es muss noch schrecklich viel renoviert werden. Verzeihen Sie bitte auch das vorlaute Kind, Sie sind doch überhaupt nicht alt.«

»Meine Frau hat wirklich recht, wie sollen Sie auch alt sein, wo ja selbst Ihr Sohn noch nicht mal dreißig war«, pflichte ich ihr bei und werde im gleichen Moment rot bis über beide Ohren.

»Wieso sagen Sie, dass er noch nicht mal dreißig *war*? Was ist mit ihm?«, ruft die Mutter entsetzt.

»Nein, nein, ich wollte damit nur sagen, dass die Kinder heutzutage so früh flügge werden und von zu Hause weggehen, dass man nicht viel von ihnen hat. Nur mein Sohn Mehmet haut immer noch nicht ab.«

»Setzen Sie sich doch bitte. Möchten Sie Tee oder Kaffee haben?«, fragt Eminanim, »Osman, komm doch kurz mit in die Küche und hol schon mal Gläser«, zerrt sie mich hinter sich her.

»Sag mal, Osman, bist du total bescheuert? Du bist eine so unglaubliche Labertasche. Es hat alles überhaupt keinen Sinn mit dir«, schimpft sie in der Küche mit mir.

»Was kann ich dafür, wenn Hatice überhaupt keinen Respekt vor älteren Menschen hat. Das ist doch peinlich«, tue ich unschuldig.

»Versuche hier nicht, wie Olivenöl nach oben zu kommen«, schimpft sie weiter. Ihr ist es im Eifer des Gefechts natürlich egal, wie ich diese Redewendung den deutschen

Lesern erklären soll. Das ist ein Sprichwort aus der türkischen Küche: Auch wenn man schuldig ist, lässt man sich nicht unterkriegen und versucht ungerechterweise wie Olivenöl im Wasser ständig nach oben zu schwimmen.

Ich aber flutsche wie Olivenöl aus ihrer Hand und laufe schnell wieder ins Wohnzimmer.

»Nun, sagen Sie doch bitte, ob Sie etwas von unserem Sohn gehört haben?«, fragt der besorgte Vater.

»Ich muss Ihnen gestehen, ich kenne ihn ja gar nicht persönlich. Aber mein Sohn Mehmet hat mir viel von ihm erzählt.«

»Ich vermute mal, dass die beiden keine Freunde sind, nicht wahr? Er ist den Ausländern gegenüber immer etwas reserviert«, windet sich die weibliche Nachtigall herum.

»Um es klar und deutlich zu sagen, er ist total ausländerfeindlich«, rückt die männliche Nachtigall endlich mit der Wahrheit raus.

»Ach, wissen Sie, die Nachbarn erzählen vieles«, versuche ich zu beschwichtigen, »einige behaupten sogar, Ihr Junge sei ein Skinhääd.«

Und schon kommt meine Frau aus der Küche angerannt. Ich glaube, sie hat noch nie in ihrem Leben so schnell Tee gekocht. Um ja kein Wort zu verpassen, hat sie einen neuen Weltrekord aufgestellt.

»Es ist leider wahr, unser Sohn ist ziemlich konservativ«, sagt die Mutter Nachtigall, »obwohl wir wirklich alles unternommen haben, damit aus ihm was Anständiges wird.«

»Ich weiß nicht«, sage ich, »vielleicht haben Sie ihm das ja regelrecht in die Wiege gelegt, als Sie ihn Adolf getauft haben.«

»Aber unser Sohn heißt doch nicht Adolf!«, ruft Herr Nachtigall entsetzt.

»Wie, Ihr Sohn heißt nicht Adolf?«, frage ich irritiert. »Dann sind Sie ja gar nicht die Eltern von dem blöden Fascho da oben?«

»Doch, doch, die sind wir. Aber er heißt nicht Adolf! Mit richtigem Namen heißt er Dominique. Diesen unmöglichen Spitznamen Adolf hat er sich vor vielen Jahren selber zugelegt«, stöhnt der Vater.

»Ach so, das ist sozusagen sein Künstlername. Kenn ich, mein Sohn Mehmet macht es genauso. In seiner Zeitschrift schreibt er unter zehn verschiedenen Namen Artikel und unter zwanzig verschiedenen Namen schreibt er sich dann selber Leserbriefe, was für ein toller Autor er doch sei.«

»Wir haben ihm damals einen so wunderschönen französischen Namen ausgesucht«, schluchzt die Mutter, »weil mein Gatte und ich uns beide zur französischen Kultur hingezogen fühlen und weil wir davon geträumt haben, dass unser Bäby mal ein feingeistiger, kultivierter Mensch sein wird. Ich weiß beim besten Willen nicht, was wir falsch gemacht haben«, schluchzt sie weiter.

»Ich hab ihm so oft gedroht, dass er riesigen Ärger bekommt, wenn er nicht endlich mit dem Nazi-Scheiß aufhört«, stöhnt ihr Mann.

»Ich hab dir immer gesagt, du sollst mit ihm vernünftig reden«, stellt Frau Nachtigall sofort ihren Mann an den Pranger, »und im Beisein von Dominique ständig über unseren ausländischen Nachbarn zu lästern, war auch nicht so schlau!«

Da klingelt es schon wieder an der Tür. Ich krabbele

über unsere Gäste und die restlichen Umzugskartons und eile zur Wohnungstür.

»Vielleicht ist es mein Liebling, unser Dominique. Der Junge hat bestimmt gehört, dass wir hier sind«, ruft Frau Nachtigall erwartungsvoll.

»Tut mir leid, gute Frau, aber es ist nur der ehemalige Mieter, den Ihr Liebling aus dieser Wohnung vertrieben hat«, rufe ich zurück.

Mein Arbeitskollege Abdullah-Ibrahim steht vor der Tür und springt von einem Fuß auf den anderen und wedelt aufgeregt und stolz mit einem neuen Gedicht vor meinem Gesicht.

»Oh, das ist uns aber unangenehm, wenn das wirklich stimmen sollte«, sagt die Mutter betreten.

»Und ob das stimmt«, sage ich, »wir verdanken es sozusagen nur ihrem Sohn, dass wir hier einziehen durften. Aber wir sind auch froh, dass er überhaupt noch lebt.«

»Wie? Noch lebt? Ich meine, was ist denn mit Dominique?«, ruft Herr Nachtigall erschrocken – was aber mich als alten Kriminologen nicht ganz überzeugt.

»Nein, ich meine doch nicht Dominique! Ich danke Allah, dass Ihr Adolf meinen guten alten Freund Abdullah-Ibrahim mit dem Leben hat davonkommen lassen.«

»Dann hat er unseren Dominique ja in letzter Zeit oft gesehen«, ruft Frau Nachtigall.

»Jetzt komm endlich rein, Abdullah-Ibrahim«, gebe ich ihm die Hand, »sag mal, hast du in letzter Zeit den Dominique gesehen?«

»Dommi-was?«

»Den Adolf!«

»Der Teufel soll ihn sehen!«

»Sei leise, seine Eltern sind hier«, informiere ich ihn flüsternd.

Frau Nachtigall steht auf und gibt Abdullah-Ibrahim die Hand.

»Ich bitte um Verzeihung, falls unser Sohn Ihnen wirklich Unannehmlichkeiten gemacht haben sollte.«

»Was heißt hier Unannehmlichkeiten? Der Mistkerl hat mich und meine Frau in den Wahnsinn getrieben.«

»Wir wissen, dass sich der dumme Junge teilweise sehr schlecht benimmt. Aber dass Sie sogar ausziehen mussten, das kann ich mir gar nicht vorstellen.«

»Wenn Sie wüssten, was ich alles ertragen musste. Dieser Adolf und seine Nazikumpels haben meine Familie hier monatelang schikaniert.«

»Ich kann das einfach nicht fassen!«, stammelt Frau Nachtigall. »Mein Dominique war so ein nettes Kind und hat sich immer so liebevoll um sein Meerschweinchen gekümmert!«

»Abdullah-Ibrahim, schade, dass du kein Meerschweinchen bist«, versuche ich die Stimmung aufzulockern.

»Also, wir entschuldigen uns für die Entgleisungen unseres Sohnes ausdrücklich bei Ihnen und Ihrer Frau«, sagt Herr Nachtigall und macht dabei eine tiefe Verbeugung.

»Bringt Ihre Entschuldigung mir mein Heim zurück? Bringt sie meine Gesundheit zurück? Ich könnte ja auch Ihren Sohn umbringen und anschließend sagen, ich entschuldige mich! Würde das Ihren Sohn wieder zurückbringen?«

Plötzlich herrscht eisige Stimmung im Wohnzimmer. Eminanim lässt fast die Teekanne fallen und unsere Gäste erstarren zu Salzsäulen. Als Gastgeber versuche ich zu retten, was noch zu retten ist:

»Sie müssen wissen, Abdullah-Ibrahim kann nicht mal einer Fliege was zuleide tun. Als er letzte Woche eine davon auf der Walzmaschine gesehen hat, hat er lieber das gesamte Presswerk in Halle 4 abgeschaltet, als die Fliege zu töten.«

»Ich weiß nicht, ob man das vergleichen kann, Osman. Es gibt Leute, die können nicht mal einer Ameise was zuleide tun, aber wenn man sie zum Äußersten treibt, dann sind sie sogar in der Lage, ein Massaker anzurichten«, versucht meine Frau die Gunst der Stunde zu nutzen und den Mord Abdullah-Ibrahim in die Schuhe zu schieben.

»Nun ja, wir wollen Sie nicht länger aufhalten und möchten uns jetzt verabschieden«, sagt Herr Nachtigall. »Frau Engin, sagen Sie bitte Dominique, wenn Sie ihn sehen, dass er sich bei uns melden soll.«

»Adolf redet doch nicht mit Ausländern«, mischt sich mein Kumpan ein. Was er wahrscheinlich nicht ganz so genau weiß, ist, dass Adolf in nächster Zeit mit niemandem mehr reden wird.

Herr Nachtigall holt seine Visitenkarte raus und legt sie auf den Tisch:

»Herr Engin, bitte rufen Sie uns an, wenn Sie von ihm hören. Irgendwann kommt ja wohl jeder Mensch wieder nach Hause.«

Stimmt, aber nur die, die noch ein bisschen leben!

Typisch deutsch

»Typisch deutsch!«

Mit diesen beiden Wörtern gibt Abdullah-Ibrahim beim Abschied unseren beiden deutschen Gästen den Gnadenschuss, sodass sich die Nachtigallen völlig gekrümmt verkrümeln.

Nichts anderes trifft heutzutage die Deutschen härter und schlimmer als der Vorwurf, »typisch deutsch« zu sein.

Selbst die anschließend hinterhergeschleuderte Gehässigkeit von Abdullah-Ibrahim: »Niemals haben die Deutschen selber schuld an den Nazis hier. Immer sind die anderen verantwortlich. Sogar wenn diese Bestien ihre eigenen Blagen sind«, macht die beiden sichtbar weniger fertig.

Wenn dieser Vorwurf »typisch deutsch« von einem Ausländer kommt, dann ist das für Deutsche umso schlimmer und niederschmetternder. Falls es auch noch im Ausland dazu kommt, ist der Urlaub endgültig im Eimer – ähnlich wie bei drei Wochen Regenwetter!

Während des Rückfluges aus der Türkei im vergangenen Sommer hat mir mein Sitznachbar Hans (Name von mir geändert) schluchzend erklärt, dass er soeben seinen Urlaub abgebrochen habe, weil ihn ein Animateur im »Club Antalya« als »typisch deutsch« beschimpft hatte. Als ich ihn nach dem Grund für diese Beschuldigung (er nannte es bösartige Beschimpfung) fragte, kam kein verständliches Wort aus seinem Mund, weil er ständig mit den Tränen zu kämpfen hatte. Mit äußerster Mühe konnte ich nur so viel heraushören: Seine Ehefrau ist nach dem Zwischenfall auf der Stelle abgereist und hat in Hamburg sofort die Scheidung eingereicht. Ihre Anwältin soll gesagt haben, der Vorwurf des »Typischdeutschseins« sei ein wesentlich schwerwiegenderer Scheidungsgrund als beispielsweise Impotenz, Ehebruch oder Schwiegermutter-Erschlagen.

Mein Kollege Abdullah-Ibrahim macht beim Abschied aber nicht nur die Nachtigall etwas krumm von der Seite an, sondern auch mich. Wahrscheinlich ist er sauer, weil wir die Eltern von seinem Vertreiber mit Tee und Keksen bewirtet haben. Sogar als unsere deutschen Gäste fort sind, hört er mit dem Schimpfen nicht auf:

»Osman, du bist mittlerweile selber ein typischer Deutscher! Selbst bei diesen Nazi-Eltern versuchst du noch, dich einzuschleimen. Hauptsache, du hast deinen Vorteil davon!«

Als er weg ist, muss ich die Übersetzungskünste von meiner Frau in Anspruch nehmen, um rauszubekommen, was der wütende Abdullah-Ibrahim mir damit eigentlich sagen wollte. Und so erfahre ich, dass ich die Krönung des typisch Deutschen bin, weil ich ja sogar den Nazis in den Arsch kriechen würde, da ich dank ihres bekloppten Sohnes in diese billige Wohnung gekommen bin, die früher ihm gehört hat.

Im Bett muss ich dann stundenlang darüber nachdenken und kann nicht schlafen.

Ich habe vorhin schon erzählt, wie völlig fertig und verzweifelt die armen Deutschen sind, wenn man sie des angeblichen »Typischdeutschseins« bezichtigt.

Aber wenn man mir, einem Türken, »Typischdeutschsein« vorwirft, dann wird das Problem ungemein heikler, vielschichtiger und facettenreicher.

Ich kann nicht wie ein eingeborener Deutscher mich elegant und stilvoll meiner Trauer hingeben und genüsslich wegen der Ungerechtigkeit der Welt vor mich hin leiden, bis ich meine Melancholie überwunden habe und das Tal der Tränen wieder verlassen kann.

Bei uns Deutschlingen oder Deutschtürken oder »ausländischen Gastarbeitern mit Migrationshintergrund« fängt in so einem tragischen Fall die aufwendige Analyse-Arbeit paradoxerweise vor der Trauer-Arbeit an. Wir müssen genau nachfragen, wer uns so vehement beschuldigt oder unter Umständen vielleicht sogar unglaublich gelobt hat.

War der Täter ein Deutscher, ein Türke oder ein anderer Ausländer? Wenn es ein Deutscher war, ist es ein Deutschlanddeutscher, ein Auslanddeutscher oder ein Russlanddeutscher? Wenn es ein Deutschlanddeutscher war, lebt er in Westdeutschland oder in Ostdeutschland? Wenn er in Westdeutschland lebt, ist er Schwabe, Hamburger, Ostfriese oder Bayer? Ist er 48er, 68er oder 88er? Ist er rot, grün, gelb, schwarz, braun oder kariert? Gebildet oder ungebildet? Arbeiter, Akademiker oder Arbeitsloser? Arm oder reich? Und das Wichtigste ist: Ist er ein Mann oder eine Frau?

Und wenn er Türke ist, ist er ein Türkeitürke oder ein Deutschlandtürke?

Wenn er ein Türkeitürke ist, war er schon mal als Arbeiter in Deutschland oder nur als Tourist? Oder hat man ihn nicht mal als Tourist nach Deutschland einreisen lassen? Hat er eventuell Verwandte oder Bekannte in Deutschland? Wenn ja, schicken die ihm regelmäßig Geld oder sind sie Geizkragen?

Wenn er Deutschlandtürke ist, stellt sich die Frage: erste Generation, zweite Generation oder dritte Generation? Politischer Flüchtling, Illegaler oder Angeheirateter? Arbeiter, Arbeitsloser, Gemüse-, Döner- oder Drogenverkäufer? Mit Schnurrbart oder ohne Schnurrbart? Mit Dreitage- oder Vollbart? Mit Schleier, Kopftuch, blonden Strähnchen oder komplett blond gefärbt?

Zwischen dem Deutschlandbild eines Mannes der »Birinci-Kuşak-Türk« (»Erste-Gürtel-Türken« – so nennt man im Türkischen die erste Generation der Türken in Deutschland) und dem Deutschlandbild eines jungen Burschen der »Dritte-Gürtel-Türken« (und so nennt man die dritte Generation) liegen Welten und nicht nur ein Paar läppische Hosenträger. Während die Erste-Gürtel-Türken die Bezeichnung »typisch Deutsch« wie die Verleihung des Bundesverdienstkreuzes empfinden und total stolz drauf wären, weil sie einen riesigen Respekt vor den Deutschen in den 60er- und 70er-Jahren entwickelt haben, empfindet die junge Generation das als peinlich und würde lieber im Erdboden versinken. Der Dritte-Gürtel-Türke würde diesen Vorwurf niemals auf sich sitzen lassen, weil er die Deutschen stinklangweilig, total dröge, bis zum Anschlag witzlos, leer und ohne jedes Feuer findet, um nicht zu sagen tot wie Adolf!

»Osman, nun schlaf doch endlich«, schimpft meine

Frau, »denkst du, ich kann auch nur ein Auge zumachen, wenn du hier im Bett wie Hatices Brummkreisel ständig am Rotieren bist?«

»Oh, Entschuldigung. Ich dache, du schläfst schon.«

»Wie denn, bei dem Lärm, den du machst? Womöglich hast du sogar den Adolf im Keller aufgeweckt!«

»Du hast gut reden, Eminanim. Dich hat ja auch niemand als ›typisch deutsch‹ bezeichnet.«

»Jetzt stell dich nicht so an. Hätte es dir besser gefallen, wenn Abdullah-Ibrahim dich ›typisch türkisch‹ genannt hätte?«

»Nöö, ich glaub nicht.«

»Siehst du, es geht nicht darum, ob ›deutsch‹, ›türkisch‹ oder ›japanisch‹. Es geht einzig und allein um das ›typisch‹. Kein Mensch möchte jemals etwas Typisches sein. Selbst wenn du zu einer Frau, die ständig versucht, besonders weiblich auszusehen, ›typisch Frau‹ sagst, dann wäre sie bis zu ihren Pfennigabsätzen – oder soll man jetzt Centabsätze sagen? – schwer gekränkt. Das ist halt so. Egal ob Frau, Türke oder Cluburlauber, jeder will einzigartig und originell sein. Kein Schwein möchte etwas Typisches sein!«

»Du meinst also, dass sogar die Schweine sich ärgern, wenn die Hühner ›typisch Schwein‹ zu ihnen sagen würden?«

»Ja, Osman, aber nur die Dritte-Gürtel-Schweine, die was auf sich halten. Gute Nacht!«

Kanake, hau doch ab!

Nach nur ein paar Stunden extrem unruhigen Schlafes, in dem ich ständig von Alpträumen geplagt wurde, in denen die Typisch-Deutschen gegen die Typisch-Schweine Fußballtennis gespielt und jämmerlich verloren haben, wache ich übel gelaunt auf. Und der Schiedsrichter war natürlich ein Typisch-Außerirdischer mit zwei Antennen an den Ohren und ziemlich grünem Gesicht. Eigentlich gucke ich ja keine Seinz-Fiktschn-Filme. Wie ich trotzdem von dem Schiedsrichter mit grünem Gesicht träumen konnte, ist mir ausgesprochen schleierhaft. Der Schiedsrichter war total unfair, unkorrekt und voreingenommen. Ich glaube, im Universum geht's auch nicht besser zu als auf unserer verlogenen Erde. Die Menschheit kann getrost die Hoffnung aufgeben, dass die Außerirdischen sie mal retten werden. Glaubt mir, dadurch wird's auch nicht besser!

Nach diesem typisch bescheuerten Traum ist es nur folgerichtig, dass ich von typisch rücksichtslosen bulgarischen und rumänischen Klempnern und Fliesenlegern brutal geweckt werde. Es ist erst sieben Uhr. So früh am morgen bohren, hämmern und stemmen diese Kerle, was das Zeug hält. Diese Schwarzarbeiter treiben mich zur Weißglut!

Dank der riesigen Staubwolke von den abgeschlagenen

Fliesen sieht meine kleine Tochter Hatice, die gleich zur Schule muss, wie ein kleiner Schneemann aus. Alles, was man anfasst, ist wie mit Puderzucker bedeckt. Schmeckt nur nicht so gut.

Ich laufe sofort nach unten, um die Kellertür abzuschließen. Garantiert wollen diese ständig hungrigen Bauarbeiter irgendwas aus unserer Tiefkühltruhe mitgehen lassen und entdecken dabei Adolf. Aber zuerst mache ich eine Entdeckung: nämlich, dass die Kellertür gar kein Schloss hat. Und dann sehe ich viele kleine Papierschnipsel direkt neben der Tiefkühltruhe liegen. Wo kommen die denn plötzlich her? Als ich mir die kleinen Dinger genauer anschaue, sticht mir sofort das Wort »Mörder« ins Auge. Was soll das denn nun schon wieder? Wer hat das geschrieben? Und warum hat er es dann zerrissen? Mir rasen tausend Gedanken durch den Kopf. Blitzschnell sammele ich alle Papierstückchen auf und laufe nach oben.

Eminanim steht im Flur und gestikuliert wild. Offenbar versucht sie die Bulgaren davon abzubringen, eine tragende Wand völlig wegzuschlagen.

Ich renne in Mehmets Zimmer. Bei dem Lärm ist sogar er schon aufgewacht.

»Welcher Idiot hat diese Penner denn so früh am Morgen bestellt?«, flucht er verärgert.

»Keine Ahnung. Die kann man sowieso nicht bestellen. Die kommen und gehen, wann sie wollen.«

»Und was willst du in meinem Zimmer? Hier kannst du nicht schlafen!«

»Mehmet, schau dir diese Papierschnitzel an. Auf dem hier steht ganz eindeutig ›Mörder‹ drauf.«

»Was? Mörder? Wer hat das geschrieben?«

»Ich weiß nicht. Das lag direkt neben Adolf auf dem Boden.«

»Und warum hast du den Zettel zerrissen?«

»Das war ich nicht.«

»Gib das her. Wir müssen das wie ein Pazzel zusammensetzen.«

»Wie ein Pazzel?«

»Ja. Hatice kann das am besten«, murmelt Mehmet und zerstreut die kleinen Papierschnipsel auf seinem Schreibtisch. »Aber warum schreibt jemand einen Brief an uns, zerreißt ihn dann und wirft die Schnipsel neben die Tiefkühltruhe?«

»Wenn ich das bloß wüsste. Vielleicht waren es ja zwei Personen. Der eine hat geschrieben, und der andere hat zerrissen. Genauso, wie sie Adolf erledigt haben. Der eine hat zugehauen, und der andere hat geschossen. Die Täter scheinen sich nicht ganz grün zu sein.«

»Du meinst, wir haben es hier mit siamesischen Zwillingen als Mörder zu tun, die sich nicht einigen können, wie sie vorgehen sollen?«

Nach einer Viertelstunde gibt Mehmet auf:

»Bei diesem Heidenlärm kann man sich doch überhaupt nicht konzentrieren. Ich hol jetzt Hatice.«

»Nein, lass mal, die ist schon in der Schule.«

Plötzlich geht mit einem Ruck die Tür auf, und unser halb fertiges Pazzel fliegt wie ein Schwarm kleine Schmetterlinge durch die Luft. Eminanim kommt rein:

»Ach, hier steckst du also, Osman?«

»Eminanim, es ist was ganz Wichtiges passiert! Der eine Mörder hat uns einen Brief geschrieben, und der andere

Mörder hat ihn zerrissen. Wir müssen unbedingt rauskriegen, was hier draufsteht.«

»Ich weiß, was da draufsteht!«

»Waas? Du weißt, was da draufsteht, woher denn?«, frage ich völlig überrascht. Mehmets Augen sind sogar noch größer als meine.

»Weil ich es gelesen habe, wie denn sonst?«

»Du hast das Pazzel schon gelöst und dann wieder auf den Boden geschmissen?«, frage ich schockiert.

»Nein, als ich den Brief gelesen habe, war er noch ganz.«

»Wie?«

»Nachdem ich den Brief gelesen habe, habe ich ihn zerrissen.«

»Aber wieso das denn, wolltest du nicht, dass wir das auch lesen?«, frage ich völlig verdattert.

»Ich habe plötzlich Panik bekommen, nachdem ich es gelesen hatte. Ich hatte das Gefühl, der Mörder ist noch im Keller und beobachtet mich. Dann habe ich den Brief ganz schnell zerrissen und bin wieder nach oben gerannt.«

»Okäy, Mutter, jetzt sag doch endlich, was draufstand.«

»Es stand geschrieben: Sehr geehrte Familie Engin, ihr braucht euch keine Sorgen zu machen. Keiner von euch ist mein Mörder. Ich habe aus freien Stücken Selbstmord begangen. Ihr könnt jetzt ruhig zur Polizei gehen und alles erzählen. Hiermit erkläre ich an Eides statt, dass ich mich in geistiger Umnachtung vorsätzlich selber umgebracht und in die Tiefkühltruhe gesteckt habe. Aber auf Dauer ist es doch sehr kalt hier. Wir sehen uns drüben, liebe Grüße, euer Nachbar Adolf.«

»Sag mal, Frau, bist du wahnsinnig? Warum hast du das einzige Beweisstück, das uns entlasten könnte, vernichtet?«

»Osman, ich habe Angst bekommen! Tagelang war da nichts, und plötzlich liegt der Zettel dort!«

»Mutter hat recht. Ich glaub auch nicht, dass Adolf diesen Brief den beiden Hammelköpfen diktiert hat! Typische Hammelschrift sieht jedenfalls anders aus!«

»Fang du jetzt auch nicht mit diesem dämlichen ›typisch‹ an. Davon habe ich die Nase voll!«

»Also, Mutter, wenn das stimmt, was du gesagt hast, dann erlaubt sich jemand einen ganz bösen Scherz mit uns. Und zwar wahrscheinlich derjenige, der Adolf auf dem Gewissen hat.«

»Besonders viel Gewissen scheint derjenige ja nicht zu haben«, meint Eminanim.

»Oder jemand will uns erpressen. Was haltet ihr denn davon?«, fragt Mehmet.

»Und dafür schreibt er so alberne Briefe? Außerdem steht in dem Brief nichts von einer Geldforderung.«

»Sagt mal, ist Adolf überhaupt noch in der Tiefkühltruhe?«, fragt Mehmet auf einmal.

»Ich weiß nicht, aber in seinem Zustand kommt er vermutlich nicht weit«, sage ich.

»Hat einer von euch beiden heute Morgen in der Tiefkühltruhe nachgeguckt? Vielleicht hat der Mörder ihn ja mitgenommen und erschreckt jetzt irgendwelche anderen Leute damit.«

Eminanim und ich schauen uns fragend an. Keiner von uns beiden ist vor Aufregung auf diese Idee gekommen. Alle drei rennen wir mit pochenden Herzen, die lauter hämmern als die rücksichtslosen Klempner im Badezimmer, blitzschnell in den Keller.

Weder ich noch Eminanim trauen uns, den Deckel von

der Tiefkühltruhe hochzuheben. Mehmet tut's. Und das in so einer übertrieben spannenden Art und Weise, als würde er gleich den diesjährigen Oscar-Preisträger bekannt geben.

»Läydies änd Dschentelmän, die Hammelköpfe sind noch da«, verkündet er.

»Toll! Und Adolf?«, fragt meine Frau, gespannt bis in die Haarspitzen.

Mehmet steigert die Spannung ins Unerträgliche. Ich höre förmlich den Trommelwirbel:

»Mädams e Mösyö, der liegt auch da drin!«

Nach ein paar Stunden, als ich mich einigermaßen beruhigt habe, gehe ich nach unten zum Briefkasten.

Frau Weißbrot versucht ziemlich angestrengt ihren Briefkasten zu öffnen.

»Einen wunderschönen guten Morgen, Frau Weißbrot«, rufe ich besonders höflich.

»Guten Morgen, Herr Engin«, lächelt sie.

Sie scheint es uns nicht ganz so übel genommen zu haben, dass wir ihren alten Ehemann aufgegessen haben.

»Herr Engin, bei Ihnen ist ja die Hölle los«, ruft sie weiter.

»Was meinen Sie denn damit?«, frage ich.

»Na, hören Sie mal, seit Tagen ist das ganze Haus am Wackeln. Man bekommt das Gefühl, dass Sie die ganze Etage demontieren und damit in die Türkei flüchten wollen.«

»Frau Weißbrot, nun sagen Sie endlich, was Sie auf dem Herzen haben. Weshalb sollten wir denn flüchten?«

»Herr Engin, merken Sie nicht, wie das ganze Haus

wackelt und alles vibriert? Ich treffe nicht mal das Schlüsselloch vom Briefkasten.«

»Ach, das meinen Sie? Bei uns wird einiges repariert. Wir müssen die Wohnung doch renovieren, bevor wir uns es richtig gemütlich gemacht haben. Hinterher hat keiner mehr Lust dazu.«

Dass die Oma ihren Briefkasten nicht öffnen kann, hat wohl eher was mit ihrer Gicht zu tun.

»Schauen Sie mal, wie schnell ich meinen Briefkasten öffnen kann«, prahle ich, und als ich den Zettel darin sehe, zittere ich, wie es Frau Weißbrot garantiert nicht mal in ihrer Hochzeitsnacht zustande gebracht hat.

»Was haben Sie denn plötzlich, Herr Engin? Sie sind so blass, geht's ihnen nicht gut?«, fragt sie besorgt.

»Diese rücksichtslosen Bauarbeiter da oben«, stottere ich, »ich glaube, die reißen bald das ganze Haus ab und bauen es irgendwo in Bulgarien oder Rumänien wieder zusammen.«

»Na, hab ich's doch gesagt«, ruft sie und stapft zufrieden die Treppen hoch.

Ich setze mich vorsichtig auf die Stufen, bevor ich wegen Herzversagen umkippe.

Ich habe das dumpfe Gefühl, dass es der Täter speziell auf mich abgesehen hat. Aber meinen Tod will er ohne jede Spur herbeiführen, ohne äußere Gewalt und Waffen. Hastig massiere ich mein Herz. Auf dem neuen Zettel steht haargenau dasselbe wie auf dem ersten Brief, den Mehmet mühsam zusammengeklebt hat. Ich kann den Text mittlerweile auswendig, bin aber trotzdem daraus kein bisschen schlauer geworden. Schwirrt jetzt etwa der unruhige Geist des Ermordeten durch dieses alte, gruselige Haus, in dem ohnehin schon pulverisierte greise Männer in kleinen Dosen auf der Fensterbank hocken und aus dem Fenster starren? Ich verfluche bereits jetzt den Tag, an dem wir hier eingezogen sind!

Mit einem Ruck reißt mir Mehmet plötzlich den Zettel aus der Hand.

»Schit, warum habe ich mir so viel Mühe gegeben, diese ganzen Schnipsel zusammenzukleben, wenn wir sowieso eine Kopie kriegen?«

»Weil wohl keiner gedacht hat, dass wir einen so fleißigen Toten im Keller haben.«

»Ich habe mir schon immer einen treuen Brieffreund gewünscht!«

»Du hast dir den sicherlich aus dem ›Reich des Bösen‹ gewünscht und nicht aus dem ›Reich der Toten‹.«

»Deshalb lässt Adolf ja auch einen anderen für sich schreiben. Er hat einen Gostwreiter, genauso wie Boris Becker, Dieter Bohlen, Verona Feldbusch und all die anderen ›Autoren‹.«

»Wieso? Sind die auch schon tot? Mehmet, ich weiß, wie wir diesen Gostwreiter von Adolf überführen können. Hör zu! Es ist doch völlig offensichtlich, dass der Mensch, der uns die Briefe schreibt, genau weiß, wo ich gerade bin. Wenn du mich unauffällig beschattest, findest du auch meinen Verfolger.«

»Also Vater, wirklich, warum sollte irgendjemand dich verfolgen? Hast du es vergessen? Ich bin doch der Haupttatverdächtige hier! Und ich gehe mich jetzt mal umhören, wo sich dieser Adolf in letzter Zeit überall rumgetrieben hat und was für Probleme er hatte. Wenn du unbedingt Detektiv spielen willst, dann kannst du ja mich beschatten!«

Das ganze Haus ist immer noch am Wackeln und Vibrieren. Die Arbeiter hatten mir versprochen, dass es keine Minute länger als zwei Stunden dauern würde, die Kacheln im Badezimmer wegzuhauen. Dann hätte ich meine Ruhe. Jetzt reißen sie schon seit fünf Stunden das Haus ab (es kommt einem wirklich so vor) und ein Ende ist nicht in Sicht. Zudem jammert mir meine Frau genauso lange die Ohren voll, dass sie nicht aufs Klo gehen kann.

»Bedank dich doch bei deinem lieben Schwiegersohn. Jetzt merkst du, wie gesund er kocht«, sage ich.

»Doch nicht deswegen. Wegen der Arbeiter kann ich nicht ins Badezimmer.«

»Geh einfach rein, dann müssen sie doch aufhören.«

»Ich war drin und die haben auch tatsächlich aufgehört zu arbeiten. Stattdessen haben sie dann, ohne mit der Wimper zu zucken, die ganze Zeit mich angestarrt, während ich auf dem Klo saß!«, brüllt sie, damit ich sie hören kann.

Und plötzlich geschieht etwas Geisterhaftes – etwas Unglaubliches: Ich sehe, wie plötzlich alle Arbeiter ihre Sachen packen und abhauen. Bis hierher ist alles okäy, die kommen und gehen, wie es ihnen passt. Aber obwohl sie schon fast aus der Tür raus sind, hört das Erdbeben immer noch nicht auf! Haben Bohrer und Hammer etwa auch einen Autopilot?

»Halt, halt, bitte nehmen Sie Ihren Lärm mit«, rufe ich denen hinterher.

»Das Ihr Lärm«, sagt der Bulgare oder Rumäne.

»In diese Haus wir nix arbeit«, ergänzt ein anderer Rumäne oder Bulgare.

»Wieso, was ist denn passiert? Meine Frau musste wirklich dringend aufs Klo!«

»Wir arbeit 20 Stunden im Tag, wir arbeit mit wenig Geld, wir arbeit illegal, wir arbeit immer Angst vor Polizei – aber das zu viel!«

»Bei Allah, was ist denn passiert?«

»Dein Musik Scheiße«, brüllt der Bulgare oder Rumäne und stürzt hinaus.

»Du kranke Kopf. Du selber Ausländer aber Ausländer hassen«, ergänzt der andere und folgt seinem Kollegen.

Jetzt erst wird mir bewusst, dass sich die Quelle des ohrenbetäubenden Lärms vom Badezimmer ins Wohnzimmer verlagert hat.

Und meine kleine Tochter hüpft bei dem Krach auf und ab.

»Hatice, bist du verrückt geworden, was soll denn das?«, schimpfe ich und drehe die Musik-Anlage leiser.

»Die CD hab ich geschenkt bekommen«, strahlt sie bis über beide Ohren.

»Du musst ja nicht gleich voll aufdrehen. Von wem hast du sie überhaupt?«

»Ein Mann hat sie vor der Schule verteilt. Alle haben eine bekommen!«

Sosehr ich mich auch bemühe, ich verstehe kein Wort von dem Text. Es ist ein wahnsinniges Gegröle, als würden zehn Stiere und drei Paviane gleichzeitig kastriert.

Ich mache die CD-Hülle auf und lese den Text.

Kanake, hau doch ab
Verrecke in deinem Land
Adolf hat nicht vergast
Wir sind aber so weit!

»Hatice, bei Allah, mach sofort diesen Mist aus«, schimpfe ich.

Da kommt Nermin, unsere Expertin, zur Tür herein und reißt mir sofort die CD-Hülle aus der Hand.

»Das sind die ›Jammertaler Kanakenjäger‹. Aber auf diesem Sämpler findet sich die ganze stinkende Scheiße auf einem Haufen: ›Adolfs Kumpels‹, ›Nazifaust‹, ›Rassenkampf‹, ›KZ-Wächter‹, usw.«

»Hatice, du darfst vom Schulhof nie wieder so was mitnehmen, auf keinen Fall, hörst du?«, brülle ich schockiert.

»Also, Vater, Drogen darf ich nicht nehmen, mit fremden Leuten sprechen auch nicht. Ins Auto bei jemandem darf ich auch nicht steigen. Ich darf nicht auf der Straße rumlungern, sondern muss sofort nach Hause kommen. Süßigkeiten soll ich auch nicht essen. Aber von einem CD-Verbot war bisher nie die Rede!«

»Osman, Hatice hat doch recht«, sagt meine Frau, »Rumbrüllen bringt nichts. Du musst ihr schon erklären, warum sie auch keine CDs annehmen darf.«

»Eminanim, wenn ich's mir so überlege, die alten Zeiten waren doch wirklich sehr schön, nicht wahr?«, schwelge ich in Erinnerungen. »Wir waren doch als Kinder den ganzen Tag draußen. Und die größte Sorge, die unsere Eltern wegen uns hatten, war, dass wir vom Olivenbaum fallen und unsere Hosen kaputt machen.«

Don Osman in Äktschn

In den letzten Tagen hat Mehmet vergeblich versucht, in dem übel riechenden Dunstkreis von Adolf herumzuschnüffeln. Aber es hat nicht viel gebracht. Durch jahrelanges Rumhängen in stinkenden Kneipen hat er seinen Geruchssinn nämlich schon längst verloren. Das Rauchverbot kommt für ihn etwas zu spät.

»Glaub mir, Vater, ich war froh, dass die mich nicht skalpiert haben«, sagt er, »kannst du dir vorstellen, dass man so einen lieben, netten Jungen wie mich nicht mag?«

»Mehmet, bring mich nicht in solche Gewissenskonflikte. Ich will mich nicht dabei ertappen, dass ich Verständnis für Nazis aufbringe«, rufe ich.

»Wie dem auch sei, um in so einem stinkenden Misthaufen rumzuwühlen, den Adolf ›seine Kameradschaft‹ nannte, bin ich völlig ungeeignet. Ich bin bei denen bekannt wie 'n bunter Hund. Heute Abend ist so ein Nazi-Konzert. Wenn du dich traust, kannst du ja hingehen, um zu schnüffeln.«

»Soll das heißen, ich sehe wie ein geborener Nazi aus?«

»Noch nicht ganz, dafür musst du dich erst mal von deinen restlichen dreieinhalb Haaren und dem albernen Türkenschnurrbart trennen.«

»Mein Kumpel Barbier Bekir wird sich bestimmt köstlich amüsieren, wenn er meinen Kopf in eine strahlende 1000-Watt-Glühbirne verwandeln darf.«

»Nein, nein, du gehst nicht zu Onkel Bekir. Ich bringe dich zu René und Pierre, dahin ist Adolf früher immer gegangen, bevor er sich für den Radikalschnitt entschieden hat. Danach haben René und Pierre einen Kunden verloren und die Skinhäädszene einen Idioten gewonnen. Frisöre sind Lästermäuler, vielleicht kannst du ja dort was über Adolf erfahren.«

»Ei ei, Sör, Don Osman in Äktschn!«, rufe ich.

»Auf keinen Fall! In den Kreisen darf niemand erfahren, dass du Türke bist. Mit deinem starken Akzent taugst du aber auch nicht zu einem reinen Deutschen. Deshalb machen wir dich hiermit zu einem Russlanddeutschen. Ab sofort heißt du Wladimir und kommst aus Kasachstan.«

»Okäy, ich bin Wladimir und komme aus Kasachstan, richtig so?«

»Nicht ganz, in Deutschland haben die Behörden dir den Namen Waldemar verpasst, weil Wladimir nicht deutschkompatibel ist. Und du musst noch schlechteres Deutsch sprechen, als du es ohnehin schon tust.«

»Ich Waldemar, ich kommen Kasachstan!«

»Ja, das klingt schon relativ authentisch. Los, gib mir den Autoschlüssel, ich bringe dich gleich zum Frisör.«

Ich sitze also auf diesem ungemütlichen Diseinerstuhl und starre in den großen Spiegel vor mir. Seit meinem letzten Besuch haben sich die Frisörläden doch reichlich verändert. Und zwar nicht nur, was deren Namen betrifft. Jetzt heißen sie alle ›Katter‹, ›Häädschop‹ oder ›Häirstaylist‹ usw. Früher hießen sie nur Frisörladen, und dort gab es dann zwei alte, vergammelte Sessel, einen vergilbten Spiegel und jede Menge uralter Zeitungen. Zu meiner Zeit sind die Frisörläden einer nach dem anderen pleitegegangen, weil die Jugendlichen alle lange Haare hatten und kein normaler Mensch zum Frisör ging. Mit Sicherheit haben die Frisöre heutzutage vor nichts mehr Angst, als dass die Hippiemode wieder zurückkommt.

Ich habe das Gefühl, in einem Kunstmuseum gelandet zu sein oder in einem edlen französischen Modehaus, wo die neueste Frühjahrskollektion entworfen wird. Dabei werden auch hier die Leute nur von ihren fettigen und schuppigen Haaren befreit. Ich fühl mich ausgesprochen unwohl. Der ganze Laden ist steril und kalt wie ein OP-Saal, wenn man von der nervigen Technomusik mal absieht.

»Wie soll ich's Ihnen denn machen?«, säuselt mir der René oder Pierre ins Ohr.

»Ich hätte gerne eine Dauerwelle!«

»Wie bitte, mein Herr?«

»Ja, warum stellen Sie mir denn so blöde Fragen? Was kann ich mir denn mit meinen drei Flusen auf dem Kopf schon wünschen? Weg mit dem Gestrüpp!«

»Alles weg?«

»Ja. Radikaler Kahlschlag! Ich will so eine schicke Frisur haben wie mein netter Nachbar Adolf aus dem Karnickelweg. Kennen Sie den?«

»Ach, sind Sie etwa der arme türkische Nachbar, von dem Adolf früher immer geredet hat?«

»Nein, ich Wladimir. Ich deutsch, aber ich nicht sprechen gut deutsch. Ich kommen Kasachstan«, übe ich meinen russlanddeutschen Akzent in der Öffentlichkeit, wie Mehmet es mir empfohlen hat.

Als der Frisör sich wieder entfernt, ergreift Mehmet sofort die Gelegenheit, sich mal wieder über sein Lieblingsthema auszulassen: »Ach Vater, ich bin ja so enttäuscht von meinen ehemaligen Genossen aus Russland und aus der DDR. Die sind entweder rechts oder ultrakonservativ. Im besten Fall haben sie überhaupt keine Ahnung von Politik. Es ist zum Heulen. Die glorreiche, mächtige, große Sowjetunion und auch die DDR scheinen keinen einzigen echten Kommunisten hervorgebracht zu haben. Fünfzig Jahre lang haben die beiden Länder hier im Westen Werbung für den Sozialismus gemacht, mit Sprüchen wie ›Völkerfreundschaft‹ und ›Hoch die internationale Solidarität‹ und so. Aber davon ist anscheinend nichts bei der eigenen Bevölkerung angekommen. Offenbar war alles nur für den Export gedacht.«

»Mehmet, das hab ich dir ja schon immer gesagt. Schön, dass du es endlich auch verstanden hast! Als die Russen die DDR freigelassen haben, waren wir ja hier erst mal alle hocherfreut. Und dann umso schockierter, als wir bemerkt haben, wie viele ausländerfeindliche Leute da drüben waren, obwohl die in der DDR doch niemals einen anständigen Gastarbeiter zu Gesicht bekommen haben.«

»Aber das heißt nicht, dass die Idee des Sozialismus falsch ist. Vielmehr sind nur die egoistischen und habgierigen Menschen in ihrer Dummheit dafür ungeeignet. Ich bin wirklich drauf und dran zu glauben, dass nur Bienen und Ameisen kommunismustauglich sind!«

Der Frisör schleppt plötzlich einen großen Apparat herbei. Bei näherem Betrachten entpuppt sich das Ding als ein Waschbecken. Früher ging man zum Waschbecken, jetzt kommen die zu einem.

»Was wollen Sie denn damit? Ich meine, was sollen Waschbecken?«, frage ich überrascht.

»Ich bitte Sie, ich muss doch Ihre Haare waschen.«

»Warum waschen? Haare gleich sowieso auf Boden landen.«

»Wir schneiden niemals Haare, ohne sie vorher zu waschen. Lassen Sie mich nur machen. Ich weiß, was Männerköpfe glücklich macht.«

Unglaublich, wie zart und gefühlvoll er meine Haare krault, streichelt und wäscht. Ich glaube, der will was von mir.

Und das Vorurteil stimmt wirklich! Nein, nicht, dass alle Frisöre schwul sind, sondern, dass sie alle Lästermäuler sind. Er redet und redet und redet. Ich erfahre alles über das Wetter, über die neuesten Schnitttechniken, über den unmöglichen Hundefrisör von gegenüber, über unsere Stadt, über Deutschland und die Welt, besonders was die neuen Topmodels betrifft.

Ich weiß nun wirklich alles – nur nichts über Adolf! Über ihn hat er kein einziges Wort verloren. Und ich konnte ihn ja auch nicht direkt danach fragen. So machen es alle guten Detektive, die was auf sich halten und nicht als solche enttarnt werden wollen.

Das Einzige, was ich im Zusammenhang mit Adolf erfahren habe, ist, dass ein Onkel von ihm, ein gewisser Helmut Aufdermauer, Abgeordneter im Landesparlament ist.

Nachdem mein netter Frisör Pierre mir stundenlang meinen Kopf geölt, eingecremt, poliert und massiert hat, rufe ich:

»Das waren wunderbar, Pierre, ich danken. Föhnen machen ich selber.«

»Wladimir, Sie sind aber ein Witzbold. Sind alle Russen so lustig?«

»Aberr klarr doch. Zwei Flasche Wodka jeden Tag, dann alle lustig. Nastrowje, mein Junge – dawei, dawei!«

Es macht Pierre große Freude, mir meinen Schnurrbart und meine Augenbrauen gelb zu färben.

Als ich mit einem Kopf, der wie ein reifer Kürbis aussieht und wie eine 500-Watt-Glühbirne strahlt, den Laden verlasse, ahnt mein Katter nicht im Geringsten, dass ich als getarnter Schnüffler viel mehr an seiner losen Zunge interessiert war als an der flinken Schere in seiner Hand.

Nach dem Frisör lässt mich Mehmet in der Nähe des Konzerts, aber in sicherer Entfernung, aussteigen. Mein Kopf friert fürchterlich. Ich habe mehr Angst, einem Bekannten über den Weg zu laufen als einem Skinhääd. Und ich bin unheimlich froh, dass der Saal so dunkel ist.

Die Leute hier sind total durchgedreht und rütteln wie verrückt an den Stahlgittern. Einige reißen sogar Metallbefestigungen ab und schlagen damit wie die Wilden gegen die Wände und die Sitze. Ohne Hemmungen springen sie sich gegenseitig an, treten sich mit den Füßen und rammen ihre Ellbogen in jedermanns Rücken oder Magengegend. Und alle haben so grauenhaft hässliche Tätowierungen. Aber Hässlichsein ist hier anscheinend Trumpf. Auf diesem Planet der Affen komme ich mir wie ein 1-a-Dressmän vor.

Man fühlt sich wie auf einer südamerikanischen Gefängnisrevolte. Die Songs sind nämlich nicht nur sehr ausländer-, sondern auch unglaublich trommelfellfeindlich. Lauter Verrückte versuchen sich im Rhythmus des ohrenbetäubenden Lärms gegenseitig die Schädel einzuschlagen. Hier braucht man sich als Mann auch gar nicht gut zu benehmen, in dem ganzen großen Raum gibt es keine einzige Frau. Jedenfalls keine, die man äußerlich als solche erkennen könnte.

Die Glatzen scheinen alle wegen des Geschreis hierhergekommen zu sein, das sich so anhört, als würde man ohne Betäubung ein Schwein kastrieren. Vielleicht sollte man das lieber mit dem Sänger machen.

Auf türkischen Konzerten werden mit viel Gefühl herrlich romantische Lieder über die Liebe gesungen, hier gibt es nur brutale Lieder über den Hass! Die Leute schreien sich die Lunge aus dem Leib, um sich gegenseitig zu bestätigen, wie sehr sie die Ausländer hassen. *Macht den scheiß Muselmann platt, hängt das Kümmelschwein auf, zack, zack*, dröhnt es mir in den Ohren. Sonderlich einfallsreich sind diese Bänds ja nicht gerade, eigentlich wiederholen sich fast immer die gleichen zwei Zeilen. Da fällt mir ein, dass Nermin mir erst kürzlich erzählt hat, dass die rechtsextremistische Musik auf die Skinhääds wie eine Droge wirkt. Sie putscht sie auf und macht sie richtig schön aggressiv. Ich vermute, die netten Jungs, die Hatice die CD geschenkt haben, sind auch hier.

Ich kämpfe mich zurück durch die kreischenden Massen und verlasse die kochende, stickige und stinkende Halle und rette mich an die Theke im Foyer. Mit dem Pöbel da drin habe ich nichts gemeinsam, von meiner polierten Glatze mal abgesehen.

Die Polizei hätte es natürlich viel einfacher als ich, den Mörder zu fassen! Sie bräuchte nur das gesamte Publikum inklusive der Bänd, der Türsteher, der Ordner und des Veranstalters komplett zu verhaften.

»Hei, Kamerrad«, spricht mich plötzlich ein Nazi von der Seite unvermittelt an.

»Hei, Kamerad«, antworte ich ihm.

»Echt geile Mucke, nicht?«

»Klarr doch!«

»Ey, bist du Ausländerr?«, fragt er.

»Ich hassen Ausländerr! Ich bin Waldemar«, rufe ich, so laut ich kann.

»Ich bin Igorr Popotschenkov. Ich bin Russlanddeutscher.«

Oh Scheiße! Jetzt habe ich den russischen Salat! Wie komme ich aus dem Mist bloß wieder raus? Warum muss ich von den tausend Nazis hier genau den einen aus Russland erwischen? Warum hat Mehmet mich gerade aus Kasachstan kommen lassen? Der wird bestimmt jetzt sofort anfangen, mit mir Russisch zu reden.

»Ich bin Polendeutscher«, sage ich. Und ich weiß nicht mal, ob es so was wie Polendeutsche überhaupt gibt. Aber was Besseres fällt mir auf die Schnelle nicht ein. Ich bete zu Gott, dass Igorr kein Polnisch kann. Ich kann's nämlich nicht so gut. Anscheinend gibt es aber doch Polendeutsche. Zumindest behauptet Igorr nicht das Gegenteil.

»Endlich in derr Heimat, nicht warr, Kamerrad?«

»Scheißkommunisten«, rufe ich. Schon wieder fällt mir auf die Schnelle nichts Besseres ein. Ich stelle schmerzlich fest, dass Mehmet mich auf meine Rolle sehr unzureichend vorbereitet hat. Dass ein lächerliches ›Ich Wladimir, ich kommen Kasachstan‹ für eine Konversation nicht ganz ausreichen würde, hätte doch jedem Idioten, außer Mehmet, klar sein müssen. Selbst die geistig minderbemittelten Nazis haben einen größeren Wortschatz. Bis zu zwanzig Wörter können die. Obwohl sie in der Öffentlichkeit ihr Potenzial nicht ganz ausschöpfen und sich, sparsam, wie sie sind, mit nur zwei Wörtern begnügen: »Ausländer raus!!!« Und die restlichen achtzehn Wörter beschränken sich auf Biermarken. Mit den Ausrufezeichen hingegen sind sie nicht so sparsam, genauso wenig wie mit dem Alkohol.

Mein neuer Kamerad aus Russland ist hier der Einzige in der Runde, der quatschen will. Alle anderen sind sturzbesoffen, saufen fröhlich weiter und rülpsen sich gegenseitig ins Gesicht. Als Zeichen meiner Dazugehörigkeit, sozusagen als Beweis meiner solidarischen Beschränktheit, rülpse ich Igorr auch mehrmals genüsslich mitten ins Gesicht. Zu meiner großen Enttäuschung rülpst der Russe nicht zurück. Somit wäre der erste große Unterschied zwischen russischen und deutschen Nazis empirisch nachgewiesen. Russische Nazis rülpsen nicht zurück. Jedenfalls nicht gegenüber einem polnischen Nazi. Da gibt es anscheinend Tabus, die noch aus dem Warschauer Pakt herrühren.

Na gut, ich will dieses Thema nicht noch weiter ausreizen, aber heutzutage ist das Rülpsen längst keine Bestätigung mehr dafür, dass einem das Essen geschmeckt hat. Die Zeiten, als Luther gefragt hat: »Warum rülpset und furzet ihr nicht, hat es euch nicht geschmecket?«, liegen nämlich schon ein paar Jahrhunderte zurück. Aber außer Igorr scheint das hier niemand mitgekriegt zu haben.

»Sag mal, Waldemarr, bist du fürr diese Arrt von Musik nicht schon etwas zu alt?«, labert Igorr mich schon wieder von der Seite an.

»Musik egal, ich kommen, weil ich Fascho!«, sage ich,

unschlüssig, ob ich dabei den rechten Arm voll ausstrecken soll. Deshalb mache ich halbherzig eine 45-Grad-Biegung. Im Notfall könnte ich dann immer noch behaupten, ich hätte auf den Idioten dort drüben gezeigt, der zehn Meter weiter in seiner eigenen Pfütze liegt.

»Bist du wirklich Fascho?«, lässt der nervige Igorr nicht locker.

»Ich Stockfascho, bis zum Anschlag!«

Als Beweis dafür fange ich an, mit besonders ekelhafter Stimme rumzugrölen:

»Ausländerrr rrausss, Ausländerrr rrausss!!!«

Es ist eine chronische Krankheit von uns Ausländern in Deutschland. Ständig sind wir in Argumentationsnot. Immer wieder müssen wir unsere Existenz begründen, erklären, entschuldigen und beweisen. Selbst ein atheistischer Iraner versucht hier dauernd zu erklären, warum er gar kein radikaler Islamist sein kann. Der in Deutschland geborene Türke schwört Stein und Bein, dass er nicht hierhergekommen sei, um Sozialhilfe zu kassieren. Und der schwarze Schlosser hält ungefragt zehn Mal am Tag seinen Werksausweis von Halle 4 hoch, um einigermaßen glaubhaft zu machen, dass er kein hauptberuflicher Diiler ist. So traurig es auch ist, selbst ausländische Faschos haben mit diesen Vorurteilen zu kämpfen.

Mein russischer Kamerad schaut mich immer noch eigenartig von der Seite an. Jedenfalls nicht so, wie man einen anständigen, tapferen, patriotischen Rechtsradikalen gefälligst anzuschauen hat. Auch wenn er aus Polen stammt.

»Was ist los, Igorr? Soll ich ein paar Asylantenheime abfackeln, damit du mirr glaubst, oderr was?«, werde ich langsam sauer.

Mein Gott, tauge ich etwa in diesem Leben nicht mal für einen lumpigen Fascho?

Ich lasse den Popotschenkov am Tresen auf seinen vier Buchstaben sitzen und gehe wieder zurück zur tobenden Menge. Es ist alles relativ. Plötzlich finde ich's drinnen in der Halle viel angenehmer als im Foyer.

Knochenhauer und Beinbrecher

Nach dem großen Reinfall gestern Abend, bei dem ich nicht nur meine beiden letzten Haare, sondern höchstwahrscheinlich auch beide Trommelfelle eingebüßt habe, liege ich auf dem Sofa und versuche, mich so gut es geht zu erholen.

»Osman, Knochenhauer und Beinbrecher sind da«, ruft meine Frau in dem Moment.

»Was? Meinst du die beiden, die dem Adolf alle Knochen gebrochen haben?«, sage ich erschrocken.

»Erwähne doch nicht den Adolf, du Idiot! Das sind offizielle Knochenhauer und Beinbrecher, die kommen von der Polizei«, zischt Eminanim leise, wobei ihre Hosenbeine Feuer gefangen haben. Das ist natürlich nur im übertragenen Sinne gemeint. Ihre Hosenbeine haben nicht tatsächlich Feuer gefangen. Sie hat ja gar keine Hosenbeine. Sie hat nicht mal eine Hose an. Diese türkische Redewendung will nur sagen, dass die Angst mittlerweile unglaublich groß geworden ist.

»Eminanim, sieht man es denen denn an, dass sie so brutal sind?«, flüstere ich zurück, wobei meine Hosenbeine inzwischen auch lichterloh brennen. Wenn man in einen Mordfall verwickelt ist, sollte man auf keinen Fall leicht entflammbare Pyjamahosen tragen!

»Guten Tag, Herr Engin, mein Name ist Hans-Egon

Knochenhauer, ich bin Kriminalhauptkommissar. Und das ist mein Kollege Beinbrecher.«

»Knochenhauer und Beinbrecher – sind wir hier bei ›Versteckte Kamera‹, oder was?«

»Nein, wir verstecken nichts. Wir werden unser Gespräch höchst offiziell mit diesem Gerät hier aufzeichnen.«

»Was wollen Sie denn aufzeichnen, denken Sie etwa, wir haben eine Leiche in Keller?«, lache ich krampfhaft.

Ich stelle überrascht fest, je brenzliger die Situation wird, desto sarkastischer werde ich. Hoffentlich geht das gut. Meine Frau scheint darüber aber nur wenig amüsiert zu sein.

»Ja, wir wollen nicht ausschließen, dass Sie vielleicht tatsächlich eine Leiche in Ihrem Keller haben, wir untersuchen nämlich einen etwas mysteriösen Fall«, erwidert er völlig ernst.

»Eminanim, hast du das gehört, die Polizei glaubt, wir hätten eine Leiche in unserem Keller, ist das nicht lustig, hahahaaaa.«

Meine gekünstelt gute Laune steckt aber niemanden richtig an. Herr Knochenhauer bleibt ernst wie eh und je, Herr Beinbrecher verzieht keine Miene und meine Frau Eminanim wird immer röter und röter, wie eine reife Tomate.

»Herr Knochenbrecher, das finde ich aber überhaupt nicht lustig, was Sie da sagen! Mit so was macht man doch keinen Spaß«, sage ich.

»Herr Engin, Sie sind ohnehin der Einzige hier, der die ganze Zeit versucht, das Gespräch ins Lächerliche zu ziehen. Ich an Ihrer Stelle würde die Sache nicht auf die leichte Schulter nehmen.«

»Aber diese ganze Sache ist doch so absurd! Ich weiß nicht mal, worum es geht.«

»Sie lassen mich ja auch nicht ausreden mit Ihren Albernheiten. Es geht um Ihren Nachbarn, Dominique Nachtigall.«

»Kennen wir nicht! Wir sind erst vor ein paar Tagen hier eingezogen, wie Sie doch bemerkt haben dürften. Wir kennen die ganzen Nachbarn noch nicht.«

»Frau Weißbrot hat uns aber was anderes erzählt.«

»Ach ja, Frau Weißbrot, die etwas verwirrte Oma, die während unseres Umzugs völlig durcheinander hier reingeplatzt ist. Die hat uns auch mit ihrem Mann bekannt gemacht, aber der gute alte Herr Alois Weißbrot befand sich schon als Vollkornmehl in der Vorratsdose.«

»Weiterhin haben wir von Herrn und Frau Nachtigall die Aussage vorliegen, dass sie bei Ihnen waren und ausführlich mit Ihnen über das rätselhafte Verschwinden von Dominique gesprochen haben.«

»Oh ja, jetzt, wo Sie es sagen, fällt es mir natürlich wieder ein. Das ist mir total entfallen. Aber Sie müssen auch verstehen, dass wir wegen des Umzugs inzwischen etwas erschöpft sind. Letztens war es im Treppenhaus aber wieder so laut, dass ich dachte, der junge Mann ist wieder aufgetaucht.«

»Nein, das ist er leider nicht!«

»Da haben Sie recht, er ist nicht aufgetaucht«, ruft meine Tochter Nermin dazwischen. »Ich habe schon öfter bei ihm geklingelt, aber er macht nie auf! Ich brauche ihn nämlich dringend als typisches Fallbeispiel.«

»Wofür brauchen Sie ihn?«, fragt Herr Knochenhauer überrascht.

»Ich schreibe gerade an einer Hausarbeit für den Geschichtsunterricht über den neuen Rechtsextremismus in Deutschland, die ich in drei Wochen abgeben muss. Es wäre toll, wenn ich den Dominique vorher noch interwjuen könnte.«

»Sie kennen ihn aber nicht, oder?«

»Nun ja, persönlich nicht, aber: Kennt man einen, kennt man alle.«

»Nermin, das reicht, Kommissare haben nicht so viel Zeit wie Schüler«, unterbreche ich sie rasch, damit die Polizisten bald wieder abhauen.

»Also, Herr Knochenhauer, Sie können sich bei uns überall umschauen, wenn Ihnen diese Unordnung nichts ausmacht«, tue ich völlig unschuldig und führe die beiden Herren in unserer Wohnung herum.

»Dieser Raum, der wie eine hundert Tage nicht aufgeräumte Jugendherberge aussieht, wird irgendwann mal unser Schlafzimmer. Das hier ist die Küche, man kann hier zwar nichts kochen, aber unsere Tochter ist mit einem italienischen Pizzabäcker verlobt, wissen Sie, das ist sehr praktisch, wenn die Küche noch nicht so richtig funktioniert. Und das hier ist das Zimmer von meinem Sohn Mehmet. Er ist Student und arbeitet bei einer Zeitung, der Junge ist superintelligent und sehr vernünftig, wissen Sie?«

»Herr Engin, vielen Dank für diese nette Führung. Eine hübsche Wohnung haben Sie. Jetzt wollen wir uns mal Ihren Keller anschauen.«

»Was, wieso? Das mit der Leiche im Keller hatte ich doch nur als Witz gemeint!«, stottere ich.

»Ich weiß, ich weiß! Aber wir wollen ihn uns trotzdem ganz kurz ansehen, reine Formsache.«

»Das geht aber jetzt zu weit«, rufe ich und stelle mich den beiden Beamten in den Weg. »Ohne einen Durchsuchungsbefehl dürfen Sie hier nicht mehr schnüffeln!«

»Gut, dass Sie danach fragen, hier ist die richterliche Verfügung«, sagt er lächelnd und holt aus seiner Innentasche einen Zettel heraus.

»Aber was wollen Sie sich denn da unten angucken?«, rufe ich erschrocken und laufe mit meiner Frau den beiden hinterher.

»Herr Engin, schließen Sie bitte die Kellertür auf.«

»Es ist nicht abgeschlossen, wir haben dafür keinen Schlüssel bekommen.«

Kommissar Knochenhauer und Beinbrecher gehen entschlossenen Schrittes rein.

»Sehen Sie, dieser Raum ist ganz leer. Wir haben unseren alten Krempel schon vor dem Umzug weggeschmissen«, sage ich und lehne mich lässig an die Tiefkühltruhe.

»Das war sicher eine gute Idee. Wir schauen auch nur noch kurz in diese Kühlkiste rein und dann sind wir schon wieder weg.«

»Aber hier ist auch nichts drin!«

»Herr Engin, bitte gehen Sie da weg!«

Wie vor den Kopf geschlagen trotte ich zu meiner Frau rüber, die völlig resigniert in der Tür steht. Kommissar Knochenhauer macht die Tiefkühltruhe auf und ruft:

»Haben Sie denn noch nie was von Energiesparen gehört?«

»Öhm ... was meinen Sie denn damit? Meinen Sie kriminelle Energie?«

»Wieso ziehen Sie nicht den Stecker von dem Ding hier raus?«

»Damit die Leiche nicht stinkt.«

»Sehr witzig! Wenn Sie da drin nichts aufbewahren, sollten Sie auch den Stecker ziehen. Leute wie Sie sind schuld an der Klimakatastrophe!«

Meine Frau und ich laufen sofort zur Truhe.

Bei Allah, der Kommissar hat völlig recht: Die Kiste ist total leer!

Nicht mal die beiden Hammelköpfe sind noch da!

Leiche al dente

Nachdem Knochenhauer und Beinbrecher unser Haus verlassen haben, kommen wir langsam wieder zu uns. Langsam zu uns kommen beschreibt das unglaubliche Geschehen nicht ganz richtig – vielmehr erstehen wir von den Toten auf: Wir werden regelrecht wiedergeboren!

Meine Frau und ich schauen abwechselnd in die schneeweiße Tiefkühltruhe und dann gegenseitig in unsere nicht minder schneeweißen Gesichter.

»Mehmet hat uns gerettet«, jubelt Eminanim und lässt einen tollen Bauchtanz vom Stapel.

»Er hätte wenigstens die beiden Hammelköpfe dalassen können. Ich hab plötzlich so einen Riesenhunger bekommen«, rufe ich.

»Osman, wie kannst du denn in so einer Situation ans Essen denken? Außerdem: Die beiden Hammelköpfe hätte ich nie im Leben gekocht, die lagen tagelang zusammen mit der Leiche da drin!«

»Bei Allah, apropos Leiche – wo ist die denn jetzt? Mehmet hat sie bestimmt irgendwo in der Wohnung versteckt!«

Blitzschnell laufen wir polternd nach oben.

»Da haben wir aber Glück gehabt, dass Knochenhauer und Beinbrecher die Leiche oben in der Wohnung nicht entdeckt haben, Osman. Du hast denen auch noch genüsslich alle Zimmer vorgeführt!«

»Woher hätte ich es denn wissen sollen? Leichen können sehr selten von alleine laufen, und dein Sohn hat uns natürlich auch nicht Bescheid gesagt.«

Meine Frau und ich suchen die Wohnung doppelt und dreifach ab – nichts zu finden! Nirgendwo eine einzige Leiche.

Unsere schöne, neue Wohnung ist endlich leichenfrei.

»Eminanim, das war's, der Spuk ist endgültig vorbei«, freue ich mich. »Jetzt können wir uns wieder um uns und um die Wohnung kümmern. Und ich hab einen riesigen Kohldampf. Ich gehe jetzt zu diesem Luigi, haue mir zwei, drei Pizzas rein und schaue, ob der Junge gut genug ist für unsere Tochter. Keine Sorge, dir bringe ich auch was zu essen mit.«

Kurz vor der Tür werde ich aber leider von meiner Tochter Nermin abgefangen.

»Papa, du hast mir doch versprochen, wenn wir umziehen, dass ich einen Hund, eine Katze und einen Hamster haben darf!«

»Nermin, bist du bescheuert? Siehst du nicht, dass wir in dieser Baustelle nicht mal Platz für uns selber haben?«

»Wird also wieder nichts draus, oder was?«

»Ja, es sieht leider ganz danach aus.«

»Papa, dann fahr mich jetzt bitte zum Tierheim, damit ich mir wenigstens einen Hund ausleihen kann!«

»Na gut, das kann ich machen, obwohl ich so einen großen Hunger habe. Aber du musst mir versprechen, dass du im Auto keine politischen Vorträge hältst und den Köter heute wieder zurückgibst.«

Seit ihrer Kindheit liegt Nermin mir in den Ohren, dass sie einen mittleren Zoo in ihrem Zimmer einrichten will. Also mindestens einen Hund, eine Katze, ein Kaninchen, einen Hamster, drei Wellensittiche, ein Äffchen und ein niedliches, kleines Krokodil will sie schon haben. Aber in unserer Etagenwohnung im Karnickelweg 7b hatten wir nicht mal genug Platz für uns Zweibeiner. Deswegen vertröste ich sie seit Jahren damit, dass sie sich mit dem hübschen Karnickel in unserem Straßennamen begnügen soll. Die Töchter von meinen Arbeitskollegen haben nicht mal das. Zum Glück haben wir den Straßennamen ja auch bei der neuen Wohnung behalten. Aber undankbar, wie Nermin nun mal ist, ist sie mit einem Haustier im Straßennamen nicht zufriedenzustellen. Jetzt hat sie sich in den Kopf gesetzt, einen Hund aus einem Tierheim auszuleihen, um mit dem Tier durch die Gegend zu laufen.

Also fahre ich mit Nermin in unserem Ford-Transit bis ans Ende der Stadt, damit meine aus Prinzip unglückliche Tochter in dieser »ungerechten Welt«, wenn nicht sich selbst, so doch wenigstens »ein von herzlosen Menschen an diesen kalten Wintertagen brutal vor die Tür gesetztes, superdeprimiertes Lebewesen glücklich machen kann«, wie sie sagt.

Meinen Einwand, dass so ein Hund in einem Tierheim garantiert nicht übermäßig deprimiert sein kann, weil er doch gar nicht weiß, dass auf dieser »ungerechten Welt« die Frauen unterdrückt werden, böse Atomraketen existieren und ich den Müll nicht sorgfältig trenne, lässt sie natürlich nicht gelten.

»Von mir aus, mach, was du willst, ich hab nichts dagegen einzuwenden, solange ich nicht gezwungen werde, mit dem Köter Gassi zu gehen«, sage ich.

»Nein, Papa, das brauchst du nicht«, beruhigt sie mich, »ich will schließlich auf jeden Fall vermeiden, dass dem armen Tier seelische Schäden zugefügt werden!«

Nach nur fünfundvierzig Minuten sind wir auch schon da, und die verantwortliche Dame im Tierheim erklärt uns, dass sie sich wahnsinnig darüber freut, dass die jungen Menschen heutzutage so tierlieb sind und dass es überhaupt kein Problem sei, einen Hund auszuleihen. Nermin müsse nur Mitglied in diesem Verein werden. Und der Jahresbeitrag würde auch nur 90 Euro betragen, die man allerdings sofort hier im Voraus zu bezahlen hätte. Worüber ich natürlich nicht ganz so glücklich bin, im Gegensatz zu Nermin, die ruft:

»Das ist ja toll, Papa! Dadurch hat kein Fremder die Gelegenheit, an unsere Tiere zu kommen!«

»Dass dadurch Fremde an mein schwer verdientes Geld kommen, interessiert dich natürlich überhaupt nicht«, knurre ich.

»Aber Papa, das ist doch alles für die armen Tiere gedacht.«

»Ich weiß, an den armen Osman denkt sowieso keiner. Ich belle nicht, ich beiße nicht, ich bin stubenrein, und trotzdem hat mich keiner lieb«, jammere ich und lege mit einem weinenden und einem heulenden Auge die schönen Scheine auf den Tisch.

Die freundliche Dame erklärt uns, dass damit jetzt alles erledigt wäre. Nermin bräuchte nur noch das obligatorische Drei-Tages-Seminar zu machen, um einen sogenannten Hundeführerschein zu bekommen. Dort lernt sie, mit einem Hund richtig umzugehen, und es wird ihr beigebracht, wie Hunde denken, empfinden und fühlen. Nermin ist sofort einverstanden. Bei mir müssen sich die beiden etwas mehr anstrengen und einiges an Überzeugungsarbeit leisten. Gerade eben habe ich 90 Euro bezahlt und jetzt muss ich noch mal 150 Euro blechen, damit Nermin lernt, wie Köter denken und fühlen. Was ich aber sehr stark bezweifle, denn nach fast achtzehn Jahren hat sie immer noch nicht gelernt, wie ihr armer, alter leiblicher Vater so denkt und fühlt. Dabei kann ich mich sprachlich viel besser ausdrücken als jeder Hund!

»Papa, Papa, mach du doch auch mit, bitte«, fleht sie.

Na, was hab ich gesagt? Sie hat nicht mal gemerkt, wie sehr mich der Mitgliedsbeitrag und die Seminarkosten geschmerzt haben! Sie will auch noch, dass ich alles doppelt bezahle.

»Papa, es könnte dir wirklich nicht schaden, diesen herrlichen Geschöpfen ein bisschen Verständnis und Liebe entgegenzubringen. Glaub mir, das ist wirklich erlernbar. Ich kann nicht mehr mit ansehen, wie du immer panisch die Straßenseite wechselst, wenn dir eine Oma mit ihrem Mops entgegenkommt; als würde der süße Hund dir auf der Stelle beide Beine abbeißen!«

»Nermin, dann solltest du nicht mich, sondern diese blutrünstigen Kampfhunde zum Seminar schicken, damit sie lernen, arme, harmlose Passanten nicht anzugreifen! Außerdem muss ich ja nebenbei noch arbeiten, damit meine durchgeknallten Kinder ihren verrückten Hobbys nachgehen und Unsummen von meinem Geld für so einen Schwachsinn wie einen Hundeführerschein verschleudern können.«

»Entschuldigen Sie bitte, ich möchte Sie wirklich nicht unterbrechen«, unterbricht uns die Dame, »aber unser Arzt ist gerade da. Wenn Sie wollen, können Sie jetzt Ihre Impfungen machen lassen!«

»Was für Impfungen denn?«, fragt Nermin überrascht.

»Mein Kind, damit Sie unsere armen, niedlichen Hunde nicht mit irgendwelchen fiesen Krankheiten anstecken.«

Die fünf Spritzen, die Nermin in den Hintern verpasst bekommt, tun mir mehr weh als ihr. Ich muss nämlich schon wieder bezahlen. Bei dieser Gelegenheit erkläre ich der Obertierschützerin, dass ich die Idee mit dem Hundeführerschein ja im Grunde nicht nur typisch deutsch, sondern auch sehr vernünftig finde, und frage sie, ob all die Penner, Panks und Faschos am Bahnhofsvorplatz, die ja ihre armen Tiere nach Belieben ständig treten, anschreien und schikanieren, auch diesen Hundeführerschein machen müssen.

Nein, die Hundebesitzer, die vierundzwanzig Stunden am Tag mit ihrem Hund zusammenleben, brauchen das natürlich nicht. Die kennen ja ihren Vierbeiner. Aber diejenigen, die nur ein paar Stunden auf den Hund aufpassen, müssen professionell geschult werden. Das ist genau das Gleiche wie mit Erziehern und Lehrern. Die müssen jahrelang lernen und studieren, damit sie sich um fremde Kinder kümmern dürfen. Aber jeder Penner und jede Pennerin, jeder Hans und Franz, jede Else und Ilse, jeder Osman und jede Eminanim können so viele Kinder produzieren, wie sie wollen, denn dafür gibt's keinen Führerschein.

Danach fahren wir ohne einen deprimierten Hund – dafür bin ich jetzt deprimiert – wieder weg. Nermin muss nämlich erst mal das Wochenendseminar machen.

Ich setze sie bei einer Freundin ab und betrete kurze Zeit später inkognito und in geheimer Mission den Pizzaladen von Luigi. Wie ein Restauranttester, der sehr geizig mit seinen zu vergebenden Sternen umgeht, oder wie ein Detektiv, der endlich eine heiße Spur zum Mörder gefunden hat, oder vielleicht ganz einfach wie ein besorgter Vater, der zum ersten Mal seinen zukünftigen Schwiegersohn unauffällig unter die Lupe nehmen will. Oder auch wie ein hundemüder Arbeiter, der jetzt seinen Bärenhunger stillen muss. Mit anderen Worten, ich will das Geschäftliche mit dem Angenehmen verbinden. Wobei ich nicht gesagt haben will, dass die Heirat meiner Tochter Zeynep mit diesem Luigi als lukratives Geschäft zu bezeichnen ist. Denn diese schönen Zeiten sind leider längst vorbei, in denen Väter mit vielen Töchtern durch das üppige Brautgeld zu wohlhabenden Männern werden konnten. Das Höchste, was ich mir von dieser Heirat erwarten darf, ist ein Topf matschiger Spaghetti mit etwas Tomatensoße und geriebenem Stinkekäse oben drauf. Und dann hat man auch noch die ganzen zusätzlichen Ausgaben für die Hochzeit und die halbe Wohnungseinrichtung für das junge Glück.

Mehrere tausend Euro für einen jämmerlichen Topf matschiger, stinkender Spaghetti!

Was für ein Tausch! Ein saumäßiges Geschäft!

Für ihre Mutter musste ich damals wer weiß was blechen. Aber kaum hatte ich selbst ein paar Töchter, da hat sich die Welt – aus welchen Gründen auch immer – entschieden, diese wundervolle, viele tausend Jahre bewährte Sitte auf der Stelle über Bord zu werfen. Nur um mich fertigzumachen, nur um mich reinzulegen, könnte man denken, gäbe es da nicht viele andere bemitleidenswerte Väter, die auch jede Menge Töchter haben.

Ich suche mir einen versteckten Platz ganz in der Ecke vom Lokal, sodass ich den ganzen Laden im Blick habe. Hinter mir das »Colosseum«, links an der Wand die »Spanische Treppe« und rechts ein sizilianischer Badestrand mit herrlich kitschigem Sonnenuntergang. Und der Zwerg mit den öligen Haaren da vorne ist höchstwahrscheinlich mein zukünftiger Schwiegersohn Luigi. Aber er sieht richtig hübsch aus – wie alle Italiener eben.

Diese Pizzahütte ist mit absoluter Sicherheit das einzige italienische Restaurant weit und breit, das einem echten Italiener gehört. Wenn man natürlich so weit geht und die Sizilianer auch zu den Italienern rechnet. Alle anderen italienischen Restaurants, die ich kenne, haben entweder persische, türkische oder kurdische Besitzer, pakistanische oder tamilische Köche und natürlich ausschließlich deutsche Esser. Wieso eigentlich? Können die Deutschen zu Hause nicht mal Spaghetti kochen, oder was? Es ist ja wohl nicht jede Küche hierzulande so eine Baustelle wie unsere.

Jetzt, wo ich mich gerade mal in aller Ruhe gemütlich hingesetzt und die Beine ausgestreckt habe, merke ich, wie alle meine Muskeln und Knochen schmerzen.

Luigi kommt lässig, aber doch ausgesprochen höflich zu mir an den Tisch:

»Gutene Abende, Seniyore«, säuselt er, bemüht um einen charmant klingenden italienischen Akzent.

»Gutene Abende, meine Junge«, säusele ich zurück.

»Habene Sie sichä entschiedene?«

»Ja, meine Junge, ich will essene.«

»Was denne?«
»Al dente!«
»Was, Spaghetti al dente?«
»Nein, Pizza al dente!«
»Gibt's nette.«
»Was gibt's denne?«
»Penne!«
»Selber Penner!«
»Nix Pennere, Penne al dente.«
»Ich nehmene.«
»Was trinkene?«
»Eine Wassere.«
»Grazie, Seniyore!«

Mein Schwiegersohn hat die erste Prüfung bravourös überstanden. Er scheint ein witziger Junge zu sein. Nicht so blöd herablassend wie unser Mehmet. Nein, der Junge ist genau richtig. Er hat einen eigenen Laden, sieht gut aus und hat Humor. Was will ich mehr?

»Ich hab's mir überlegt, meine Jungene, ich geb dir meine Tochtere«, aute ich mich als der Vater von Zeynep.

»Für eine Penne al dente?«, fragt er. Seine Schlagfertigkeit überzeugt mich auch.

»Ja, ja«, lache ich, »aber nur, weil ich heute so einen großen Kohldampf habe. Sonst hätte ich zwei Ferrari und fünf Kamele verlangtene.«

»Tut mir leidene, wir nehmene nur Bargelde entgegene.«

Dann ruft er in Richtung Küche:

»Hey, Luigi, Penne al dente für den Seniyore Zuhältere«, und verschwindet. Mist, das war gar nicht Luigi! Mein armer Schwiegersohn schuftet in der heißen Küche, und ich biete diesem dahergelaufenen, dämlichen Kellner meine hübsche Tochter für ein paar Happen Nudeln an. Wie peinlich!

Dieser respektlose Bursche hat ja überhaupt kein Benehmen und noch weniger Humor. Wie kann er denn meinen kleinen Spaß ernst nehmen und mich Zuhältere nennen? Wenn Zeynep erst mal seinen Scheffe geheiratet hat, dann werde ich dafür sorgen, dass der freche Kerl sofort gekündigt und nach Sizilien abgeschoben wird.

Als er wenig später mit meinem Essen ankommt, würdige ich ihn keines Blickes mehr.

»Gutene Appetite, Seniyore«, sagt er.

»Danke«, murmele ich, ohne aufzublicken.

»Lassene Sie sichä schmeckene«, versucht er seinen Fehler wiedergutzumachen.

»Schmäcktene nickt besondere«, sage ich trotzig nach dem ersten Probieren.

»Kanne seine, iche nix kochene. Aber bezahlt wird Essene trotzdeme, in Bargelde.«

Ob ich dem frechen Kerl den Tellere samt Essene auf den Kopf knallen sollte?!

In dem Moment ruft sein Chef aus der Küche:

»Hey, Luigi, komm mal rüber!«

»Was, du heißt auch Luigi?«, frage ich überrascht.

»Si, habene Sie was dagegene? Luigi schöne Namene.«

»Aber so viele Luigis auf einem Haufene?«

»Bei euch heißen ja auch alle Ali oder Osmane!«

»Hau endlich abbene und lass mich in Ruhe essene.«

Bei Allah, jetzt bin ich genauso weit wie am Anfang: Wer ist hier nur der Scheffene?

Meine Frau wird sich ja schlapp lachen, wenn ich in

dem kleinen Laden den Möchtegern-Schwiegersohn nicht ausmachen kann. Nach dem plötzlichen Verschwinden der Leiche kommt sie aus dem Lachen ohnehin nicht mehr heraus.

Aber wo ich doch in den letzten Tagen bei diesem höchst komplexen Mordfall meine sensationell guten Fähigkeiten als Meisterdetektiv eindrucksvoll unter Beweis gestellt habe, dürfte die Identität eines lüsternen Italieners für mich überhaupt kein Problem sein!

Unter dem Vorwand, Nachtisch zu wollen, schleiche ich mich von dem unverschämten Kellner Luigi unbemerkt in die Küche. Dass ich einen leckeren Nachtisch haben will, stimmt sogar.

»Wenn dein Tiramisu genauso süß ist wie meine Tochter Zeynep, dann will ich sofort drei Stück davon haben«, werde ich sagen.

Bei diesem Satz wird sich mein zukünftiger Schwiegersohn mit Sicherheit entlarven und kitschige Sätze rumsäuseln wie:

»Nicht alle Tiramisus der Welt zusammene schmeckene so süßä wie deine Tochtere«, oder was Ähnliches wird er rumschleimen, damit meine Söhne ihn nicht erbarmungslos mit langen Messern bis nach Sizilien jagen.

Luigi ist aber nicht da. Versteckt er sich etwa vor mir? Glaubt er vielleicht, ich wüsste nicht, dass er mit meiner Tochter zusammen »die Linsen in den Ofen geschoben« hat? »Die Linsen in den Ofen schieben« bedeutet im Türkischen so viel wie »Techtelmechtel«. Auf Italienisch heißt es wahrscheinlich »die Pizza in den Ofen schieben«. Aber dann müsste ja ganz Italien ständig … na ja …

Dann hole ich mir mein Tiramisu eben selber aus dem

Kühlschrank. Für diesen Fall hab ich nämlich auch einen Enthüllungssatz parat:

»In dem Laden, der meinen Kindern gehört, darf ich mir doch wohl selber was aus dem Kühlschrank holen, oder?«

»Aber klare doche, schwierige Vatere, du könnene nehmene meine ganze Ladene. Für deine Tochtere gebe ich meine ganze Lebene«, wird er dichten.

Während ich den riesigen Kühlschrank öffne, läuft mir schon das Wasser im Munde zusammen. Ich werde mir ein extragroßes Stück abschneiden.

Aber was ist das?! Seit wann sehen Tiramisus aus wie Adolfs? Oder spinne ich mittlerweile? Bei Allah, da liegt wirklich der tote Dominique im Kühlschrank! Verfolgt der Kerl mich etwa?!

In völliger Panik renne ich nach draußen und höre den unverschämten Kellner hinter mir herbrüllen:

»Hey du, Betrügere, nicht weglaufene, du haste nicht bezahltä!«

Ohne mich umzudrehen, brülle ich zurück:

»Ich muss flüchtene, dein Tiramisu stinkene wie tote Füßene!«

Tote essen keinen Döner

Bei Allah, was ist denn nur los mit mir, drehe ich etwa durch? Werde ich jetzt in allen Kühlschränken anstatt Milch und Käse nur noch tote Adolfs sehen? Es kann doch nicht sein, dass mich eine Leiche auf Schritt und Tritt verfolgt!

Gut, zugegeben, den Großteil meines kriminalistischen Wissens habe ich von Colambo, Derrick und Agatha Cristie. Aber ich habe noch nie in deren Filmen gesehen, dass jemand von einer Leiche verfolgt wird. Bei denen läuft immer alles hübsch der Reihe nach: Jemand wird umgebracht, die Polizei sichert die Spuren, der Tote wird beerdigt und der Kommissar jagt in aller Ruhe den Mörder. Aber wie soll ich bitte schön den Mörder verfolgen, wenn die überaus bewegungsfreudige Leiche mich verfolgt? Hat Dominique etwa vor, sich an seinem Mörder selbst zu rächen? Das geht so aber nicht! Ich kenne mich da aus, eine anständige Blutrache läuft gefälligst folgendermaßen ab: Jemand wird getötet, zum Beispiel der Adolf, und dessen Brüder oder Kusengs, sagen wir jetzt einfach mal der Bruder, tötet den Mörder, und dessen Brüder oder Kusengs töten dann wieder Adolfs Bruder. So wird das dann von Generation zu Generation weitergegeben. Aber den eigenen Mörder hat bisher noch nicht mal der John Wäyn gejagt.

Ich laufe schnurstracks in das große Kaufhaus gegenüber von Luigis Hütte, um herauszubekommen, ob mein Unterbewusstsein irgendwelche komischen Spielchen mit mir treibt. Wenn ja, würde mich das sehr kränken. Ich hab ihm nämlich noch nie was Böses getan.

Mit der Rolltreppe fahre ich in die dritte Etage, wo die Kühlschränke und die Tiefkühltruhen verkauft werden.

Mit zitternden Knien schaue ich in fünf Kühlschränke hintereinander – nichts, kein Adolf. Nicht mal ein bisschen! Die sind alle völlig leer, allerdings sind sie auch nicht eingeschaltet. Nach einer erneuten Untersuchung in einem anderen Kaufhaus und mit genau dem gleichen negativen Befund gehe ich mit gemischten Gefühlen nach Hause.

Einerseits bin ich wahnsinnig froh, dass ich der Klapsmühle gerade noch mal entkommen bin, andererseits fühle ich mich von Adolf immer noch wirklich verfolgt.

Zu Hause empfängt mich eine richtig gut aufgelegte Eminanim mit einem sehr fröhlichen Lächeln auf den Lippen:

»Osman, wo ist denn meine Pizza geblieben?«, fragt sie mit gierigen Augen.

»Dein zukünftiger Schwiegersohn ist ein miserabler Pizzabäcker, das wollte ich dir nicht zumuten!«

»Das stimmt doch gar nicht! Die Pizzas, die Zeynep seit Tagen von Luigi hier anschleppt, schmecken doch köstlich. Ich vermute mal, dass du meine leckere Pizza auf dem Weg nach Hause selber verputzt hast.«

»Eminanim, es kommt drauf an, welcher Luigi backt. In dem kleinen Laden wimmelt es ja nur so vor lauter Luigis.«

»Na ja, ist auch egal. Ich hab so gute Laune, dass ich sowieso keinen Appetit habe.«

»Komisch, mir vergeht der Appetit nicht mal bei schlechter Laune.«

»Ja, das ist leider auch nicht zu übersehen.«

Die Lust am Reden vergeht mir aber schon, wenn ich mies drauf bin! Ich setze mich aufs Sofa und schaue den Fernseher an. Besser gesagt, der Fernseher schaut mich an. Ich bin nämlich überhaupt nicht bei der Sache.

Wie kommt der tote Adolf in Luigis Laden? Warum geht ein Toter überhaupt zum Italiener? Hat Mehmet ihn dahin geschleppt? Will er womöglich Luigi belasten, hat er was gegen ihn? Oder haben sie der Leiche gemeinsam Beine gemacht?

Oder waren es sogar Mehmet und Zeynep zusammen?

Oder Luigi und Zeynep?

Oder alle drei?

Na ja, Hauptsache, die Leiche ist endlich weg von hier!

Hat mich auch genug Nerven und zwei teure Hammelköpfe gekostet.

Ich setze mich an Mehmets Schreibtisch, um sein radikales Parteiorgan zu inspizieren.

Oh, wer hätte das gedacht, er hat doch noch auf mich gehört und einen netten Artikel über die Skinhääds verfasst:

Meine lieben Genossinnen und Genossen, Ihr wisst, dass es in Deutschland unendlich viele Gedenktage gibt. Jeder Tag des Jahres ist irgendeiner Sache gewidmet. Es gibt den Tag des Baumes, der Buttermilch, der Stubenfliege usw., deshalb schlage ich vor, einen Tag im Jahr offiziell zum »Tag des Skinhääds« zu erklären.

Ich bin der Meinung, dass unsere Gesellschaft ein zu negatives Bild von diesen Jungs hat, nur weil sie ein paar Mal am Tag unschuldige Menschen krankenhausreif schlagen.

Aber gehen wir denn mit ihnen liebevoll um? Nicht mal im Pisa-Test, wo selbst alle anderen Versager aufgeführt werden, finden diese Jugendlichen eine klitzekleine Erwähnung. Sogar die Migrantenkinder genießen dort sehr große Aufmerksamkeit – Skinhääds nicht! Das ist wahrhaftig bedrückend!

Es ist aber auch gut möglich, dass im Pisa-Test nur Jugendliche mit einem IQ berücksichtigt werden, der höher ist als der einer Wollsocke.

Soweit ich mich erinnern kann, sagt Artikel drei des Grundgesetzes:

»Kein Mensch darf wegen seiner Herkunft, seiner Religion, seiner Haarlänge oder wegen seines IQs verarscht werden!«

Aber seien wir doch mal ehrlich, verhalten wir uns denn wirklich alle dementsprechend? Nehmen wir doch mal ein kleines Beispiel ... mich!

Ich musste vor einigen Monaten aus beruflichen Gründen nach Ostdeutschland fahren, also nach »No go Ärria«. Und da habe ich in einem kleinen Ort eine Gruppe von Jugendlichen nach dem Weg gefragt. Aber meine schwarzen Haare haben bei denen sofort allergische Reaktionen ausgelöst, deshalb hab ich blitzschnell Gas gegeben. Nach hundert Metern hab ich wieder angehalten. Da kam die ganze Horde mit ihren Bäysbolschlägern hinter mir her gerannt und ich gab wieder Gas. Um nach erneuten hundert Metern wieder stehen zu bleiben. Die ganze Truppe spurtete dann wieder meinem Ford-Transit hinterher und ich gab wieder sofort Gas.

Ich trieb dieses schweißtreibende Spielchen mit diesen keuchenden und grölenden Jungs genau achtundzwanzig Mal, bis sie dann irgendwann mal mit hängenden Zungen mitten in der Pampa liegen blieben.

Ich geb's ja zu, das war nicht nett von mir, so was macht man *nicht auf offener Straße! Und in geschlossenen Räumen würde ich es erst recht nicht empfehlen.*

Die unfeine Behandlung der armen Skinhääds hört aber mit meinem eigentlich lieb gemeinten Bubenstreich keineswegs auf. In der Gesellschaft werden sie zusätzlich mit wirklich kränkenden Ausdrücken beleidigt, wie: Rechtsradikale, Hohlköpfe, Glatzen, Ewiggestrige, Faschos, Idioten usw. usf.

Bei solchen wüsten Beschimpfungen müssen wir ja froh sein, wenn sie nicht völlig durchdrehen und auf der Stelle zu Massenmördern werden. Noch begnügen sie sich ja damit, die Massenmörder als Vorbilder zu nehmen.

Deshalb schlage ich vor, den 1. April ganz offiziell zum »Tag der Kakerlake« öhm … ich meine natürlich zum »Tag des Skinhääds« zu erklären.

In dem Moment kommt unser Retter nach Hause.

»Mehmet, dein Artikel ist gar nicht mal so schlecht«, lobe ich ihn ausnahmsweise mal ausdrücklich.

Eminanim umarmt ihn leidenschaftlich und ruft begeistert:

»Toll hast du es gemacht, mein Sohn, ich bin wirklich stolz auf dich!«

»Hm, was hab ich denn jetzt schon wieder angestellt?«, murmelt Mehmet etwas verlegen.

»Aber wo hast du die Leiche versteckt, wir haben die ganze Wohnung auf den Kopf gestellt und nichts gefunden?«

Im Gegensatz zu Eminanim weiß ich ja wenigstens, wo er die Leiche versteckt hat. Mich interessiert viel mehr, mit wem er das getan hat.

»Was redet ihr denn da, ich war in den letzten Tagen

kein einziges Mal im Keller«, ruft Mehmet völlig überrascht. »Ihr könnt mir glauben, ich hab den Kerl nicht angerührt«, sagt er, schaut uns verständnislos an und läuft sofort nach unten.

Eminanim und ich poltern ihm hinterher.

»Die Leiche und die beiden Hammelköpfe – alles ist weg!«, erzählt meine Frau fröhlich aufgeregt.

»Du hast recht, Mutter, die beiden Hammelköpfe sind wirklich nicht mehr da«, verkündet Mehmet, nachdem er reingeguckt hat.

»Ich weiß aber, wo Adolfs Leiche ist«, gebe ich endlich mein Geheimnis preis.

»Das zu wissen ist kein großes Kunststück, der liegt nämlich immer noch hier drin«, meint Mehmet ironisch.

Eminanim guckt erschrocken in die Kiste rein und fällt auf der Stelle bewusstlos um. Bevor ich ihr ins Reich der Ohnmächtigen nachfolge, frage ich irritiert und zugegebenermaßen überflüssigerweise:

»Wieso kommt denn die Leiche zurück, aber der Hammel nicht?«

»Na ja, was soll er denn damit?«, sagt Mehmet locker, »Tote essen keinen Döner!«

Neue Leiche, neues Glück

Nach ein paar Stunden haben wir uns wieder einigermaßen erholt. Als ich mich abends ein wenig auf Mehmets Schreibtisch umsehe, um zu schauen, was der Junge noch so an Unsinn in seiner Zeitung veröffentlicht, fällt mir ein Einladungsschreiben der Republikanischen National-Union in die Hände. Ich traue kaum meinen Augen. Wo hat er das nur her? Wie immer ist der Kerl in solchen Momenten natürlich nicht zu Hause, und ich kann ihn nicht zur Rede stellen.

Am nächsten Morgen platze ich mit den ersten Sonnenstrahlen in Mehmets Zimmer hinein. Dieses Einladungsschreiben hat mir einen der schlimmsten Alpträume meines Lebens beschert. Heute Nacht bin ich meiner Frau sogar sehr dankbar gewesen, dass sie mich aus dem Bett geschubst hat.

»Vater, was soll denn das, bist du nicht ganz dicht? Weißt du eigentlich, wie spät es ist?«, fragt Mehmet schlaftrunken.

»Wenn dir gerade Adolf begegnet wäre – und zwar der echte –, würdest du auch nicht mehr so friedlich schlummern.«

»Vater, es ist mitten in der Nacht, du träumst wohl noch.«

»Nein, Gott sei Dank nicht mehr. Deine Mutter hat mich rechtzeitig aufgeweckt.«

»Und was wollte Hitler von dir?«

»Er hat mich zu seinem Beschneidungsfest eingeladen.«

»Er will doch wohl nicht von der Hölle zum Islam übertreten, oder?«

»Du wirst gleich ins Jenseits übertreten, wenn du mir nicht sofort sagst, woher du dieses Schreiben von der RNU hast! Noch leite nämlich ich hier die Ermittlungen!«

»Vater, lass uns erst mal in Ruhe frühstücken.«

»Jetzt mach die Sache nicht noch spannender, als sie ohnehin schon ist. Ich bin hart im Nehmen, glaub mir, ich hab schon ganz andere Sachen überstanden!«

»Ja, aber nur im Traum! Ich werde nie vergessen, wie du und Mutter gestern im Keller einer nach dem anderen wie Schießbudenfiguren umgekippt seid.«

»Ich wollte doch nur deiner Mutter Gesellschaft leisten. Du wirst sehen, in Zukunft wird mich nichts mehr so leicht umhauen. Weder das Original aus der Hölle noch die billige Kopie in der Tiefkühltruhe!«

»Okäy, okäy, aber ich muss mich erst mal in Ruhe anziehen.«

»Gut, gut, lass dich nicht stören«, rufe ich und gehe ins Badezimmer, um mein Gesicht zu waschen. Auf dem Weg dorthin fängt plötzlich das ganze Haus an zu wackeln und zu vibrieren, begleitet von einem ohrenbetäubenden Lärm.

»Ein Erdbeben«, kreischt Mehmet und läuft in Unterhosen hinaus auf den Flur.

»Hey, wer von uns beiden ist hier wohl der Angsthase?«, rufe ich ihm hinterher, »los, komm wieder zurück, die zwei neuen Kollegen aus der Ukraine hauen doch im Badezimmer nur die alten Kacheln von der Wand.«

»Vater, ich drehe in diesem Haus noch durch! Wie kann

man denn zu dieser unmöglichen Zeit einen solchen Krach veranstalten? Abgesehen davon, wie kann man denn in eine Wohnung einziehen, wenn noch nichts renoviert ist?«

»Mehmet, denkst du, ich will doppelt Miete bezahlen? Langsam kommen wir mit der Renovierung doch voran.«

»Osman, Osman, komm mal schnell«, kreischt plötzlich Eminanim.

»Frau, beruhige dich, das sind doch bloß die Arbeiter von Sükrü. Die nehmen nur das Badezimmer auseinander.«

»Das weiß ich auch, die habe ich doch vorhin selber reingelassen.«

»Und warum bist du so blass, hast du etwa wieder eine neue Leiche entdeckt?«

»Fast wäre ich selber eine Leiche geworden, unser gesamtes Schlafzimmer ist nämlich soeben eingestürzt!«

Und in der Tat, unser ganzes Bett, alle unsere Kleider, alles ist unter einer weißen Schicht begraben. Es ist der reinste Trümmerhaufen.

»Hier in der Ecke waren die alten Tapeten etwas lose und ich habe ganz vorsichtig daran gezogen, weil wir ja sowieso neu tapezieren wollen, dann sind die Wände eine nach der anderen runtergekommen!«, erzählt meine Frau immer noch aufgelöst.

»Putz lose sein«, gibt einer von Sükrüs Schwarzarbeitern seinen fachmännischen Kommentar dazu ab. Ich sehe diesen ukrainischen Kollegen zum ersten Mal. Sükrü schickt uns ständig neue Leute. Teils, weil sie von der Polizei ohne Papiere erwischt werden, teils, weil sie unsere Musik nicht mögen und uns deshalb meiden.

»Ganze Wohnung Putz lose, nix gut Zement, wie bei

Sowjets«, wiederholt der Mann wieder, zieht dann lässig im Vorbeigehen im Wohnzimmer an der alten Tapete, und plötzlich fliegt uns auch diese Wand mit viel Wirbel um die Füße.

»Mein Gott, ich hab erst gestern überall sauber gemacht«, fängt Eminanim an zu heulen.

»Hat man früher die Wände nur mit Tapeten festgemacht, oder was?«, fluche ich.

»Wenn nix gut Arbeit, Putz kommen später immer runter, wie bei Sowjets!«

»Wenn ihr die Tapeten nicht berührt hättet, wäre der Putz immer noch da, wo er früher mal war!«

»Osman, wir wollten doch neu tapezieren.«

»Eben! Mit einer anständigen, dicken Tapetenschicht obendrauf wäre der Putz dann bombenfest gewesen.«

»Aber dann alles dir bombensicher auf Kopf knallen, wie bei Sowjets«, lacht der fremde Mann, der doch nicht so arm zu sein scheint. Er hat mindestens ein halbes Kilo Gold im Mund.

»Du sollen reparieren, nix kaputt machen, jetzt muss ich auch noch die Wände neu verputzen lassen«, will ich fast schimpfen, aber schlucke alles mit dem weißen Staub herunter, aus Angst, bald überhaupt keinen Arbeiter mehr zu bekommen – weder schwarz noch weiß!

»Papa, Papa, seid ihr alle taub, oder was? Es klingelt die ganze Zeit wie verrückt an der Tür«, ruft meine kleine Tochter Hatice in ihrem Schlafanzug.

»Kein Wunder, die Nachbarn machen sich sicherlich große Sorgen, dass wir ihnen das ganze Haus unter dem Hintern abreißen«, knurre ich und laufe zur Tür.

»Beim Umzug hättest du auf die albernen Schoweinlagen lieber verzichten und das Geld in die Renovierung stecken sollen«, ruft mir Mehmet hämisch hinterher.

Ohne diese Leiche im Keller wäre mir das Ganze bestimmt nicht so über den Kopf gewachsen! Soviel ich weiß, stand sie ja auch nicht im Mietvertrag. Vielleicht hätte ich das Kleingedruckte doch genauer lesen sollen.

Oh nein, es stehen schon wieder zwei Polizisten vor der Tür. Es hat sich wohl rumgesprochen, dass unsere Leiche wieder an Bord ist.

»Guten Tag, Herr Engin, ich bin Kommissar Ottfried Oster, und das hier ist mein Kollege Hans Hase!«

»Bei Allah, das kann doch nicht wahr sein! Vor ein paar Tagen waren ihre Kollegen Knochenhauer und Beinbrecher da, und schon haben wir den Oster-Hasen vor der Tür. Sagen Sie mal, werden bei euch in der Polizeibehörde die Tiims etwa nach passenden Namen gebildet? Wann kommen denn Hänsel und Gretel, Romeo und Julia, Tristan und Isolde, Miese und Peter, Tom und Jerry uns besuchen? Übrigens, wenn Sie mal krank werden sollten, könnte man mit Hase und Igel auch ein hübsches Pärchen zaubern. Umgekehrt wäre ein Oster-Ei natürlich auch nicht von schlechten Eltern.«

»Herr Engin, bitte machen Sie keine Schwierigkeiten«, brüllt er, schubst mich zur Seite und holt die Handschellen raus. »Wollen Sie uns nun helfen, oder sollen wir sie selber suchen?«

»Also gut, es hat ja ohnehin keinen Sinn mehr, kommen Sie mit«, gebe ich resigniert auf. War ja klar, dass alles irgendwann auffliegt bei der Wanderlust von diesem agilen Zombie.

Herr Oster schaut sich die in Trümmern liegenden Räume an, und Herr Hase heftet sich an meine Fersen, als ich nach unten in Richtung Waschküche laufe.

»Warum schleppen Sie mich nach unten, hier wird doch nicht renoviert?«, ruft der Hase böse.

»Weil der schon wieder in der Tiefkühltruhe steckt, schauen Sie doch selber nach«, röchele ich.

»Ich hab das Gefühl, dass Sie ein ganz großer Spaßvogel sind. Mann, wollen Sie mich etwa veralbern?«

»Wieso sollte ich? Wo würden Sie denn eine Leiche verstecken, wenn nicht in der Tiefkühltruhe?«

Er schaut mich ziemlich verwirrt und unschlüssig an, und mein armes Herz beginnt einen Trommelwirbel, der bestimmt auch in den oberen Stockwerken zu hören ist. Der Polizist nähert sich der Truhe und greift zum Deckel. Und mir laufen mehrere Eimer kalter Schweiß über den Rücken. Ich glaube, ich werde mit Adolf gleich ein doppeltes Wiedersehen feiern: unsere leblosen Körper im Diesseits und unsere Geister im Jenseits!

»Hans, ich hab die beiden schon geschnappt, was machst du eigentlich da unten?«, ruft plötzlich von oben der Oster dem Hasen zu.

»Alles klar, ich komme sofort«, brüllt der zurück, lässt den Deckel fallen, ohne einen Blick auf die Leiche zu werfen, und sprintet nach oben.

»Wieso hat er die beiden festgenommen? Meine Frau und mein Sohn haben, mit dieser Sache doch wirklich nichts zu tun«, flehe ich ihn auf der Treppe an.

»Herr Engin, das wissen wir auch, dass Ihre Frau und Ihr Sohn mit dieser Sache nichts zu tun haben.«

»Und warum nehmen Sie sie dann fest?«

»Wir nehmen doch nicht Ihre Familie fest. Wir verhaften die beiden illegalen Schwarzarbeiter. Ihre Frau und ihr Sohn können im eigenen Zuhause selbstverständlich so viel arbeiten, wie sie wollen, und das sogar auch noch ohne Steuern zu bezahlen.«

»Sind Sie denn nicht von der Mordkommission?«

»Nein, wir sind von der SOKO Organisierte Kriminalität und nehmen zurzeit die hiesigen Baufirmen hoch, die illegale Arbeiter beschäftigen!«

»Herr Kommissar, ich bin völlig unschuldig! Woher hätte ich denn wissen sollen, dass diese Kerle illegale Arbeiter sind? Ich würde doch nie gegen die Gesetze dieses Landes verstoßen! Sükrü ist der Verbrecher!«

Bei Allah, jetzt bin ich die Handwerker schon wieder los!

Ich lege mich ein bisschen hin, um mich von dem morgendlichen Schrecken zu erholen. Aber wenige Minuten später kommt es noch dicker: Ich starre plötzlich in die gespenstischen Augen von Adolf! Bei Allah, werden denn diese entsetzlichen Alpträume nie aufhören?

»Osman, du brauchst dich nicht zu kneifen, der ist doch nicht echt«, ruft Eminanim und wedelt mir mit der Tageszeitung vor der Nase herum.

»Ganz Deutschland sucht unseren Gast, wie du siehst«, fügt sie hinzu.

»Bald machen die bestimmt eine Fernsehsendung darüber mit dem Titel ›Deutschland sucht die Superleiche‹«, sage ich, froh darüber, dass ich in keinem bösen Alptraum stecke, und auch froh darüber, dass die Polizei keinen hohen Finderlohn ausgesetzt hat. Wer weiß, wie Mehmet dann reagiert hätte, selbst auf die Gefahr hin, sich selbst ans Messer zu liefern?

»Das stimmt so leider nicht ganz, Mutter«, ruft der leicht bestechliche, selbst ernannte Chefredakteur der Zeitschrift ›Wahrheit, nichts als die Wahrheit‹ vom Flur aus.

»Wieso stimmt das denn nicht, steht doch groß genug in der Zeitung?«, fragt Eminanim.

»Dass er in ganz Deutschland gesucht wird, stimmt schon, aber er ist nicht mehr unser Gast!«

Ich springe wie von der Tarantel gestochen hoch. Dabei habe ich überhaupt keine Ahnung, ob die armen Leute, die von einer Tarantel gestochen werden, hochspringen oder flachliegen, wenigstens diese Erfahrung ist mir erspart geblieben.

»Wie meinst du das, er ist nicht mehr unser Gast? Hat der sich etwa schon wieder aus dem Staub gemacht?«, rufe ich erschrocken.

»Das will ich damit auch nicht gesagt haben«, antwortet mein nichtsnutziger Sohn, immer noch wie bei den ›Drei Fragezeichen‹.

»Dann sag doch bitte endlich klipp und klar, was du gesagt haben willst«, schimpfe ich ungehalten.

»Meine lieben Eltern, als ihr vor nicht allzu langer Zeit euch am helllichten Tag in der Waschküche neben der Tiefkühltruhe zur Ruhe gelegt habt, mit der läppischen Ausrede, der tote Adolf sei wieder da …«

»Mehmet, du Idiot, du hast doch selber gesagt, dass der Tote wieder da ist. Beinahe wärst du damit als Muttermörder in die Geschichte der Kriminalistik eingegangen!«

»Osman, spiel hier nicht den Helden, du warst an einem Herzinfarkt viel näher dran als ich«, bemerkt Eminanim.

»Kann schon sein, aber ich wollte Mehmet nicht auch

noch einen Vatermord anhängen. Ich denke, mit Muttermord und Adolfmord wäre er auch so schon ganz gut bedient, oder.«

»Leute, zankt euch doch nicht darüber, wer die Hosen voller hatte als der andere. In dieser Hinsicht passt ihr auf jeden Fall sehr gut zusammen – wie der berühmte Topf mit dem noch berühmteren Deckel obendrauf. Was ich die ganze Zeit sagen will, ist, wir haben natürlich, wie es sich für die Familie Engin gehört, eine Leiche im Keller in unserer Tiefkühltruhe – aber es ist leider nicht unsere alte Stammleiche Adolf, auch bekannt unter dem bürgerlichen Namen Dominique Nachtigall!«

»Bei Allah, ich krieg die Krise! Du meinst, wir haben schon wieder einen anderen Toten im Haus?«

»Wenn man ihn inzwischen nicht wieder zurückgenommen oder umgetauscht hat – ja!«

Alle drei rennen wir nach unten in den Keller.

»Meine lieben Eltern, als ihr es euch gerade auf dem Fußboden gemütlich gemacht hattet, wollte ich die Taschen des Rückkehrers durchsuchen, ob er vielleicht neue Briefe für uns im Gepäck hat. Dabei habe ich entdeckt, dass der Neue zwar genauso tot war wie Adolf, aber dass er nicht Adolf heißt und auch nicht Dominique Nachtigall, sondern Rudolf Übelsocke!«

»Rudolf Übelsocke? Was ist das denn für ein bescheuerter Name?«

»Ich vermute mal, dass das auch ein Künstlername ist. Ich hab ihn ständig mit Adolf zusammen gesehen, und so wurde er von den anderen Übelsocken auch gerufen. Er ist genauso alt wie Adolf, er sieht genauso daneben aus wie Adolf und lag genau wie Adolf seit Jahren dem Staat auf der Tasche. In seiner Tasche wiederum fand ich dann das Schreiben von der RNU, das du mir von meinem Schreibtisch weggeschnappt hast.«

»Und er stinkt genauso wie Adolf«, sagt Eminanim angewidert und hält sich die Nase zu, nachdem sie sich unsere neue Leiche gründlich angeschaut hat.

»Mit unseren Leichen hätte Patrick Süskind jedenfalls große Mühe gehabt, ein neues Parfüm zu kreieren«, gibt Mehmet seiner Mutter recht.

»Das reicht mir jetzt langsam, dass jeder hier bei uns seine Leiche entsorgt! Ich kaufe gleich nachher ein riesengroßes Schloss für unsere Kellertür.«

»Eminanim, das hättest du früher machen müssen, bevor wir diese Leiche bekommen haben. Lassen wir die Tür doch erst mal noch eine Weile offen, vielleicht holen die ihn ja auch wieder ab. Aber was ich nicht kapiere, ist, warum um Allahs willen müssen alle toten Rechtsradikalen der Stadt auf ihrem Weg in die Hölle einen Zwischenstopp bei uns im Keller einlegen, kann mir das jemand von euch verraten?«

»Ich weiß es nicht. Vielleicht wollen sie sich ja auf ihrem letzten Weg noch schnell bei uns dafür entschuldigen, was sie in ihrem ganzen Leben den Ausländern angetan haben. Anscheinend sind sie keine Katholiken, sonst hätten sie ihren Zwischenstopp auf einem Beichtstuhl gemacht.«

»Aber wieso immer bei uns? Wir sind doch nicht die einzige ausländische Familie in der Stadt!«

»Wie gesagt, ich weiß es nicht! Aber ich weiß ganz genau, dass man mich für seinen Tod nicht verantwortlich machen kann. Ich hab mit dem Kerl nie zu tun gehabt, was heißen soll, ich habe mich noch nie mit ihm geprügelt.«

»Da täuschst du dich aber gewaltig, mein Sohn! Jeder weiß doch, dass du der Nazi-Hasser namber wan bist in unserer Straße. Und diese übel riechende Übelsocke liegt, genau wie Adolf auch, in deiner Wohnung, in deiner Tiefkühltruhe!«

»In unserer Wohnung, in unserer Tiefkühltruhe!«, protestiert Mehmet.

»Ja, aber du hast doch immer noch die Puulposischen als der Nazi-Hasser namber wan inne, wie wir eben festgestellt haben. Und das macht dich selbstverständlich wieder zum Verdächtigen namber wan.«

»Mein Gott, ihr beiden seid wirklich so was von doof! Wir haben schon wieder einen toten Mann im Haus und ihr redet nichts als Schwachsinn! Diesmal gehe ich aber auf jeden Fall zur Polizei – ich hab keinen Nerv mehr!«, tobt Eminanim mit knallrotem Gesicht.

»Frau, das darfst du doch nicht machen! Was willst du den Knochenbrechern denn erzählen? Dass du einfach so einen Toten im Keller gefunden hast und ihm nebenbei sein Genick gebrochen hast, und wir ihn in der Tiefkühltruhe versteckt haben, dass es ihm dann dort zu kalt war und er uns verlassen hat, dass wir daraufhin beim Händler protestiert haben und der uns sofort einen Ersatz geliefert hat? Und dass wir zwischendurch die Polizei ein bisschen belogen haben? Aber dass wir dabei natürlich völlig unschuldig sind? Welcher halbwegs intelligente Mensch wird dir das alles denn glauben? Eminanim, lass dich doch nicht verrückt machen. Ich hab diesen Fall schon so gut wie gelöst.«

»Dass ich nicht lache, was soll das denn heißen, so gut wie gelöst? Du schaffst es ja nicht mal, die alten Tapeten von den Wänden zu lösen!«

»Für alte Tapeten bist du doch zuständig. Ich gehe morgen zu dieser Parteiveranstaltung der RNU, da werde ich bestimmt einiges erfahren. Wo ich doch schon einen Glatzkopf habe, muss ich es schließlich ausnutzen.«

»Osman, die Leichen werden jeden Tag mehr und mehr und du erzählst mir hier ständig irgendwelche Märchen.«

»Leichen pflastern unseren Weg«, gibt Mehmet auch noch seinen Senf dazu und hetzt seine Mutter noch mehr gegen mich auf.

»Nein, Eminanim, da täuschst du dich, ich pass schon richtig gut auf. Dass wir eine neue Leiche haben, habe ich eben sofort an den Schuhsohlen der Übelsocke gemerkt. Adolfs Schuhsohlen waren voller Öl. Und bei dem Neuen hier ist es nicht so.«

»Voller Öl?«

»Ja! Adolfs Schuhsohlen haben getrieft vor Öl, obwohl in diesem Raum nirgendwo ein Gramm Fett war, ist das nicht eigenartig? Obwohl der Mann drei Kugeln im Kopf hatte, gab's nirgendwo einen Tropfen Blut. Und obwohl der Mann gewiss nicht in unserem Keller getötet wurde, lehnte er von hinten an der Tür, sodass du sie mit Gewalt öffnen musstest, das war doch auch ganz komisch. Adolfs Eltern haben uns gesagt, dass sie ihn schon seit Langem nicht besucht haben, dabei hat der Hausmeister Warmbier mir erzählt, dass er Herrn Nachtigall erst letzte Woche im Treppenhaus gesehen hat. Und obwohl der Warmbier ebenfalls ständig Krach mit Adolf hatte, redet er plötzlich so nett über ihn. Die Nachbarn von unten verstecken sich immer noch in der Toscana. Unser Freund Abdullah-Ibrahim wird immer knallrot, wenn ich nur das Wort ›Keller‹ erwähne. Und die Polizei war übrigens genau in der

Sekunde hier, als in unserer Tiefkühltruhe für einen kurzen Moment mal Ruhe herrschte. Danach haben wir sofort eine Ersatzleiche aus genau der gleichen politischen Ecke geliefert bekommen, und, und, und ... Du siehst, ich habe mir jede noch so unwichtige Kleinigkeit gemerkt, genauso wie mein großes Vorbild es immer tut. Oder denkst du, die ganzen ›Colambo‹-Folgen, die ich seit dreißig Jahren studiere, sind spurlos an mir vorbeigegangen?«

Dass ich unsere erste verschwundene Leiche im Kühlschrank von ihrem zukünftigen Schwiegersohn Luigi gesehen habe, verschweige ich lieber vorerst, um meine arme Frau nicht völlig durcheinanderzubringen.

»Eminanim, im schlimmsten Fall lassen wir eben die neue Leiche verschwinden. Ohne Corpus Delicti kein Mord! Aber ich denke, wenn wir dieses ganze Pazzel zusammenfügen, dann haben wir schon ein einigermaßen klares Bild vor Augen, nicht wahr?«

»Was für ein Bild denn, also ich werde immer noch nicht schlau daraus!«

»Du hast recht, das Gesamtbild ist zurzeit noch ein bisschen abstrakt. Deshalb werde ich so schnell wie möglich versuchen, den anonymen Maler ausfindig zu machen, und ihn sofort verhaften!«

»Ja, ja, Osman, du willst den Mörder verhaften. Wovon träumst du denn sonst noch?«

»Von Hitlers Beschneidung«, lacht Mehmet.

Tour de Bürgerschreck

Es war ja völlig klar, dass diese Veranstaltung der RNU in einer total versifften und verqualmten Kneipe stattfindet. Nicht einmal Mehmet hätte sich in diesem stinkenden Loch wohlgefühlt. Und das nicht nur wegen des Publikums, das ja aus noch größeren Einfaltspinseln besteht als dessen Aufhetzer vorne am Rednerpult, der momentan noch mit dem Mikro rumhantiert und die Anlage testet.

Der Laden ist natürlich eine Raucherkneipe. Logisch, dass Gedanken und Erfindungen, die gut für die Menschen sind, bei den Faschos nicht ankommen.

Aber fäirerweise muss ich erwähnen, dass nicht alle Skinhääds so aussehen, als wären sie nur wegen der Parteiveranstaltung hierhergekommen. Bei vielen habe ich den Eindruck, als würden sie sich schon seit neunzig Tagen ununterbrochen an Ort und Stelle besaufen.

Die RNU macht tolle Basisarbeit. Die Partei geht dahin, wo ihre Klientel sitzt – oder liegt!

Ich bin richtig stolz auf mich. Auf so eine geniale Idee, sich als Skinhääd zu tarnen – und das schon zum zweiten Mal –, ist bisher noch nicht mal der berühmte Wallraff gekommen. Osman Wallraff – ganz, ganz unten! Auch mit den Nerven! Ich schwitze und zittere hier die ganze Zeit, aus Angst, dass sie rauskriegen, wer ich in Wirklichkeit bin. Zum Glück gibt es hier heute recht viele Leute, die anscheinend nicht zum Stammpublikum gehören. Es sind viele normale Menschen da, die mit Anzug und Krawatte rumlaufen und wie der Nachbar von nebenan aussehen. Ich kann nur hoffen, dass nicht wirklich Nachbarn von mir hier sind.

Zwei Tische weiter entdecke ich einen richtigen Stammtisch. Diese Stammtischbrüder haben auch alle eine hübsche Glatze, aber bei denen ist kein Frisör daran schuld, sondern ihr fortgeschrittenes Alter. Die sind nämlich alle schon weit über fünfzig.

»Wenn wir alle Ausländer rauswerfen, dann haben wir endlich wieder Arbeit«, ruft einer von denen, in jeder Ecke der Kneipe gut hörbar.

Ich überlege mir, in welcher Branche man wohl so besoffen arbeiten darf, und werde umgehend aufgeklärt:

»Überall Dönerbuden mit langbärtigen Türken drin«, schimpft sein Kumpel.

Ach so, jetzt hab ich's kapiert, die wollen die Dönerbuden übernehmen. So viel Unternehmergeist imponiert mir, und ich setze mich gleich zu denen an den Tisch.

»Wir brauchen endlich wieder einen kleinen Hitler in Deutschland«, stellt der Nächste fest.

»Wieso denn so bescheiden, Kollege? Das Original war doch schon mickrig genug. Diesmal wünsche ich mir einen richtig großen Hitler«, schleime ich in die Runde.

»Damals im Nationalsozialismus, da hatten wir alle Arbeit«, stellt derjenige wieder fest, der schon alle Dönerbuden übernehmen wollte. Wenn der Kerl bloß wüsste, was das für eine grauenvolle Arbeit ist. Ein schrecklich heißer 20-Stunden-Job für einen lächerlichen Stundenlohn, der nur mit einer großen Sippschaft zu schaffen ist.

»Wirklich, im Nationalsozialismus hattet ihr alle Arbeit? Ihr habt euch aber echt gut gehalten. So alt hätte ich keinen von euch eingeschätzt«, setze ich meine Schleimer-Taktik fort.

»Alle Ausländer sind kriminell!«, kommt als Antwort.

Obwohl ich es für ausgeschlossen halte, dass alle Ausländer ständig eine Leiche im Keller haben, gebe ich ihm ordnungshalber doch recht:

»Klar, Kumpel, ich hab bisher noch nie gesehen, dass ein Türke in der Straßenbahn schon mal ein Ticket gekauft hat. Entweder haben die alle eine Monatskarte oder sie sind wirklich kriminell. Die Chancen stehen fifti-fifti.«

»Und die Schwulen, die sind alle pervers!«

»Meinst du etwa die türkischen Schwulen?«

»Ja, die erst recht!«

»Schwule Türken!«, schimpfe ich.

»Und wegen der EU sind wir die Zahlmeister Europas!«

»Schwule EU!«, bestätige ich wieder.

»Ossis sind undankbar! Man sollte sofort wieder die Mauer bauen!«

»Schwule Ossis!«

»Frauen gehören an den Herd, dann haben wir hier wieder genügend Arbeitsplätze!«

»Schwule Frauen!«

»Kollegen, ich sag's euch, alle Emanzen sind Lesben!«

»Schwule Lesben!«

»Hey Waldemarrr, wie geht's dirrr?«

»Schwuler Waldemarr!«, wiederhole ich.

Bei Allah, der nervige Igorr, an den Doppel-Rs hätte ich den Russlanddeutschen eigentlich sofort erkennen müssen. Hoffentlich fliegt meine Tarnung nicht auf!

»Waldemarr, am Stammtisch muss es zack, zack gehen, du darrfst dich nicht bei einem Thema aufhalten. Du bist errst bei den Türrken steckengeblieben und dann bei den Schwulen. Hier geht's aberr nicht um Details, sonderrn um Zusammenhalt und Einigkeit.«

»Igorr, hast du irgendwo Adolf gesehen?«, frage ich, um ihn abzulenken.

»Nein, Rudolf ist auch nicht da.«

»Rudolf? Welche Rudolf?«

»Rudolf Übelsocke, derr Frreund von Adolf.«

»Adolfs Freund, mein Freund«, rufe ich stolz. »Erzähl mal, wie ist der Mann so?«

»Ach, err ist genauso eine Knalltüte wie Adolf.«

»Was err machen? Wo arrbeiten?«

»Guterr Witz«, sagt Igorr und lacht sich kaputt. »Die beiden haben garrantiert noch keinen einzigen Tag was Vernünftiges gearrbeitet.«

Ganz vorne am Tresen klettert ein älterer Herr mit dem Mikro in der Hand auf den Tisch und rettet mich dadurch vor Igorr. Ich hätte nie gedacht, dass ich mich mal so über einen rechten Dummschwätzer freuen würde! Höchst interessiert wende ich mich auf der Stelle zu ihm um und lasse Igorr links liegen.

»Kameraden, ich bitte um eure Aufmerksamkeit, bitte Ruhe ... seid doch endlich mal ruhig, Mensch!«

Aber außer mir interessiert sich zurzeit offenbar niemand so brennend für den Hampelmann da vorne.

»Hallooo, hallooo, Ruhe im Saal!«, ruft er.

Da schnappt sich der Wirt das Mikro und brüllt:

»Schnauze!! Haltet doch endlich eure blöden Klappen, ihr Idioten! Ruhe jetzt! Der Kamerad Haidmann will jetzt reden. Heute sind hier so viele neue Leute, die nur wegen ihm gekommen sind!«

Die Bezeichnung »Idioten« wirkt! Als sie beim Namen genannt werden, sind die Skinhääds plötzlich still.

Tatsächlich haben die »normalen« Besucher sich alle um den Redner geschart, ich muss hinten bei den Skinhääds bleiben, vorne gibt's keine Plätze mehr.

»Guten Abend, liebe Freunde und liebe Kameraden, ich bringe euch die besten Grüße der RNU. Wenn wir endlich an der Macht sind, dann werden wir nicht nur reden, sondern entschlossen handeln. Wir werden fünf Millionen neue Arbeitsplätze schaffen!«

»Fünf Millionen Arbeitsplätze sind ein bisschen zu viel«, sage ich, »dann brauchen wir ja schon wieder ausländische Gastarbeiter.«

Aber kaum nimmt er das böse Wort »Arbeit« in den Mund, geht das Gequassel bei den Skinhääds wieder von vorne los. Ich glaube, er hat für den schick frisierten Teil des Publikums hier im Laden das falsche Thema ausgesucht.

Aber als alter Nazi ist er natürlich erfahren genug, um das selber zu merken, und zieht sofort ein Ass aus dem Ärmel:

»Deutschland den Deutschen, Ausländer raus!«, brüllt er.

Und der ganze Saal tobt plötzlich.

»Deutschland den Deutschen, Ausländer raus! Deutschland den Deutschen, Ausländer raus!«

»Die SPD und die CDU lassen unsere Polizei im Stich, meine lieben Kameraden! Wie ein Oma-Café sind unsere Polizeireviere nur noch von zehn Uhr bis siebzehn Uhr geöffnet. Deutschland den Deutschen, Ausländer raus!«

»Deutschland den Deutschen, Ausländer raus! Deutschland den Deutschen, Ausländer raus!«

»Nicht reden, handeln, Kameraden! Deutsche Identität statt Multikulti! Kein Ausländerwahlrecht, keine doppelte Staatsbürgerschaft! Deutschland den Deutschen, Ausländer raus!«

»Deutschland den Deutschen, Ausländer raus! Deutschland den Deutschen, Ausländer raus!«

»Wir wollen endlich wieder zurück zu unseren urdeutschen, christlichen Traditionen, meine lieben Kameraden. Unsere Kirchen sind keine Stundenhotels. Deshalb kein Kirchenasyl für kriminelle Ausländer! Deutschland den Deutschen, Ausländer raus!«

»Deutschland den Deutschen, Ausländer raus! Deutschland den Deutschen, Ausländer raus!«

Das muss ich den Nazis lassen, egal, wie besoffen sie sind, diesen Spruch kriegen sie immer hin. Respekt!

»Alle reden von Demokratie, aber findet ihr es etwa demokratisch, Kameraden, dass unsere Plakate beschädigt oder geklaut werden? Wir hängen sie schon mindestens fünf Meter über den Boden, und trotzdem werden sie jede Nacht vom linken Pöbel beschädigt! Ist das die berühmte Demokratie, von der die Heuchler reden? Eins sag ich euch, wenn wir an die Macht kommen, wird niemand mehr ein Plakat von uns abreißen, dafür werden wir höchstpersönlich sorgen! Deutschland den Deutschen, Ausländer raus!«

»Deutschland den Deutschen, Ausländer raus! Deutschland den Deutschen, Ausländer raus!«

Als ich das so höre, tut der Mann da vorne mir fast leid und ich nehme mir vor, in Zukunft nicht mehr als fünfzig

Plakate nacheinander abzureißen. Dass mein linksradikaler Sohn Mehmet glaubt, mit seinen Kumpels Nacht für Nacht die ganze Stadt von Nazi-Parolen säubern zu müssen, dafür kann ich ja nichts.

»Jetzt kommen wir zu dem Punkt, wo es für euch da hinten wichtig wird, Kameraden. Jetzt könnt ihr Geld verdienen. 100 Euro bekommt ihr, Kameraden, wenn ihr uns einen dieser asozialen Plakat-Klauer meldet. Macht Fotos von denen, schreibt die Kennzeichen von diesen Dieben auf. Aber bitte nicht sich gegenseitig denunzieren, Kameraden, nur um Geld zu kassieren. Auch nicht eure Eltern oder die Nachbarn anschwärzen. Deutschland den Deutschen, Ausländer raus!«

Um nicht unangenehm aufzufallen, hebe ich meinen Arm und brülle mit:

»Deutschland den Deutschen, Ausländer rraus! Deutschland den Deutschen, Ausländer rraus!«

»Den rrrechten Arrrm heben, Waldemarrr, den rrrechten. Nicht den linken«, korrigiert mich Igorr von hinten.

»In Polen wir immer linke Arm heben«, entschuldige ich mich und mache sofort den lebenswichtigen Armwechsel.

So langsam mache ich mir große Sorgen, dass der Kerl hinter mir mehr über mich erfahren wird, als ich hier über Adolf und Rudolf herauskriegen kann. Da kommt mir dieser zwei Meter große Skin mit dem dicken Bauch und dem Bauerngesicht genau im richtigen Augenblick zu Hilfe:

»Voll öde hier, Alter, dieses Politikergelaber ist doch zum Kotzen«, mault er gelangweilt.

»Das stimmt, Kollege, ständig ›Deutschland den Deutschen, Ausländer rraus‹. Hat derr da vorrne etwa kein anderes Spruch auf Lager?«, stimme ich ihm zu.

»Das hier ist doch keine Demo, wir sind doch unter uns! Was soll der Quatsch?«

»Ja, dann lass uns doch ein Demo machen. Dieserr Wichtigtuerr da vorrne ist uns doch egal«, schlage ich vor, um hier schnellstens und möglichst lebend rauszukommen. Denn Igorr hat mich eben auch noch gefragt, ob ich unseren alten Kameraden Bogdan Kowalski aus Breslau kennen würde. Der sei auch Deutsch-Pole wie ich. Weil ich nicht einschätzen kann, ob das eine Fangfrage ist, brülle ich, so laut ich kann:

»Deutschland den Deutschen, Ausländer rraus!«

Aber der wird bestimmt nicht lockerlassen.

»Warrum dann immer noch hierr sitzen, Kameraden? Los, tun wirr, was wirr am besten können«, brülle ich.

»Meinst du etwa weitersaufen?«

»Nein, Schaufensterr von Ausländerrn kaputt machen.«

Als hätten die nur darauf gewartet, springen alle Glatzen mit mir zusammen sofort auf.

Ich ziehe mit voller Kraft an der Tür. Es ist abgeschlossen! Bei Allah, so doof sind die auch nicht. Sie haben mich schon enttarnt und hier eingesperrt! Jetzt bin ich verloren!

Da sehe ich an der Tür das Wort »drücken« und stürze mit rasendem Herzen aus dem Laden – die Glatzen hinter mir her! Die Krawattenträger kommen selbstverständlich nicht mit.

»Wo geht's denn heute hin?«, fragt mich schon wieder dieser Zweimeterriese mit den Springerstiefeln in Größe 52.

»Deutschland den Deutschen, Ausländerr rraus!«, brülle ich fünf Mal hintereinander, um für die Antwort Zeit zu gewinnen. Leider fällt mir trotzdem absolut niemand ein, dem ich diese Horde auf den Hals hetzen kann. Die Ausländerbehörde ist zu weit weg, und wo der Dummschwätzer von eben wohnt, weiß ich nicht.

»Wohin, mein Führer?«, fragt er schon wieder.

»Mirr nach, Kollegen«, brülle ich und führe die besoffene Horde schnurstracks zu der alten Dönerbude von Nuri, die er vor drei Wochen dichtgemacht hat, weil das ganze schäbige Haus bald abgerissen werden soll.

Kurze Zeit später sind wir auch schon da.

»Auf, Kollegen, reißt den Hammeln die Eierr ab!«, rufe ich.

Ich schnappe mir einen Stein, schmeiße ihn in das Schild »Bosporus Döner« und entdecke, dass so einfache Dinge wie Steineschmeißen auch einem erwachsenen und intelligenten Menschen viel Freude im Leben bereiten können.

Nachdem wir schon fast das ganze Haus abgerissen haben, rufe ich:

»Los, mirr nach, wirr gehen weiter, Kollegen, es gibt noch genug andrre stinkende Dönerrbuden in der Stadt!«

Es ist kaum zu glauben, wie schnell die Zeit vergeht, wenn man saufend und grölend durch die Straßen stapft. Die braven Bürger verstecken sich und schauen ängstlich aus ihren Fenstern, sodass sich die Faschos ganz einfach toll vorkommen können. Einige mutige Leute schimpfen aus sicherer Entfernung: »Der braune Pöbel marschiert wieder«. Ich würde aber eher der »blau-braune Pöbel«

sagen! Unterwegs wird nämlich ständig neuer Nachschub am Kiosk gekauft.

Eine Frau zieht entsetzt und hastig die dicken grünen Gardinen zu! Ob das wohl die Mutter von einem meiner neuen Kollegen hier ist?

Kurze Zeit später sind wir auch schon da: vor der Parteizentrale der RNU.

»Noch so eine Türkenhütte, macht sie ferrtig, Kollegen«, brülle ich.

Der Riesen-Skin reißt eine komplette Gehwegplatte von der Straße und das große Schaufenster geht mit lautem Geklirr zu Bruch. Sofort schaut er stolz zu mir herüber.

»Los, Waldemar, schmeiß du doch auch eine. Ich reiß für dich eine besonders schwere aus dem Bürgersteig«, tönt er.

»Gib mirr lieberr gleich den Gullydeckel herr«, sage ich.

Es geht wieder alles ganz schnell. Bevor jemand merkt, dass hier die leckeren Dönerspieße fehlen, brülle ich:

»Das rreicht, Kameraden, gehen wirr weiterr!«

Saufend und grölend zieht die Horde hinter mir her und hinterlässt hässliche Spuren. Überall an den Wänden steht jetzt »Ausländer Raus« oder »Kauf nicht bei Türken«. Um nicht aus der Reihe zu tanzen, bin ich der Eifrigste von allen und erfinde die besten Sprüche, zum Beispiel: »Lieber Glatze als Kopftuch«.

»Komisch, Adolf und Rrudolf sind heute garr nicht da«, sage ich dem Steinwurf-Experten neben mir.

»Hör doch auf mit den beiden Idioten«, schimpft er.

Ich schöpfe sofort Hoffnung.

»Kamerrad, überr Tote … ich meine, überr Kameraden rredet man doch nicht so.«

»Ach, die beiden Schwuchteln denken doch jetzt, sie sind was Besseres geworden, lassen sich die Haare wachsen und hocken mit den Laberköpfen von der Partei zusammen.«

»Was Besserres als Skinhääd kann man doch garr nicht werrden! Oderr haben die etwa im Lotto gewonnen?«, bohre ich unauffällig nach.

»Keine Ahnung, irgendwelche Weibergeschichten haben die auch. Hüpfen bestimmt von Bett zu Bett!«

Dieser Gorilla hat keine Ahnung, dass die beiden seit Tagen höchstens von Tiefkühltruhe zu Tiefkühltruhe hüpfen. Aber ich merke schon, dass sie bei den Skins zurzeit nicht besonders hoch im Kurs stehen.

»Hallo Waldemarr.«

Oh Scheiße!

»Hallo Igorr!«

»Macht's Spaß?«, fragt er leicht angetrunken.

Ob der mich wohl die ganze Zeit beobachtet hat?

»Klarr! Dirr nicht?«

»Doch, ich bin stolz, Deutscherrr zu sein!«, grölt er.

»Was andrres hast du nicht, um stolz zu sein?«, rutscht es mir aus Versehen heraus. Bei Allah, das war ja taktisch überhaupt nicht klug, was ich jetzt verzapft habe. Gesundheitsfördernd auf gar keinen Fall! Weil dies ja eine Spontan-Demo ist, gibt es auch keine Gegendemonstranten, bei denen ich schnell Asyl suchen kann.

»Wie, warrum?«, fragt er völlig verdattert – völlig zu Recht!

Er hat mit Sicherheit schon tausend Mal »Ich bin stolz,

Deutscher zu sein« gegrölt und ist noch nie mit einer aus seiner Sicht so dämlichen Frage konfrontiert worden.

»Igorr, ich meine, in Polen auch alle stolz, nurr weil sie Polen«, versuche ich meinen Lapsus wieder geradezubiegen.

»In Rrrussland sind sie auch alle stolz, weil sie Rrrussen sind.«

Ich schaue nach bestmöglichen Fluchtwegen, bereite mich wie ein Hundertmeterläufer auf den Sprint vor und lege los:

»Deutsche stolz weil Deutsche, Pole stolz weil Pole, Rrusse stolz weil Rrusse, Türrke stolz weil ...« – Mist, wo kommt denn jetzt der Türke her? – »... ich meine, alle Menschen laufen stolz in Gegend rrum, nurr weil sie irrgendwo geborren wurrden. Ist das nicht total blöd?«

Igorr ist sprachlos. Ich kann regelrecht hören, wie es bei ihm im Oberstübchen zischt, rattert und knattert.

»Igorr, stell dir vor, alle Menschen auf der Welt sind Nationalisten und alle sind total stolz, ohne was zu leisten. Soll man denn nicht – wenn überhaupt – auf eigene Erfolge stolz sein anstatt auf Zufälle derr Naturr, für die man garr nichts kann?«

»Menschen sind Teil derr Naturr.«

»Nach dieser Logik kann man auch stolz darrauf sein, dass Errde sich um Sonne dreht!«

»Ja, ich bin stolz, ein Deutscherr zu sein, und dass Errde sich um Sonne drreht«, brüllt er.

»Ich bin stolz, ein Türke zu sein, und dass es den Großen Bären gibt«, antworte ich, wobei ich das Wort »Türke« mit einem Rülpser völlig unkenntlich mache.

»Grroßerr Bärr?«, fragt er.

»Klarr, ich bin stolz, dass der Grroße Bärr es im kalten, dunklen Univerrsum so lange tapferr ausgehalten hat.«

Glücklicherweise wird unsere Diskussion unterbrochen, weil wir wieder vor der Kneipe stehen, von der aus wir unsere »Tour de Bürgerschreck« gestartet haben.

»Los, Kamerraden, das ist die versiffteste Dönerrbude, die ich je gesehen habe«, rufe ich.

Die einundzwanzig SkinhäädInnen – drei Frauen sind nämlich auch dabei – sind mittlerweile so sturzbesoffen, dass sie nicht mal merken würden, wenn sie ihre eigene Wohnung abfackeln würden.

Die vielen leeren Bierflaschen reichen aus, um innerhalb von Sekunden alle Scheiben zu zertrümmern.

Durch die kaputten Fenster sehe ich, dass die da drin genauso besoffen sind wie die hier draußen. Nicht mal der Stammtisch stammelt mehr!

Verängstigt steckt der Redner von der RNU, offenbar der Einzige, der noch halbwegs stehen kann, seinen Kopf durchs Fenster, ohne es aufmachen zu müssen, und stottert völlig verwirrt:

»Was ist denn nun passiert? Das sind doch unsere eigenen Leute?«

»Dein Gelaber ist bei denen wohl nicht so gut ankommen«, fällt der Wirt ihm jetzt auch noch in den Rücken. »Und ihr Penner werdet mir alle Scheiben bezahlen«, schimpft er nach draußen.

Igorr nimmt mit der leeren Bierdose Maß und trifft den RNU-Heini schon beim ersten Wurf voll am Kopf!

»Jetzt bin ich rrrichtig stolz«, lallt er.

Die Wahrsagerin

Ich habe mich nach zwei Tagen von der Spontan-Demo mit meinen neuen Fascho-Kumpels immer noch nicht richtig erholt und liege wieder auf dem Sofa. Es klingelt an der Tür. Wer immer das auch sein mag, dieser Besucher ist mir jetzt schon äußerst unsympathisch, weil er mich genau in dem Moment belästigt, wo außer mir niemand da ist, um die Tür zu öffnen.

Wohl oder übel quäle ich mich vom Sofa rüber zur Wohnungstür und versuche, durch den Spion zu sehen, ob dieses seltsame Wesen vor der Tür männlicher oder weiblicher Natur ist. Selbst nach längerer Betrachtung kann ich es beim besten Willen immer noch nicht richtig einschätzen und mache die Tür auf. Die Kreatur hat sich in viele verschiedene hässliche grelle Stoffe gehüllt und trägt billige Klunker an allen Fingern.

Aber was Männer angeht, scheint die Ruhestörerin einen ausgesprochen guten Geschmack zu haben – denn sie säuselt mit komischem Akzent:

»Ich dir sagen dein Zukunft, schöner Mann!«

»Was für eine Zukunft denn, ich bin doch verheiratet!«

Plötzlich schnappt sie meine Hand. Ich nenne diese Person gezwungenermaßen ›sie‹, weil in der deutschen Sprache, wo selbst Stühle, Tische und Teppiche ein Geschlecht haben müssen, damit man überhaupt einen Satz bilden kann, dieses mit Ketten behangene, eigenartige Geschöpf auch irgendein Geschlecht haben muss.

»Ich sehe in dein Hand, du seit dreißig Jahren verheiratet und du haben fünf Kinder, schöner Mann.«

»Du Schlaumeier, das kann doch jeder sagen. Bei einem Türken fünf Kinder zu erraten, ist nicht besonders schwierig.«

»Und du viel unglucklich!«

»Auch kein Wunder bei einer so langen Ehe!«

»Du heißen Osman Engin, hubscher Mann!«

»Steht doch groß genug auf der Klingel.«

»Nix da, auf Klingel stehen nur Engin.«

»Na und, wie soll ein Türke denn sonst heißen? Entweder Ali, Mehmet oder Osman.«

»Du lassen mich rein in Wohnung. Ich viel Geld sehen für dich.«

»Hören Sie, gute Frau, auf solche billigen Tricks falle ich nicht rein. Ich weiß leider nur zu gut, wie wenig ich in Halle 4 verdiene. Den Spruch mit dem Geld heben Sie sich lieber für meine Frau auf. Die glaubt an den Weihnachtsmann, also kommen Sie morgen wieder, tschüss.«

»Ich kann sagen, was deine Frau denken über dich!«

Dieses Angebot kann ich natürlich nicht mehr ablehnen:

»Kommen Sie doch bitte kurz rein und nehmen Sie hier auf dem Sofa Platz.«

Bei jedem Schritt klirrt der billige Schmuck an ihr.

Sie lässt sich sofort aufs Sofa fallen und verkündet:

»Ich Roma!«

»Sie kommen aus Italien? Ich war noch nie dort.«

»Nein, ich Roma!«

»Und ich bin Istanbul! Wie geht es Ihnen, Frau Roma?«
»Danke, gut, Herr Istanbul.«
»Frau Roma, sagen Sie es endlich, was denkt meine Frau über mich?«
»Du gerade hier eingezogen!«
»Toll, wie Sie diese Großbaustelle hier bemerkt haben, ist wirklich sagenhaft. Sie sind echt eine klasse Hellseherin.«
»Und du echt blöd!«
»Jetzt sagen Sie doch endlich, was meine Frau über mich denkt.«
»Du erst mal legen paar Scheine auf Tisch, du Geizkragen.«
»Für Geld würde meine Frau sofort selber erzählen, was sie über mich denkt!«
»Stimmt, sie erzählen, aber nix erzählen Wahrheit!«
»Ja gut, wie viel wollen Sie denn haben?«
»Komsi komsa, 20 Euro für Anfang is gut.«
20 Euro? Ich tue so, als hätte ich sie nicht gehört.
»Du sollen gehen Ohrarzt!«
»Das stimmt, Sie können wirklich hellsehen!«
»Ich haben gesagt, 20 Euro, aber pronto!«
»Von wegen 20 Euro, noch haben Sie außer meinem Hörproblem nichts gewusst«, sage ich und lege 5 Euro auf den Tisch. Aus den Tiefen ihres grellen Umhangs zerrt sie einen Stapel bunter Karten und legt sie auf den Tisch. Im gleichen Moment lässt sie unauffällig meine 5 Euro verschwinden.

Nach langem Überlegen fischt sie eine Karte aus dem Stapel raus. Die legt sie dann sorgfältig auf die Tischkante und klopft dreimal drauf. Streichelt dann lange und zärtlich, die Karte – nicht mich, und plötzlich spuckt sie auch noch drauf (gut, dass es nur die Karte war!).

»Frau Roma, eins sage ich Ihnen gleich, ich will keinen von diesen typischen Wahrsager-Sprüchen hören«, tue ich ganz fachmännisch. »Also nichts wie ›Sie kriegen binnen drei Tagen viel Geld‹, ›Sie haben eine lange Reise vor sich‹ oder ›Sie heiraten einen hübschen, reichen, dunkelhaarigen Mann‹ und ähnlichen Schwachsinn!«

Ergriffen von meiner Intelligenz, guckt sie mich etwas verwirrt an, spuckt noch mal auf die Karte und brüllt:

»Ich nix lügen! Ich sehen, du in Halle 4 ein Arschkriecher!«

Ich lege blitzschnell mit hochrotem Kopf noch einen Fünfer auf den Tisch:

»Bitte behalten Sie das für sich!«

Sie spuckt erneut auf ihre Karten.

»Hören Sie mal, Frau Roma, ist ja kein Wunder, dass bei Ihren Karten nichts als Negatives rauskommt, so oft, wie Sie sie anspucken und schlagen. Seien Sie doch mal zur Abwechslung ein bisschen nett zu denen.«

In dem Moment höre ich meine Frau zur Wohnungstür reinkommen. Ich laufe sofort in den Flur und flüstere ihr ins Ohr:

»Eminanim, hier ist ein großer Scharlatan und versucht uns auszurauben. Wirf sie bitte hochkantig raus.«

»Guten Abend, gute Frau, ich alles hellsehen, ich Roma, ich heißen Tamara«, stellt sich unser Gast selber vor.

»Osman, sie ist kein Scharlatan, sie ist vielmehr eine Hellseherin, wie du eben gehört hast. Schön, dass sie da ist. Allah hat sie uns wohl geschickt!«

Oh, das kann doch nicht wahr sein! Als wenn wir nicht

schon genug Sorgen hätten! Jetzt verbündet sich auch noch Eminanim mit dieser Frau.

»Osman, eine Hellseherin kann uns bei den Mordfällen doch sehr behilflich sein! Sogar das amerikanische Eff Bii Eii arbeitet immer mit Hellsehern zusammen, wenn es um mysteriöse Todesfälle geht. Das hab ich schon mehrere Male in ›Akte X‹ gesehen.«

»Na toll, jetzt sollen wir uns auch noch nach blöden amerikanischen Fernsehserien richten. Warum nehmen wir uns dann nicht gleich Dävid Hässelhoff oder Äl Bandy zum Vorbild?«

»Nicht nötig, soviel ich weiß, hat man dich sowieso als Vorlage für Äl Bandy benutzt, aber der kommt trotzdem an deine Qualitäten nicht ran. Außerdem: Dein Superheld Colambo ist ja auch nur aus einer amerikanischen TV-Serie.«

»Aber diese geschwätzige Frau wird bestimmt überall rumerzählen, dass wir eine Leiche im Keller haben. Vielleicht läuft sie sogar direkt zur Polizei.«

»Nein, das tut sie sicher nicht, mach dir keine Gedanken! Hellseherinnen sind sehr diskret.«

»Stimmt, das tut sie nicht. Vorher wird sie uns erst mal nach Strich und Faden erpressen!«

»Osman, jetzt hör doch endlich auf mit deiner Rumspinnerei! Ich werde dieser Frau ja nicht gleich auf die Nase binden, dass wir eine Leiche im Keller haben, sondern sie ganz diskret ausquetschen. Lass mich nur machen.«

»Bei Allah, hoffentlich geht das bloß gut, vielleicht kann die Frau wirklich hellsehen, was dann?«, warne ich sie, aber verschweige natürlich, dass sie das schon geschafft hat. Womöglich ist diese fremde Frau sogar ein Polizeispitzel. Ist doch ganz offensichtlich, dass ihr eigenartiger Name Tamara ein Tarnname ist, welche normale Frau heißt denn schon so? Oder vielleicht ist sie die Ehefrau von Igorr!

»Guten Abend, Frau Tamara, schön, dass Sie da sind, ich bin Eminanim«, wird sie freundlich begrüßt.

»Wenn ihr Mann nicht wollen und meckern, ich gehen!«

»Nein, nein, bitte bleiben Sie, lassen Sie sich von ihm nicht stören, der hat jetzt Sendepause.«

»Ich sehen ein Mord in diesem Haus!«, sagt sie plötzlich.

»Waaas? Sie sehen schon einen Mord in diesem Haus? So schnell geht das? Wer ist der Mörder?«, kreischt Eminanim völlig schockiert.

»Ich Mörder! Wenn ihr Mann mich weiter nerven, ich ihn gleich umbringen«, lacht sie.

»Frau Tamara, wie Sie ja unschwer erkennen können, sind wir hier erst vor ein paar Tagen eingezogen. Können Sie uns über unsere neuen Nachbarn was erzählen? Wir haben einfach keine Zeit gehabt, sie alle in Ruhe kennenzulernen.«

Ich muss zugeben, eine sehr raffinierte Frage von Eminanim, um die Spreu vom Weizen zu trennen.

Auf so eine schwierige Frage war die Frau anscheinend nicht vorbereitet, sie packt unverzüglich ihre überdimensional großen Karten ein. Aber anstatt sich kleinlaut aus dem Staub zu machen, mischt sie mit großer Geste ihre Karten neu und wirft sie wieder zurück auf den Tisch. Dann starrt sie mit großen und gespannten Augen drauf, so als verfolge sie das Elfmeterschießen bei einem Endspiel der Fußball-WM.

»Frau Tamara, was sehen Sie?«, fragt Eminanim sehr leise, um die Dame in ihrer Trance nicht zu stören.

»Eine Zwanziger«, sagt sie trocken.

Meine Frau lässt den hellgesehenen Zwanzigeuroschein sehr diskret in der riesigen Tasche der geldgeilen Dame verschwinden.

»Ich sehen eine sehr, sehr alte Frau«, kommt als Antwort. Dann beugt sie sich noch mehr über ihre Karten und zischt: »Oh mein Gott!«

»Was sehen Sie, Frau Tamara?«, fragt Eminanim mit zittriger Stimme.

»Ich sehen ein totes Mann!«

Ich bekomme sofort eine Gänsehaut.

»Nur ein totes Mann?«, will ich wissen.

»Ja, aber sehr tot.«

»Wie heißt er? Adolf oder Rudolf?«

»Nix Adolf oder Rudolf ...« Sie schnappt sich eine Karte, presst sie ganz heftig gegen ihr Herz und stammelt: »Er heißen Kartoffel ... nein, nein, Brot!«

»Was für'n Brot denn? Vollkorn, schwarz, weiß oder Toastbrot?«

»Jetzt sehen ich sehr deutlich! Totes Mann und alte Frau lange verheiratet. Er heißen Weißbrot. Ich sehen sein Geist in diese Zimmer, dort drüben.«

Ich bin sprachlos! Eminanim nicht:

»Sie können Herrn Weißbrot sehen? Was macht er jetzt in diesem Moment?«, fragt sie neugierig.

»Er sitzen dort vor Fenster. Er sehr glücklich!«

Meine Frau lässt noch einen Zwanziger in Tamaras Handtasche verschwinden.

»Sagen Sie, sehen Sie noch andere Nachbarn von uns?«

»Klar, ich sehen viele Nachbarn.«

»Können Sie sehen, wer unser jüngster Nachbar ist?«

Sie kramt in ihrer Tasche und schmeißt einige Knochen auf die Karten. Ob unser jüngster Nachbar etwa ein Hund ist? Frau Tamara verkündet sogleich das Ergebnis:

»Ja, ich sehen, ich sehen, aber er nicht gut!«

»Geht's ihm schlecht? Was hat er denn?«, will Eminanim schon die Todesursache wissen.

»Ja, sehr schlecht!«

»Ist er vielleicht schon tot?«

»Schlimmer!«

»Schlimmer als tot? Wie soll das denn gehen?«

»Er Nazi!«

Bei Allah, das ist doch unglaublich! Alle Achtung! Die Frau ist nicht nur eine erstklassige Hellseherin, sondern auch eine Demokratin durch und durch. Ich muss zugeben, bisher habe ich von Hellseherei nicht viel gehalten. Es war für mich reiner Hokuspokus. Aber siehe da: Mit fünfzig Jahren werde ich doch noch eines Besseren belehrt! Wie sagt man so schön – besser spät als nie! In dem Moment klingelt es schon wieder an der Tür. Völlig verwirrt laufe ich in den Flur.

»Hallo Abdullah-Ibrahim, komm schnell rein, hier passieren unglaubliche Sachen. Wir haben eine richtige Hellseherin in der Wohnung. So eine sagenhafte Frau hast du bestimmt noch nie gesehen!«

Zur meine großen Enttäuschung packt Frau Tamara aber rasch ihre Utensilien zusammen und steht auf:

»Ich nicht hellsehen, wenn fremde Mann kommen«, sagt sie und verschwindet sofort ins Treppenhaus.

»Guten Abend, Helga, lange nicht gesehen, wie geht's

dir denn?«, ruft Abdullah-Ibrahim Tamara hinterher. Aber sie ist bereits draußen auf der Straße.

»Abdullah, kennst du die Dame etwa?«, frage ich völlig überrascht.

»Ja, natürlich, die Helga hat doch fünf Jahre in der Wohnung links über uns gewohnt!«

Don Osman in geheimer Mission

Ich kann seit Stunden nicht einschlafen! Ich habe es bereits mit heißer Milch mit Honig versucht, mit Schlaftabletten und mit Schäfchenzählen – keine Chance!

Um die bestmögliche Wirkung zu erzielen, muss man ja die Schäfchen beim Zählen über ein Hindernis springen lassen. Mit den ersten dreißig, vierzig Schäfchen lief alles einigermaßen gut, die hüpften brav über eine Hürde und landeten auf der anderen Seite auf einer herrlich grünen Wiese. Aber was meinen Sie, wo das sechsundvierzigste und siebenundvierzigste Schäfchen landeten? Genau: in der Tiefkühltruhe, direkt neben Rudolf!

Prompt fange ich wieder mit dem Grübeln an: Was wollte diese Frau Tamara mit ihrer komischen Aktion hier erreichen? Gewiss nicht nur meine 20 Euro. Hat sie etwa was mit den Morden zu tun? Wollte sie nur mal die Situation bei uns tschecken, um rauszukriegen, was wir mit der Leiche gemacht haben? Vermutlich wurde sie vom Mörder damit beauftragt, uns auszuhorchen? Auf jeden Fall kannte sie als ehemalige Bewohnerin des Hauses den toten Adolf viel besser als wir. Wir kennen ja überhaupt niemanden in diesem gottverdammten Haus hier. Nur die etwas verwirrte Oma von oben. Ich muss unsere Nachbarn unbedingt etwas genauer unter die Lupe nehmen. Aber selbstverständlich nicht um zwei Uhr nachts!

Eigentlich sollte ich jetzt schlafen, aber da das ja ohnehin nicht klappt, will ich was Besseres versuchen. Ich werde mir ein Herz fassen und diese Geschichte noch heute Nacht hinter mich bringen. Wenn ich gut aufpasse, kann eigentlich nichts schiefgehen. Als ich eben stundenlang wach lag, habe ich die Hälfte der Zeit dafür genutzt, meinen Plan bis ins kleinste Detail auszuarbeiten.

Ich stehe leise auf und ziehe mir vor dem Spiegel Eminanims Strumpfhose über den Kopf, um sie als Maske zu testen. Hoffentlich macht mein Herz die Aufregung mit!

Alle Gegenstände und Werkzeuge, die ich für die Tat brauche, deponiere ich in meiner schwarzen Tasche. Das ganze Haus schläft tief und fest, es ist überhaupt nichts zu hören. Ich betrachte ein letztes Mal alle meine Kinder in ihren Betten und verabschiede mich leise von meiner Frau, ohne sie zu wecken. Stumm spreche ich alle Gebete, die ich auswendig weiß, sowohl die arabischen als auch die lateinischen, und schleiche dann auf Zehenspitzen aus dem Haus.

Als ein Polizeiwagen an mir vorbeifährt, bin ich drauf und dran, aufzugeben. Doch ich beiße die Zähne zusammen und gehe vorsichtig zu meinem Ford-Transit. Ich habe keine Ahnung, wie viele Jahre ich im Knast absitzen muss, wenn sie mich erwischen. Ich bin mir des Risikos durchaus bewusst. Erst kürzlich wurde jemand aus einem ähnlichen Grund vor Gericht gestellt, und das Urteil schockierte die gesamte Öffentlichkeit.

Dort, wo ich hin will, müssten jetzt alle Leute schlafen. Das nächste Polizeirevier ist kilometerweit entfernt. Trotzdem zittern mir die Knie. Ich gebe vorsichtig Gas. Es gibt für mich keinen Weg mehr zurück.

Nach zehn Minuten bin ich schon da. Zum Glück ist heute kein Vollmond. Es ist alles ziemlich finster. Ich schaue mich nach allen Seiten um. Die ganze Straße scheint tief und fest zu schlafen. Blitzschnell ziehe ich mir die Strumpfhose über den Kopf, schnappe meine Tasche und springe aus dem Wagen. Ich zittere wie Espenlaub. Wie beim ersten Kuss oder wie jemand, der zum ersten Mal Schmiergeld kassiert. Von ganz weit her höre ich eine Polizeisirene, aber sie entfernt sich wieder. Ich konzentriere mich voll auf die Arbeit. Ich weiß, dass ich es mit ein wenig Glück schaffen kann.

Eiskalt packe ich den Pinsel mit der rechten, den Farbeimer mit der linken Hand und nähere mich der Hauswand. Gekonnt und in atemberaubender Schnelligkeit übermale ich mit weißer Farbe die Parole »Ausländer Raus«, die wir vor zwei Tagen hier an die Wand geschrieben haben, springe dann wieder in meinen Ford-Transit und rase ohne Licht weiter, bis ich aus der Straße raus bin. Kurze Zeit später halte ich wieder an und mache mich erneut an die Arbeit. Diesmal muss außer dem Spruch »Ausländer Raus!« auch meine tolle Erfindung »Lieber Glatze als Kopftuch« dran glauben. Eine nach der anderen fahre ich alle Straßen ab, um unsere schöne Stadt von dieser Verschandelung zu säubern. Es ist doch kaum zu glauben, dass in Deutschland nicht diejenigen bestraft werden, die die Wände mit diesen hässlichen Parolen beschmieren, sondern diejenigen, die sie entfernen. Ein Gericht hat tatsächlich so entschieden. Ich mache mich jetzt also strafbar, weil ich fremde Wände streiche, indem ich Nazi-Sprüche übermale. Um nicht mit der vollen Wucht dieses sehr logischen und ausgesprochen gerechten Gesetzes konfrontiert zu werden, überpinsele ich nicht mehr die kompletten Sprüche, sondern ich ändere sie nur ein bisschen ab – zum Beispiel in »Nazis Raus!«.

Als ich an der Hauptstraße bin, merke ich, dass ich nicht der Einzige bin, der in dieser dunklen Nacht gegen das Gesetz verstößt. Ich beobachte einen Haufen gut gelaunter Jugendlicher, die mit viel Freude und langen Holzlatten die vielen RNU-Plakate, die wegen der Regionalwahlen das ganze Stadtbild versauen, von den Laternen runterprügeln. Ich verzichte auf das schöne Kopfgeld und notiere mir weder ihre Moped- noch ihre Autokennzeichen.

Kurz darauf beobachte ich, wie zwei junge Burschen in eine Bäckerei einbrechen. Eigentlich ein denkbar ungünstiger Zeitpunkt dafür: Die frischen Brötchen wurden noch nicht geliefert, und die Kasse ist schon gestern Abend geleert worden. Mit nur zwei Kartons billigem Kaugummi müssen die beiden glücklosen Gängster sich begnügen. Wer weiß, vielleicht sind die Räuber ja verzweifelte Kaugummi-Dschankies, die einbrechen mussten, weil ihnen der Stoff ausgegangen ist und die Entzugserscheinungen unerträglich wurden.

Als ich auch noch die letzte Parole übermalt habe, bin ich total erleichtert und fahre zufrieden wieder nach Hause. Da sehe ich an der Ampel neben mir ein Taxi stehen und verschlucke mich fast an meiner eigenen Zunge: Auf dem Beifahrersitz hat sich dieser Igorr breitgemacht! Ein Glück, dass der Fascho mich nicht bemerkt hat! Was macht der denn in einem Taxi um diese Zeit?

Wahrscheinlich notiert er sich die Plakat-Abreißer, um sich das Verräter-Geld zu sichern. Ob er mich beim Wändestreichen auch beobachtet hat?

Ohne das Licht einzuschalten, folge ich dem Taxi unauffällig in sicherer Entfernung. In einem Mini würde ich mich jetzt viel wohler fühlen als in so einem riesigen Ford-Transit. Ich komme mir vor wie ein kleines Kind, das die Augen schließt und denkt, es könne jetzt auch nicht mehr gesehen werden.

Fünf Minuten später hält das Taxi in der Innenstadt, und Igorr steigt aus. Die Straßen sind wie ausgestorben, und es hat angefangen zu regnen. Die Nacht ist sehr dunkel. Auf dem nassen Asphalt glänzen einzig die Straßenlampen und Igorrs Glatze. Ich fahre rechts ran, steige aus, krempele meinen Mantelkragen hoch und folge Igorr unauffällig.

Wieso die Spione in Spielfilmen in so einer Situation immer den Mantelkragen hochstellen, ist mir eigentlich ziemlich schleierhaft. Denken die etwa, dass man sie dann nicht sieht? Da finde ich ja sogar das Augenschließen von Kindern noch logischer.

Eine Straße weiter bleibt Igorr vor einem Schaufenster stehen und schaut auf die Uhr. Wartet er etwa auf seine Komplizen? Wollen sie zusammen dieses Geschäft ausrauben? Aber das ist ja ein Laden für Damenunterwäsche. Was will Igorr mit so vielen Frauenunterhosen denn machen? Der Kerl ist also nicht nur ein Faschist, sondern auch noch ein Fetischist. Womöglich sogar ein Transvestit! Aber wenn er Frauenunterwäsche braucht, dann muss er doch nicht gleich einbrechen, bei C&A gibt's die Dinger im Zehnerpack für 5 Euro; hat sich meine Frau erst letztens gekauft!

Jetzt läuft Igorr wieder weiter – ich hinter ihm her! Nach zwanzig Metern macht er kehrt und kommt wieder zu seinen Frauenunterhosen zurück.

In dem Moment kommt ein anderer Mann um die Ecke und geht direkt auf Igorr zu. Die beiden begrüßen sich. Igorrs Komplize kommt mir auch ziemlich bekannt vor. Wahrscheinlich hab ich ihn bei der RNU-Veranstaltung gesehen.

Jetzt geht's bestimmt zur Sache! Aber die beiden entfernen sich plötzlich schnellen Schrittes weg von dem Laden. Haben wohl doch nicht so großen Bedarf an Frauenunterwäsche. Jedenfalls nicht im Moment. Als sie die Straße überqueren, sehe ich das Gesicht von dem anderen Mann im Laternenlicht plötzlich ganz deutlich. Bei Allah, das kann doch nun wirklich nicht wahr sein! Diesen Mann kenne ich nicht aus der Kneipe, sondern von zu Hause. Das ist dieser Kommissar Knochenhauer, der uns vor ein paar Tagen besucht hat!

Die Polizei, unser sogenannter Freund und Helfer, macht gemeinsame Sache mit den Faschos! Ich krieg die Krise! So weit ist es also schon gekommen?

Die Sache wächst mir langsam ganz gewaltig über den Kopf!

Andererseits war es goldrichtig, dass wir die Polizei nicht hinzugezogen haben. Das wäre ja fast so, als würde man dem bösen Wolf die armen Hühner anvertrauen. Ich hätte natürlich liebend gerne gewusst, worüber die beiden reden und was sie im Schilde führen. Deshalb verfolge ich sie mit rasendem Herzen aus noch größerer Entfernung weiter. Nach fünf Minuten sind sie auch schon bei dem riesigen Polizeigebäude aus dem 18. Jahrhundert angekommen und gehen sofort rein. Ich schleiche mich auch an die Eingangstür, aber die ist abgeschlossen. Zu klingeln und dem wachhabenden Beamten zu sagen: »Euer

Kommissar Knochenhauer macht gemeinsame Sache mit den Nazis«, scheint mir im Augenblick nicht sehr erfolgversprechend zu sein.

Also laufe ich kurzentschlossen zurück zu meinem Ford-Transit und fahre damit wieder zum Polizeirevier. Ich stelle ihn vor den Garagen ab, klettere aufs Auto und ziehe mich von dort auf das Garagendach hoch. Dort angelangt, krabbele ich vorsichtig auf die andere Seite und springe dann in den Innenhof vom Polizeipräsidium.

Unterwegs lege ich mir halbwegs plausible Ausreden zurecht, für den Fall, dass sie mich erwischen.

»Herr Kommissar, wecken Sie mich bloß nicht, ich bin doch nur ein Schlafwandler!«

»Ich wollte nur meinem Freund Igorr sagen, dass man seine Plakate abgerissen hat!«

»Ich bin hier, um der Polizei einen Einbruch zu melden! Die Bäckerei in der Ottokar-Plattfuß-Straße ist eben ausgeraubt worden!«

»Retten Sie mich, meine Frau will mich umbringen und in unserer Tiefkühltruhe gibt es keinen Platz mehr!«

Wenn auch nicht jedes für sich, alle zusammengenommen würden diese Argumente doch bestimmt sämtliche Polizisten der Stadt überzeugen. Auf jeden Fall würde ich vielleicht nicht auf der Stelle erschossen!

Durch die offene Hoftüre komme ich problemlos in das Innere des Polizeigebäudes. Uns warnen die Bullen immer, dass wir die Gartentür ständig abschließen sollen – und selber?!

Es ist stockfinster hier im Treppenhaus!

Schemenhaft erkenne ich die Stufen und taste mich eine Etage nach oben. Lange, dunkle, verlassene Flure wie im

Gefängnis. In keinem der zahllosen Büros brennt Licht. Ich taste mich mit butterweichen Knien noch ein Stockwerk nach oben. Kein Licht, kein Ton! Ich wage mich noch eine Etage höher. Aus einem Büro ganz am Ende des Flurs dringt schwaches Licht nach draußen, da müssen die beiden sein.

Mein Herz pocht so schnell, als wollte es mich verlassen und weglaufen. Im Gegensatz dazu möchten meine Beine überhaupt nicht mehr laufen und versagen endgültig ihren Dienst. Ich plumpse, an der Wand abrutschend, auf den Fußboden. Auf allen vieren robbe ich auf dem frisch gewienerten Linoleumboden leise dem schwachen Licht entgegen. Drei, vier Meter vorher kann ich schon ein Gemurmel hören, aber nicht genau verstehen, was da gesprochen wird. Ich rutsche also weiter, bis vor die Tür.

Aber alles, was ich hören kann, sind die doppelten und dreifachen Rs von Igorr:

»Klarrr ... wiederr ... Uhrr ... aberrr ... Morrrd ... dafürrr ... Nachbarr ... Deutscherrr ...«

Ich bin unglaublich froh, dass ich zusätzlich auch noch das Wort »Klo« mitkriege, obwohl darin kein einziges R vorkommt. Ich drücke mich sofort hinter der Tür an die Wand und mache mich so dünn, wie es geht. Die Tür geht auf, und Igorr läuft hinüber zur Toilette – Gott sei Dank, ohne das Licht im Flur anzumachen. Das ist der beste Beweis dafür, dass dieser Fascho hier ständig ein und aus geht. Er weiß sogar mit geschlossenen Augen, wo hier das Klo ist.

Durch den Türspalt kann ich Kommissar Knochenhauer am Schreibtisch erkennen.

Was würde sein Kollege Beinbrecher zu dem Ganzen

hier sagen? Oder steckt er ebenfalls mit in diesem braunen Sumpf? Knochenhauer holt ein kleines Heft aus seiner Innentasche, wahrscheinlich seinen Terminkalender, und kritzelt darin herum. Schon höre ich die Klospülung und wie sich Igorrs Schritte mir in der Dunkelheit nähern. In diesem Moment macht der Kommissar das Licht im Büro aus, kommt raus, schließt die Tür ab und läuft Igorr im Dunkeln entgegen. Ich höre nur noch, wie sie die Treppen hinuntersteigen und verschwinden. Ich rühre mich immer noch nicht vom Fleck. Erst das Zuschlagen der schweren Eingangstür lässt mich wieder aufatmen. Die beiden sind weg. Eigentlich dürfte ich jetzt wieder aufstehen, wenn meine schwachen Knie mit mir einer Meinung wären!

Ich rüttele an der Bürotür, aber er hat leider richtig gut abgeschlossen. Was soll das denn? Vertraut er seinen eigenen Kollegen nicht, oder was? Lässt die ganze Nacht unten die Hintertür offen, aber schließt die Zimmertür ab, was für eine Logik!

An der Nebentür entdecke ich das Namensschild »Kommissar Beinbrecher«. Vorsichtig drücke ich die Türklinke, und, siehe da, die Tür geht auf: Das ist ein toller Kerl, der Mann ist mit sich und seiner Umwelt völlig im Reinen, der hat nichts zu verbergen! Durch die Verbindungstür zwischen den beiden Büros lande ich prompt bei Kommissar Knochenhauer im Zimmer! Auch wenn er sonst niemandem vertraut, vor seinem Beinbrecher verheimlicht er nichts.

Nachdem sich mein Herz wieder einigermaßen beruhigt hat, mache ich die kleine Tischlampe an. Oh nein, muss das sein? So viele Akten! Wir sind doch nicht bei der Ausländerbehörde!

Ich mache mich schnell an die Arbeit. Zuerst nehme ich mir den Buchstaben E vor, um nach einer Viertelstunde frustriert festzustellen, dass unser Fall nicht unter »Engin« geführt wird. Warum auch, der Tote heißt ja auch Gott sei Dank nicht Engin, sondern Adolf. Nach einer erneuten Viertelstunde vergeblichen Suchens bei A fällt mir ein, dass der Mann ja in Wirklichkeit Dominique hieß. Eine zehnminütige Recherche aller Akten unter D bringt mich wiederum nicht weiter. K vielleicht, wie Karnickelweg? Fehlanzeige! I wie Igorr? Auch nicht! Bei Allah, ich höre Schritte auf dem Flur! Die beiden kommen wieder zurück! Ich weiß nicht, was ich machen soll, schalte schnell das Licht aus und verstecke mich hastig unter dem Tisch. Aber es kommt niemand rein. Die Schritte im Flur verhallen.

Bewegungslos kauere ich neben dem Mülleimer, in dem wohl eine Bananenschale und ein Eier-Mayonnaise-Sandwich langsam verrotten. Gut, dass Eminanim mit ihrer empfindlichen Nase nicht dabei ist. Unter diesem Schreibtisch ist ohnehin nicht genug Platz für zwei. Nicht mal für mich alleine!

Ich kann mich nämlich überhaupt nicht gemütlich ausstrecken, als die Schlaftabletten mit ein paar Stunden Verzögerung wohl doch noch ihre Wirkung zeigen und ich auf dem Boden in tiefen Schlummer falle.

Akte Nowosibirsk

Durch lautes Klopfen und Rütteln an der Tür werde ich plötzlich wach.

»Was soll denn der Lärm da draußen, wer stört mich schon um diese unmögliche Zeit?«, brülle ich instinktiv.

»Entschuldigung, ich wollte zu Herrn Knochenhauer«, ruft jemand von draußen verschüchtert.

»Ich hab aber heute überhaupt keine Zeit, kommen Sie morgen wieder«, brülle ich zurück.

Zum Glück weiß ich aus der Türkei ganz genau, wie man sich als Beamter diesem unverschämten und aufdringlichen Fußvolk gegenüber zu verhalten hat, das einen nicht mal im Büro in Ruhe schlafen lässt.

»Wann darf ich denn morgen wiederkommen?«, fragt das schüchterne, verunsicherte Stimmchen.

»So etwa eine Stunde später!«

Bei Allah, es ist schon Viertel nach zehn! Es sind sehr viele Schritte und Geräusche draußen im Flur zu hören. Die ganzen Beamten sind alle brav zur Arbeit gekommen – im Gegensatz zu mir!

Total verschlafen krabbele ich unter dem Schreibtisch hervor und rufe von Kommissar Knochenhauers Telefon in Halle 4 an. Ich erkläre dem Meister Viehtreiber, dass ich heute nicht arbeiten kann, weil mein Onkel Ömer aus der Türkei unangemeldet zu Besuch gekommen ist.

Ich bin mir sicher, der Kommissar schläft sich jetzt auch irgendwo aus und wird sich heute garantiert nicht mehr in seinem Büro blicken lassen. Wollen wir hoffen, dass Beinbrecher seinen Beruf auch nicht so ernst nimmt.

Ich fange bei den Akten ganz vorne an und gehe noch mal das ganze Alphabet durch.

Kurz vor zwölf Uhr werde ich dann endlich unter dem Buchstaben N fündig. Aber nicht etwa bei N wie Nazi, sondern N wie Nowosibirsk! War ja auch klar, dass der Kommissar Knochenhauer weder den echten Namen von seinem Nazi-Freund Igorr nehmen würde noch einen anderen, der direkt zu ihm führen kann. Aber kaum habe ich diese Akte aufgeschlagen, sehe ich schon ein heimlich gemachtes Foto von Igorr, wo er mit einigen fiesen Gestalten zusammen zu sehen ist. Wie sagt man so schön: Eine Hand wäscht die andere. Erst recht, wenn beide unglaublich viel Dreck am Stecken haben! Erst gestern hat mir Nermin erzählt, dass es schon Fälle gegeben hat, wo die Polizei mit den Rechtsradikalen unter einer Decke …

Ich klemme mir die Akte Nowosibirsk unter den Arm und trete in einem Moment, in dem ich keine Geräusche vor der Zimmertür hören kann, ganz locker auf den Flur hinaus. Der Kommissar scheint sich heute wirklich einen faulen Tag zu machen – nicht schlecht, dieses Beamtenleben.

Ich gehe ganz kuul weiter und verschwinde unauffällig schräg gegenüber in der Toilette. Mich länger als nötig in den Büros von den beiden Kommissaren aufzuhalten scheint mir auf Dauer doch ein wenig zu riskant.

Im Klo gibt es drei Pissuars und drei Kabinen. Vor einem

der Pinkelbecken steht ein Zivilist mit offener Hose gelangweilt und rauchend rum. Ich kenne das aus eigener Erfahrung – manchmal braucht es halt seine Zeit. Besonders, wenn ein Fremder sich neben einem aufpflanzt und ständig neugierig rüberschielt. In solchen Situationen tue ich immer so, als wäre ich schon fertig, und gehe einfach raus. Ich bewundere die Männer, die dabei sogar seelenruhig ein belegtes Brötchen essen, ins Händy brüllen, Zeitung lesen und mit dem Strahl drei Fliegen hintereinander treffen können. Je mehr Zuschauer sie dabei haben, umso mehr laufen sie zur Höchstform auf. Ich treffe leider nicht mal eine lebensmüde Ameise. Aber meine Schuhe und Hosenbeine treffe ich jedes Mal.

»Frohes Schaffen«, wünsche ich dem Herrn am Pissuar und gehe in das rechte Klo rein.

Mit dem Lesen der Akte werde ich aber so lange warten, bis vom Pissuar die üblichen Geräusche kommen.

»Hilf den Bullen – erschieß dich selbst!«, steht an der Wand.

»In diesem Augenblick bist du der einzige Polizist weltweit, der weiß, was er tut!«

Wer hätte gedacht, dass Bullen so selbstkritisch sein können?

»Such nicht nach Witzen an der Wand, den größten hältst du in der Hand!«

Okäy, ich suche nicht mehr. Draußen ist die Luft auch schon rein. Natürlich nur so rein, wie sie es auf einer Herrentoilette halt sein kann. Ich öffne total gespannt die Akte Nowosibirsk und komme mir sofort vor, als würde ich in der aktuellen Ausgabe des ›Pläyboy‹ blättern. Wobei ich durch meinen jetzigen Aufenthaltsort in dem Gefühl bestärkt werde. Ein hübsches Mädel jagt das nächste: Anja, Anastasia, Diana, Irina, Katharina, Maria, Natascha, Nadja, Olga …

Plötzlich höre ich, wie draußen mit lautem Knall die Toilettentür aufgestoßen wird! Bei Allah, die haben mich doch erwischt!

Jemand rennt rein und … reißt das Fenster auf. Mehrere Männer laufen hinter ihm her, zerren ihn von der Fensterbank runter, und er klatscht auf den Boden. Sein gequältes Gesicht wird unter meiner Klotür durchgeschoben.

»Hallo, Herr Engin«, grüßt mich ein völlig überraschter Dschankie.

»Hallo Heiko, oder war's Detlef?«, murmele ich genauso überrascht zurück.

»Ich bin's, Heiko!«

Vor sechs, sieben Jahren waren dieser Heiko und mein Sohn Mehmet Klassenkameraden und gute Kumpels. Dann entschied sich Heiko für ein aufregendes Leben als Drogenkurier, Mehmet wurde Revoluzzer, und deshalb verloren sich die beiden aus den Augen. Ich habe ihn nie wieder bei uns in der Wohnung gesehen. Aber wer weiß, vielleicht schließen sich die beiden ja bald wieder zusammen. Wie soll man denn ohne Drogengelder eine ordentliche Revolution finanzieren?

»Die Ratte wollte über das Klofenster flüchten«, ruft einer von den Bullen, und Heiko wird an den Füßen aus dem Klo gezerrt. Ich höre, wie ein Polizist noch im Toilettenraum dem Heiko wütend eine knallt!

»Du dämliche Fascho-Sau!«, brüllt Heiko und bekommt sofort noch eine gescheuert. Damit hätte der Junge eigentlich rechnen müssen – nicht jeder kann nämlich die Wahrheit vertragen! Aber woher weiß denn sogar dieser Heiko, dass einige Bullen hier mit den Faschos zusammenarbeiten?

Ich blättere weiter in der ›Pläyboy‹-Akte. Langsam, aber sicher wird mir klar, dass ich weder in der aktuellen Ausgabe des ›Pläyboy‹ noch in der Vermisstenakte Adolf blättere! In dieser Akte geht es ausschließlich um Frauenhandel! Nach dem Datum auf den Berichten zu urteilen, verfolgt Kommissar Knochenhauer diesen Fall schon seit mehreren Jahren. Außer den hübschen Frauenfotos gibt es auch jede Menge Bilder mit hässlichen Männervisagen. Deutsche und Russen, die die Frauen gemeinsam in den Westen verschleppen. Ich entdecke viele Adressen von sogenannten Modellwohnungen, in denen man den Frauen die Pässe abnimmt und sie mit Prügeln zur Prostitution zwingt. Ich muss sagen, in diesem Fall hat Kommissar Knochenhauer richtig gute Arbeit geleistet. Er hat zum Beispiel der sechsundzwanzigjährigen Daria, die von den Menschenhändlern schrecklich misshandelt worden ist, eine neue Identität verschafft und dazu auch noch ihre Familie in Nowosibirsk in Sicherheit gebracht, damit Daria ohne Angst gegen die brutalen Peiniger aussagen kann. Knochenhauer hat vor kurzem auch die Staatsanwaltschaft informiert und wartet offensichtlich auf den richterlichen Beschluss, um die Bande hochnehmen zu dürfen.

Also, meine Erlaubnis hat er! Ich werde die Akte jetzt sofort wieder zurücklegen, um die Ermittlungen nicht zu stören.

Ich verlasse meine Kabine, mache die Toilettentür einen Spalt auf und stecke meinen Kopf vorsichtig ein wenig raus. Genau in dem Moment werde ich Zeuge, wie jemand unter der Bürotür von Kommissar Knochenhauer ein Briefkuvert durchschiebt. Ich ziehe meinen Kopf sofort wieder rein. Durch einen kleinen Spalt beobachte ich den Mann weiter. Als der dann an der Klotür vorbeigeht, kriege ich fast einen Herzanfall. Den Kerl kenne ich doch! Das ist einer dieser Menschenhändler, dessen hässliches Foto ich eben in der Akte Nowosibirsk bewundern durfte. Ich mache die Akte wieder auf und lese seinen Namen: Cädilläc-Lui! Ob es wohl ein Zuhälter-Gen gibt? Warum müssen diese Kerle nur immer so schmierig, brutal und unsympathisch aussehen?

Als die Luft endlich rein ist, gehe ich raus und klopfe an der Tür von Beinbrecher. Schön, er ist immer noch nicht da. Ich gehe hinein und von dort ins Nebenbüro. Dort reiße ich sofort den Liebesbrief auf, den Kommissar Knochenhauer gerade von Cädilläc-Lui bekommen hat. Der schlägt ihm einen unglaublichen Diil vor: In dem Briefumschlag steckt ein Schlüssel für ein Schließfach im Hauptbahnhof, in dem 100 000 Euro für Knochenhauer liegen. Dafür soll Knochenhauer Cädilläc-Lui und seine Leute ein für alle Mal in Ruhe lassen.

Ich stecke den Brief samt Schlüssel in meine Innentasche, damit Kommissar Knochenhauer nicht auf dumme Gedanken kommt. Seine Fascho-Freunde könnten die 100 000 in ihrem Wahlkampf sicher ganz gut gebrauchen. Dann lege ich die Akte Nowosibirsk wieder an ihren Platz und verdufte sofort – für heute!

Ich hüpfe ganz kuul die Treppen nach unten, wünsche dem Polizisten am Eingang noch einen schönen Tag und gehe auf die Straße.

Nur zwei Minuten später stehe ich verzweifelt wieder vor ihm und sage:

»Entschuldigung, ich bin's wieder! Mein Wagen ist abgeschleppt worden. Können Sie mir bitte sagen, wo ich ihn abholen kann und wie viel ich dafür blechen muss?«

Leichen-Karussell

Mein Onkel Ömer hat mir immer eingetrichtert, dass der Kampf für die Gerechtigkeit sich irgendwann auszahlen wird – spätestens im Jenseits! So gesehen habe ich mir diese 100 000 Euro also redlich verdient – sogar noch im Diesseits!

Ob das vielleicht eine hinterhältige Falle ist?

Will mich Kommissar Knochenhauer etwa reinlegen?

Ob eine Bombe in dem Schließfach steckt?

Werde ich von den Verbrechern womöglich verfolgt?

Und dann in Beton gegossen und in der Weser versenkt?

Solche und andere ähnlich harmlose Fragen jagen mir durch den Kopf, als ich das Paket mit dem Geld aus dem Fach raushole.

Die zehn Bahnhofspenner freuen sich über das Geld genauso wie ich! Als ich denen je einen Hunderter in die Hand drücke, machen sie so spektakuläre Luftsprünge, dass die ganzen Passanten stehen bleiben, sie mit großen Augen anglotzen und Beifall klatschen. Die Reisenden denken bestimmt, es wäre eine extrem schlecht angezogene Zirkustruppe zu Gast in der Stadt.

Ich gebe zu, ich bin schuld, wenn die Menschen ab heute von den Bettlern mit dem leicht veränderten Spruch »Haste ma ’n Hunni?« angequatscht werden.

Als ich zu Hause angekommen bin, habe ich erst mal große Mühe, für das viele Geld einen sicheren Platz zu finden, der weder von meiner Frau noch von den Kindern, noch von den Handwerkern, noch von den Polizisten oder den ständigen Leichen-Lieferanten entdeckt werden kann. Bei uns in der Wohnung herrscht schließlich zurzeit mehr Durchgangsverkehr als in einem Stundenhotel!

»Osman, da bist du ja wieder. Ich hab letzte Nacht geschlafen wie eine Tote. Ich habe nicht mal gemerkt, wie du heute Morgen zur Arbeit gegangen bist.«

»Eminanim, hör bloß auf damit, ich hab schon zwei Leichen am Hals, und die reichen mir«, rufe ich im Vorbeigehen und flüchte mit den 99 000 Euro in der Tasche ins Badezimmer und setze mich aufs Klo, um nachzudenken. In Anatolien sagt man: Der Türke bekommt die besten Ideen entweder beim Ausreißen oder beim Scheißen!

Und es klappt sofort: Ich merke, dass die Fliesen an der gegenüberliegenden Wand immer noch nicht ganz trocken sind. Ich pule mit einem Schraubenzieher vorsichtig zwei Fliesen raus, schlage mit Hammer und Meißel ein tiefes Loch in die Wand und deponiere das viele Geld darin. Danach klebe ich die beiden Fliesen wieder drauf. Bei dem Krach, der immer bei uns herrscht, fällt der Lärm, den ich dabei veranstalte, gar niemandem auf.

»Du warst aber lange auf dem Klo! Sind deine Hämorriden noch schlimmer geworden oder wofür hast du diesmal Hammer und Meißel gebraucht?«, fragt mich Eminanim, als ich nach einer halben Stunde mit zufriedenem Gesicht das Badezimmer verlasse.

»Ja, Mord schlägt mir immer auf den Magen. Aber sag du mir lieber, was unsere neue Leiche da unten im

Keller macht, oder ist sie schon wieder umgetauscht worden?«

»Was fragst du mich, denkst du, ich gehe alleine in dieses Gruselkabinett?«

»Eminanim, das kann doch nicht wahr sein, du hast tatsächlich Angst vor einem toten Nazi, oder was? Nimm dich lieber vor den lebenden Exemplaren in Acht.«

»Ich will mit denen nichts zu tun haben – weder tot noch lebendig!«

»Ich muss sagen, sogar die alte Frau Weißbrot ist mutiger als du. Sie lebt seit Tagen ganz allein mit einem toten Mann zusammen – und der ist sogar schon etwas angefressen!«

»Nein, tut sie nicht mehr! Sie ist gestern in ein Altenheim umgezogen!«

»Okäy, okäy, ich schau mal unten nach, ob unser Gast was braucht.«

Als ich im Treppenhaus bin, höre ich, dass oben die Wohnungstür von unserem Hausmeister Warmbier aufgeht und er elegant runterstöckelt. Auch das noch: Herr Warmbier ist ein Transvestit! Als er bei mir vorbeikommt, sehe ich, dass er ausgesprochen hübsch ist. Aber so, wie diese Frau aussieht, das würde Herr Warmbier nicht mal mit hundert Schönheitsoperationen hinkriegen. Diese hübsche Dame ist offenbar seine Ehefrau, so viel Geschmack hätte ich ihm gar nicht zugetraut.

Da ich mir erst kürzlich vorgenommen habe, unsere Nachbarn näher kennenzulernen, halte ich das für eine sehr passende Gelegenheit, um gleich damit anzufangen.

»Guten Tag, gnädige Frau«, begrüße ich sie höflich.

»Guten Tag, der Herr«, antwortet sie ebenso herzerquickend freundlich. Was habe ich schlecht über meine neuen Nachbarn gedacht. Offenbar gibt es doch ein paar nette Menschen hier im Haus.

»Ich wollte mich nur kurz vorstellen. Ich bin der Herr Engin von unten«, rufe ich und entblöße auf sehr sympathische Art alle meine Beißerchen. Selbstverständlich gerade so weit, dass sie nicht merken kann, dass es meine Dritten sind.

»Schön für Sie«, zwitschert sie.

»Wir sind erst vor ein paar Tagen hier eingezogen. Wahrscheinlich hat Herr Warmbier Ihnen das bereits erzählt.«

»Nicht, dass ich wüsste! Herr Warmbier redet nie viel im Bett!«

»Wie, seid ihr ständig im Bett, oder was?«

»Ja, der Kerl vergeudet keine Sekunde.«

»Meine liebe Dame, ich würde Sie liebend gerne für heute Abend in unsere Wohnung einladen, wenn es Ihnen passt. Sie würden mich unendlich glücklich machen, wenn Sie meine spontane Einladung netterweise annehmen könnten.«

»Aber gerne doch!«

Diese Antwort macht mich zum glücklichsten Menschen der Welt, des Sonnensystems und des Großen Bären. Der stolzeste war ich ja sowieso.

»Mit wie vielen Personen darf ich rechnen, gnädige Frau?«, frage ich mit leuchtenden Augen.

»Das kommt ganz drauf an. Ich alleine nehme 100 Euro die Stunde – auch für Ausländer. Wenn ich eine Kollegin mitbringen soll, dann kostet es das Doppelte, mein Süßer!«

»Öhm … eh … kommen Sie denn nicht mit Herrn Warmbier zusammen?«, stottere ich etwas durcheinander.

»Du möchtest wohl einen flotten Dreier, du Hengst.«

»Sind Sie denn nicht die Frau von unserem Hausmeister Warmbier? Ich meine, so für immer und bis dass der Tod euch scheidet oder so ähnlich?«

»Der Kerl hat nicht mal genug Geld, um mich einmal im Monat kommen zu lassen.«

»Was kosten Sie denn einen Monat lang, wenn ich mal ganz indiskret fragen darf?«

»So viel Geld hast du auch nicht, mein Süßer!«

Wenn sie bloß wüsste, wie viel Geld ich im Badezimmer habe. Wahrscheinlich hat Cädilläc-Lui es ihr vorher abgenommen.

»Sie sind also nicht Frau Warmbier?«

»Nein, ich bin Natascha. Spar mal ein bisschen. Wenn du genug Geld hast, dann reden wir weiter!«

»Ehm … ja … ich glaube, in dem Fall wäre meine Frau nicht ganz so glücklich wie ich, wenn ich Sie einladen würde.«

»Auf jeden Fall wird es teurer, wenn deine Frau mit von der Partie ist«, meint sie und stöckelt runter.

»Aber Sie dürfen mich natürlich jederzeit gerne einladen«, rufe ich ihr hinterher, »ich komme umsonst. Geld spielt bei mir keine Rolle.«

Als ich eben sagte, bei uns im Haus herrscht mehr Durchgangsverkehr als in einem Stundenhotel, sollte das eigentlich ein Witz sein! Die Tatsache, dass ich nach dieser hübschen und ausgesprochen vitalen Frau Natascha den hässlichen toten Rudolf im Keller treffen werde, lässt meine Stimmung sofort auf den Nullpunkt sinken. Aber in der Hoffnung, dass man inzwischen nach Adolf auch Rudolf abgeholt hat, latsche ich lustlos nach unten.

Nein!! Das kann doch nicht wahr sein!! Es ist genau umgekehrt: Rudolf ist noch da und auch Adolf ist wieder zurückgekommen – diesmal in einer eigenen Tiefkühltruhe! Sofort renne ich nach oben.

»Eminanim, ich hab die Nase voll! Ich fahre jetzt direkt in den Baumarkt und hole das dickste Schloss, das man für Geld bekommen kann, um unsere Kellertür endlich dicht zu kriegen!«

»Was ist denn los, Osman, dreht sich unser Leichen-Karussell etwa immer noch munter weiter?«

»Na ja, Rudolf ist noch da, der hat sich überhaupt nicht bewegt. Aber dazu haben wir auch noch Adolf wieder zurückbekommen. Jetzt haben wir schon zwei Nazi-Leichen im Keller!«

»Mein Gott, ich fass es nicht, das ist ja alles so schrecklich!«

»Na ja, ganz so schrecklich ist das alles auch wieder nicht«, versuche ich sie einigermaßen zu trösten, »schließlich haben wir heute kostenlos eine neue Tiefkühltruhe bekommen.«

Big Bradda

In Wahrheit ist es keineswegs ein Trost für mich, dass die toten Nazis mittlerweile mit den dazugehörigen Tiefkühltruhen bei uns angeliefert werden. Wenn sie wenigstens in einem schicken Mercedes-Sprinter kämen!

Bevor ich demnächst unten im Keller ein riesengroßes Leichenschauhaus mein Eigen nennen darf, fahre ich lieber zum Baumarkt und kaufe mir ein anständiges Schloss, um diesem Treiben ein Ende zu setzen. Ich möchte mir wegen dieses Versäumnisses »meinen Kopf nicht gegen die Wände hauen«. Das war jetzt auf die Schnelle eine türkische Redensart. Auf Deutsch würde man sagen: »Hinterher könnte ich mich ohrfeigen« oder: »Ich könnte mir in den Hintern beißen«. Plötzlich schlage ich aber wirklich mit dem Kopf gegen die Wand und werde mit voller Wucht zurückgeschleudert. In den Minuten, die ich völlig benommen auf dem Boden liege, zähle ich dreiundsiebzig Sterne – die siebenundzwanzig Sternschnuppen noch nicht mal mitgerechnet. Und auf meinem Kopf entwickelt sich eine so riesige, leuchtende Beule, dass man mich glatt für zwei Skinhääds halten könnte.

»Osman, nach fünfzig Jahren müsstest du doch eigentlich wissen, wie groß du bist«, ruft Eminanim vorwurfsvoll.

»Wieso, so groß bin ich ja auch wieder nicht. Durch

diesen Türrahmen habe ich bisher jedenfalls immer locker gepasst.«

»Du Blindfisch, und was ist mit diesem dicken Holzbalken, den die Handwerker zwischen die Leitern gelegt haben, um die Decke zu streichen?«

Jetzt erst sehe ich die tolle, stabile Konstruktion direkt vor der Tür auf Stirnhöhe, die mich k. o. geschlagen hat.

»Eminanim, das ist ein bösartiges Komplott gegen mich. Ein hinterlistiger, geheimer Plan der Handwerker! Die konnten mich noch nie leiden!«

»Diesen riesigen Holzbalken mitten im Zimmer findest du also geheim?«

Mit Hilfe meiner Frau drehe ich mich auf dem Boden um, krabbele ein bisschen auf allen vieren und ziehe mich am Sofa hoch.

Hoffentlich habe ich keine Gehirnerschütterung oder einen anderen Dachschaden davongetragen.

»Papa, Papa, schau mal, soeben ist mein Diplom mit der Post gekommen«, kreischt meine Tochter Nermin freudestrahlend, »jetzt bin ich eine richtige, staatlich anerkannte Hundeversteherin!«

»Schön für dich, meine Tochter«, tue ich hocherfreut mit schmerzverzerrtem Gesicht und lasse mich aufs Sofa fallen.

»Jetzt kann ich ohne Probleme einen Hund ausführen und ihm zeigen, wo es langgeht.«

»Zeig doch erst mal deinem Vater, wo es langgeht, der hat's wesentlich nötiger«, ruft ihre Mutter gehässigerweise dazwischen.

»Papa, ich kann es kaum abwarten, ich platze vor Glück«, jubelt Nermin. »Lass uns sofort ins Tierheim fahren, damit ich mir endlich einen Hund ausleihen kann. Ich flippe gleich aus! Das ist doch Wahnsinn! Voll krass!«

Diese Folgeerscheinung des Unfalls (oder Attentats?) finde ich viel tragischer als die hässliche Beule oder eine Gehirnerschütterung. Aber da meine Tochter nicht lockerlässt, fahren wir wieder bis ans andere Ende der Stadt, damit sie sich einen Köter ausleihen kann.

Die verantwortliche Dame im Tierheim freut sich riesig, dass meine Tochter das Hundeexamen mit »sehr gut« bestanden hat. Aber da Nermin zur Volljährigkeit noch ein paar Wochen fehlen, müssen beide Elternteile ihr Einverständnis geben und dieses zwölfseitige Formular in doppelter Ausfertigung ausfüllen.

Ich für meinen Teil unterschreibe alle Dokumente noch im Tierheim vor den Augen der pflichtbewussten Dame, die erst alle meine Ausweise sorgfältig überprüft und kopiert hat, um sicherzustellen, dass ich wirklich der leibliche Vater dieses Mädchens bin und nicht etwa ein von Interpol weltweit gesuchter Massen-Tierquäler. Als ich an gleicher Stelle vor nur einer Woche meinen halben Monatslohn lassen musste, hat sie sich nicht die Bohne dafür interessiert, ob ich Nermins echter Vater bin oder nur ein Schauspieler, der die Rolle ihres verschollenen Vaters übernimmt, damit sich dieses Mädchen völlig gesetzeswidrig einen unschuldigen Hund unter den Nagel reißen kann. Damals prüfte sie nur sehr sorgfältig die Echtheit meiner Geldscheine.

Selbstverständlich müssen die ganzen Dokumente auch noch von Nermins leiblicher Mutter unterschrieben werden. Die Dame tröstet Nermin damit, dass sie heute ohnehin keinen Hund zum Ausführen bekommen hätte, weil ihr ja noch das sehr wichtige psychologische Gutachten fehlt. Meine Tochter muss unbedingt zu einem Psychiater, und der muss ihr ausführlich bescheinigen, dass sie in Stresssituationen nicht dazu neigt, ihren Ärger an den ihr anvertrauten Schutzbefohlenen auszulassen.

Bevor Nermin ihren Ärger an dieser unverschämten Frau auslässt, zerre ich sie nach draußen. Zwei Leichen im Haus sind fürs Erste wirklich mehr als ausreichend!

Wir fahren unverrichteter Dinge wieder nach Hause. Im Beisein meiner neugierigen Tochter darf ich ja auch kein Schloss kaufen.

Meine Frau will die Dokumente nur dann unterschreiben, wenn Nermin ihr hoch und heilig schwört, dass sie mit dem zukünftigen Hund niemals näher als zweihundert Meter an unsere Wohnung herankommt.

Ich lasse Mutter und Tochter bei ihren harten Verhandlungen alleine und setze mich an Mehmets Redaktionstisch, um wieder ein bisschen seine Zeitung zu zensieren.

Ich muss zugeben, das macht wirklich Spaß! Jetzt kann ich nachvollziehen, warum die ganzen Diktatoren, nachdem sie die rechtmäßige Regierung abgesetzt, ein paar hunderttausend Menschen getötet, gefoltert und eingesperrt haben, sofort damit anfangen, die Zeitungen zu zensieren.

Ich schalte den Computer an und inspiziere die Schubladen in Mehmets Schreibtisch. War ja klar, dass er kein belastendes Material herumliegen lässt.

Bei Allah, das kann doch nicht wahr sein, was für ein hässliches Hintergrundbild sich dieser Idiot ausgesucht hat!

Jeder halbwegs normale Junge in seinem Alter würde

sich doch für ein hübsches, nacktes Mädchen entscheiden – oder für ein nicht ganz nacktes! Ein PS-starkes Auto könnte ich mir auch noch vorstellen, falls er unseren Franz-Josef für seinen Bildschirm als nicht ganz würdig erachtet. Fidel Castro, Karl Marx oder ein anderer alter, hässlicher Mann mit langem Bart würde mich bei ihm auch nicht sonderlich überraschen. Aber dass der verrückte Junge so makaber sein kann und seinen Computer mit dem Foto der beiden Tiefkühltruhen in unserem Keller schmückt, darauf wäre ich nie im Leben gekommen. Über Geschmack lässt sich ja bekanntlich nicht streiten, aber für so eine Geschmacklosigkeit könnte ich ihn prügeln!

»Eminanim, schau doch mal, was dein Sohn für ein Hintergrundbild auf seinem Computer hat«, rufe ich angewidert.

»Nicht zu fassen«, schimpft sie kopfschüttelnd, »aber apropos Tiefkühltruhe, hast du endlich dieses Vorhängeschloss gekauft?«

»Wie denn, ich hatte doch Nermin im Schlepptau.«

»Dann gehe ich nach unten und stelle was Schweres auf die Truhen, damit niemand auf die Idee kommt, sie zu öffnen.«

»Ja, eigentlich hättest du das viel früher machen sollen.«

»Eigentlich hättest *du* das viel früher machen sollen!«, ruft sie vorwurfsvoll, schnappt sich einen riesigen Korb voll mit dreckiger Wäsche und stampft wütend nach unten in den Keller. Ich gehe wieder zurück zu Mehmets PC. Und plötzlich fällt es mir wie Schuppen von den Augen: Auf dem Foto befinden sich zwei Tiefkühltruhen. Die zweite haben wir aber erst heute Morgen entdeckt, und Mehmet ist seitdem, soweit ich weiß, nicht zu Hause gewesen. Wann hätte er dann dieses Foto machen sollen? Wenn Adolf aber schon früher geliefert wurde und er das offensichtlich auch wusste, warum hat er uns dann nicht benachrichtigt?! Was führt dieser Parasit eigentlich im Schilde?

Eminanim wuchtet den großen Korb auf die linke Tiefkühltruhe und hält Ausschau nach etwas Passendem, das sie auf die andere Truhe stellen kann. Aber auf die Schnelle findet sie nichts. Da krallt sie sich kurzerhand einen Arm voll dreckiger Wäsche aus ihrem Korb und schmeißt ihn auf die rechte Tiefkühltruhe. Was soll der Schwachsinn? Wer würde sich denn schon von ein paar dreckigen Hemden abschrecken lassen?

Ich wuchte mir ein schweres Paket übrig gebliebene Fliesen auf die Schulter und laufe auch nach unten.

»Eminanim, tu doch dein bisschen dreckige Wäsche wieder in den Korb zurück, ich stelle lieber diese Fliesen auf die Tiefkühltruhe.«

»Osman, spionierst du mir nach, oder was?«

»Quatsch, wieso sollte ich? Ich war doch die ganze Zeit oben.«

»Woher weißt du dann, dass ich die Wäsche auf den beiden Truhen verteilt habe? Kannst du jetzt etwa hellsehen?«, fragt sie überrascht.

»Nein, hellsehen nicht, aber fernsehen … ich meine, computersehen … Bei Allah, das kann doch nicht wahr sein! Der Hundesohn hat hier irgendwo eine Kamera installiert. Ich hab dich doch die ganze Zeit auf dem Bildschirm verfolgt.«

»Dann ist es ja gar kein Hintergrundbild auf dem Computer, sondern eine Direktübertragung aus unserem Keller!«, folgert Eminanim scharfsinnig.

»Ja, schau, da oben an der Decke hat er eine winzige Kamera befestigt.«

»Mein Sohn ist ganz schön raffiniert, finde ich.«

»Aber warum sagt er uns denn nichts davon?«

»Warum wohl? Damit du nicht die ganze Zeit seinen Computer in Beschlag nimmst und in den Keller guckst.«

»Aber in diesem Haus entgeht mir trotzdem nichts, wie du siehst.«

»Ja, sehe ich. Du hast das Ganze nicht mal kapiert, nachdem du mich da auf dem Bildschirm eine Ewigkeit beobachtet hast.«

»Wie soll einer denn auch drauf kommen, dass irgendein Verrückter seinen eigenen langweiligen Keller aufnimmt?«

»Unser Keller ist nicht langweilig. Ich wäre froh, wenn es so wäre! Aber wenn ich gewusst hätte, dass ich ins Fernsehen komme, dann hätte ich mich vorher etwas zurechtgemacht. Sag mal, wie sah ich denn aus?«

»Klasse! Du warst die tollste Wäschefrau, die ich bisher je im Fernsehen gesehen habe.«

»Wieso denn Wäschefrau?«

»Was sollst du mit einem großen Wäschekorb im Arm in der Waschküche denn sonst sein? Warte, ich gehe nach oben und schaue dich noch mal an.«

»Das hättest du wohl gerne, mich hier alleine zu lassen«, ruft sie, schubst mich ins Treppenhaus, und wir poltern nach oben.

Im Wohnzimmer laufen wir sofort zum Computer und bewundern unsere Kunstwerke auf den Kühltruhen.

»Osman, du Pascha, lass mich doch auch mal sitzen!«

Während unseres kleinen Kampfes um Mehmets Schreibtischstuhl werden aus heiterem Himmel, wie durch ein Wunder, Eminanims Wünsche wahr!

Nein, nicht der, dass sie den Stuhl bekommt, sondern dass sie sich selber im Fernsehen bewundern darf. Einer von uns ist nämlich aus Versehen auf irgendwelche Tasten gekommen, und jetzt sehen wir völlig verblüfft, wie wir beide im Keller rumstehen.

»Eminanim, wie du siehst, dein Wunsch ist mir Befehl. Schau dich jetzt so lange an, wie du willst.«

»Mein Gott, das kann doch nicht wahr sein«, brüllt sie, »Mehmet nimmt das alles auch noch auf!«

Durch hastiges Klicken auf Maus und Tasten versucht sie, noch weiter zurückzuspulen. Tatsächlich erscheinen auf dem Bildschirm solche Zeichen wie auf einem Kassettenrekorder, wo man vor- und zurückspulen kann. Sie klickt sofort drauf: Jetzt läuft alles rückwärts! Wir sehen, wie Eminanim unten im Keller die Wäsche zurück in den Korb wirft und wieder rausgeht.

Wir schauen uns gegenseitig völlig entgeistert an, und im gleichen Moment dämmert uns beiden, dass wir nur noch ein paar Mausklicks vom Mörder entfernt sind!

»Hier, Eminanim, setzt dich doch erst mal richtig hin«, biete ich ihr mit zittriger Stimme freiwillig meinen Platz an.

»Danke, nicht nötig, ich muss dringend aufs Klo«, röchelt sie, flüchtet panisch aus dem Wohnzimmer und lässt mich mit dem Mörder ganz alleine.

Das Telefon rettet mich. Ich laufe schnell zur Kommode.

Nach einer Ewigkeit kommt meine Frau endlich wieder zurück.

»Na, Osman, wer ist nun der Mörder?«, fragt sie mit herausquellenden Augen, gespannt bis in die Haarspitzen.

»Ich weiß es nicht, ich musste doch zum Telefon.«

»Aber es hat doch überhaupt nicht geklingelt!«

»Ja schon, aber wenn es geklingelt hätte, wäre ich total vorbereitet gewesen. Weder der Anrufer noch ich hätten unnötig Zeit verloren.«

»Du Angsthase!«

»Quatsch! Ich wollte nur nicht die Spannung versauen, indem ich dir vorher den Mörder verrate. Sonst schimpfst du doch deshalb immer mit mir.«

»Komm, lass uns weiter zurückspulen.«

Atemlos spulen wir das Bild zurück, auf dem minutenlang nichts anderes als zwei Tiefkühltruhen zu sehen ist. Ein normalerweise stinklangweiliges und total banales Standbild verursacht bei uns fast einen Herzstillstand.

Doch plötzlich, nach langem Zurückspulen, kommt auf einmal Leben in das Bild. Gestern Nacht, laut Bildschirm genau um 3:47 Uhr, tragen zwei maskierte Typen die neue Tiefkühltruhe herein. Ist deren Maskierung eine allgemeine Vorsichtsmaßnahme, oder wissen sie schon von der Kamera oben an der Decke?

Plötzlich wird mir einiges klar: Meine Tochter Zeynep hat sie gewarnt. Sie hat denen auch den Hausschlüssel gegeben, dadurch konnten sie einfach so reinspazieren. Trotz der Maskierung habe ich den ersten Mann nämlich sofort wiedererkannt. Ein quadratisch aussehender Zwerg mit weißen Schuhen und schwarzen Absätzen, das kann nur Luigi sein! Und der zweite kommt mir auch sehr bekannt vor. Noch so einen Quadratzwerg auf Sizilianerschuhen: der andere Luigi!

Entpuppt sich diese unheimliche Mördergeschichte, die am Anfang sehr politisch motiviert aussah, vielleicht noch als Familiendrama?

Aus meiner Sicht gibt es einen klaren Wechsel an der Puulposischen der Tatverdächtigen: Luigi hat Mehmet in diesem Moment den ersten Platz weggeschnappt. Und ganz sauber scheint meine Tochter Zeynep auch nicht zu sein. Was ich immer noch nicht ganz kapiere, ist die große Brutalität der Tat. Und was ist mit Rudolf? Meiner Frau verrate ich aber nichts von alledem! Ich kann nämlich noch nicht mit Sicherheit sagen, dass ihre Tochter im besten Falle nur der »Beihilfe zum Mord« angeklagt wird. Was ich inzwischen mit Sicherheit sagen kann, ist, dass die beiden Luigis auf jeden Fall was mit dem Mord zu tun haben und sich den toten Adolf ein paar Tage von uns ausgeliehen haben. Zum Glück genau an dem Tag, als die Polizei unsere Wohnung durchsucht hat. War es Zufall? Ich weiß es nicht! Viele religiöse Menschen behaupten ja, dass es keine Zufälle gibt und unser Schicksal schon festgelegt ist. Wieder andere Menschen sind der Meinung, all das, was uns tagtäglich widerfährt, sei nur das, was wir im Unterbewusstsein ständig herbeisehnen.

Aber ich glaube weder, dass irgendjemand für mich vor geraumer Zeit zwei Leichen im Keller festgeschrieben hat, noch, dass ich mir diese beiden toten Nazis herbeigewünscht habe – auf jeden Fall nicht in meinem eigenen Keller!

»Eminanim, lass uns doch noch weiter zurückspulen. Vielleicht haben wir Glück und können auch noch sehen, wer die Leichen umgetauscht hat – womöglich sogar ohne Maske.«

Mit pochendem Herzen setzen wir unsere Zeitreise fort. Eine Weile glotzen wir voller Spannung nur unsere Tiefkühltruhe an, die jetzt völlig alleine dasteht.

Diese langweilige Kühlkiste ist spannender als ein Dutzend Hitschkok-Filme zusammen. Plötzlich kommt wieder Bewegung ins Bild. Wir spulen zurück bis zum Anfang der Szene:

Die Kellertür geht auf ... und Mehmet kommt rein, klettert auf die Tiefkühltruhe und – spuckt uns an! Nicht direkt natürlich. Er spuckt die Linse der Kamera an und wischt sie dann mit seinem Hemdsärmel ab.

»Wie oft habe ich ihm gesagt, dass er dafür nicht seinen Hemdsärmel nehmen soll«, schimpft Eminanim.

Dann fummelt er weiter an der Kamera rum und weiß nicht, ob er sie mehr zur Tür oder zum Fenster stellen soll. Zum Schluss entscheidet er sich wieder für die alte Position und verschwindet aus dem Bild.

Danach ist sein Vater dran: ich!

Wir sehen, wie ich nachts im Keller in einer Ecke zusammengekauert hocke, dabei erbärmlich zittere und auf Mörder und weitere Leichen warte.

Jetzt fange ich erneut an zu zittern – diesmal vor Wut!

»Eminanim, dein Sohn hat mich von seinem warmen, bequemen Stuhl aus angeglotzt, während ich unten fast am Erfrieren war, und hat nicht mal Bescheid gesagt! Wahrscheinlich hat er dabei sogar Tee getrunken!«

»Das hast du nun davon, Osman, wenn du deine liebe

Ehefrau hintergehen willst. Warum hast du mir denn nicht Bescheid gesagt, dass du unten heimlich Wache schiebst. Ich hätte dir auf jeden Fall heißen Tee und leckere Börek gebracht.«

»Toll, denkst du, wenn ich da unten ein Picknick veranstaltet hätte, hätte der Mörder sich blicken lassen?«

»Soviel ich weiß, hast du den Mörder auch so nicht gefasst!«

Da die Reise in die Vergangenheit für uns glücklicherweise nicht sonderlich lange dauert, gehen wir noch ein paar Tage zurück. Dort sehen wir, wie einer der Oster-Hasen, die unsere Handwerker-Mannschaft verhaftet haben, die Leiche um ein Haar entdeckt hätte.

Als Nächstes beobachten wir mit fremden Augen, wie wir beide vor der Tiefkühltruhe umkippen, als die Leiche wieder aufgetaucht ist. Jetzt wird mir im Nachhinein klar, weshalb Mehmet in diesem schrecklichen Moment, im Gegensatz zu uns, so leicht und locker drauf war. Weil der dank seines Spionagerings schon vorher wusste, dass wir eine neue Leiche bekommen haben.

In der Hoffnung, dass er viel früher auf diese klasse Idee gekommen ist, spule ich weiter zurück – und bekomme tatsächlich die Mörder serviert!

Mein Blutdruck macht bestimmt zweihundert Umdrehungen in der Minute, als der tote Rudolf von zwei Leuten reingetragen wird. Ich weiß nicht, was für eine Kamera Mehmet da unten eingebaut hat, aber selbst um 4:16 Uhr nachts kann ich die Gesichter der Mörder klar sehen – und erkennen!

An diese beiden Skinhääds erinnere ich mich noch ganz gut!

Vor ein paar Tagen haben wir gemeinsam mit vielen anderen Durchgeknallten zusammen eine Spontan-Demo veranstaltet. Der größere von den beiden war sehr nett zu mir und hat extra für mich einen besonders schönen Gullydeckel aus der Straße gerissen.

Die Mörder werden gefasst

Ich komme mir wie ein völlig nervenschwacher Hypochonder vor, der unerträgliches Muffensausen davor hat, zum Arzt zu gehen, weil er dann garantiert mit seinen zahllosen schrecklichen Krankheiten konfrontiert wird. Mindestens die Hälfte davon ist natürlich absolut unheilbar.

Ich traue mich nicht, meine Tochter Zeynep zur Rede zu stellen, obwohl es doch völlig offensichtlich ist, dass sie bis zum Hals in diesem Schlamassel drinsteckt. Die Frage ist nur, wie tief und in welcher Form?

Da trifft es sich natürlich sehr gut, dass sie gar nicht zu Hause ist.

Ich finde es ganz schön dreist, dass sie in solch einer Situation überhaupt ans Heiraten denkt! Oder stecken wir etwa deswegen in so einer Situation, weil sie heiraten will?

Bringt meine Tochter womöglich einen Nazi nach dem anderen unter die Erde, damit sie selbst mit einem Mafioso unter die Haube kommt? Das könnte ich ja unter Umständen noch tolerieren, weil es doch allgemein bekannt ist, dass die Frauen über Leichen gehen, wenn's ums Heiraten geht. Aber Zeynep denkt nicht mal daran, die Kerle anständig unter die Erde zu bringen, sondern stapelt die Männer einfach bei uns im Keller, in der Hoffnung, dass der fürsorgliche Vater wie immer die Aufräumarbeiten übernimmt. Das hat man davon, dass man den kleinen Tyrannen seit ihrer Kindheit alles hinterhergeräumt hat.

»Eminanim, es ist langsam an der Zeit, zur Polizei zu gehen«, sage ich. »Jetzt, wo wir so tolles Beweismaterial haben, sind wir doch aus dem Schneider.«

»Dann beeil dich, Osman! Ich bin mir sicher, dass Mehmet schon auf eigene Faust versucht, die beiden Skinhääds zu schnappen.«

»Ich muss schon sagen, dein Sohn hat zum ersten Mal in seinem Leben was Intelligentes getan. In weiser Voraussicht hat er gleich nach dem Verschwinden der ersten Leiche eine Kamera im Keller installiert.«

»Aber wir wissen immer noch nicht, wer den Adolf gebracht hat!«

»Deshalb werde ich dem Knochenhauer zuerst nur die Geschichte mit dem Rudolf und den beiden Skinhääds auftischen. Dadurch wird vielleicht schon alles aufgeklärt. Wer Rudolf zur Strecke gebracht hat, hat wahrscheinlich auch Adolf auf dem Gewissen.«

Ohne dass meine Frau es merkt, stoppe ich die Leifübertragung aus dem Keller. Dann schnappe ich mir einen dicken Teppich, der seit Wochen im Abstellraum darauf wartet, irgendwann im Wohnzimmer ausgerollt zu werden, und laufe nach unten. Ich zerre Adolf mit viel Mühe aus seiner kühlen Herberge heraus, lege ihn auf den Teppich und rolle ihn ein. Die Enden stopfe ich mit dreckiger Wäsche aus Eminanims Korb aus und schnüre alles fest zusammen. Wie ein Ringkämpfer schultere ich dann die Leiche und stürze aus dem Haus – leider direkt in die Arme von Kommissar Knochenhauer!

»Hoppla, Herr Engin, haben Sie mich so sehr vermisst?«, lacht er.

»Herr Knochenhauer, Sie kommen genau richtig. Können Sie mir bitte helfen, diese vier schweren Teppiche zu meinem Ford-Transit zu tragen?«

»Kein Problem. Was ist denn mit den Teppichen?«

»Die muss ich wieder zurück zum Laden bringen. Meine Frau meint, die passen farblich doch nicht in unsere neue Wohnung, ich soll sie umtauschen.«

Auch das noch! Das hat man davon, wenn man alles überstürzt – Mehmet hat den Wagen mitgenommen!

»Oh, ich befürchte, mein Sohn ist mit meinem Auto weggefahren!«, stottere ich total schweißgebadet und stehe mitten auf der Straße wie bestellt und nicht abgeholt mit einer Leiche samt dem dazugehörigen Kommissar.

»Herr Engin, mein Wagen steht da vorne an der Ecke. Ich fahre Sie gerne zum Teppichgeschäft, unterwegs können wir uns ja ein bisschen unterhalten. Ich hab sowieso noch ein paar Fragen an Sie.«

»Nein, nein, nicht nötig, ich trage die Teppiche wieder zurück ins Haus«, rufe ich – aber da läuft er schon mit Adolf auf der Schulter energisch zu seinem Auto.

Klasse! Wie komme ich jetzt aus diesem Dilemma raus?! Zu welchem Teppichhändler sollen wir überhaupt fahren? Wer würde schon einen toten Nazi gegen einen Perserteppich umtauschen?

Solche und ähnliche Fragen schießen mir durch den Kopf, als ich zusammen mit Kommissar Knochenhauer und Dominique »Adolf« Nachtigall den Karnickelweg entlanglaufe.

»Herr Engin, lassen Sie uns kurz in diesen Dönerladen reingehen«, sagt er plötzlich.

»Wieso, haben Sie etwa einen Verdacht?«, frage ich wie ein Häufchen Elend mit schlotternden Knien.

»Was für einen Verdacht denn?«, brüllt er so laut zu mir nach hinten, dass er einen Toten damit wecken könnte. Aber den Adolf auf seiner Schulter, der Kopf an Kopf mit dem Kommissar durch die Gegend spaziert, lässt das Ganze offensichtlich kalt.

»Ich meine, haben Sie vielleicht irgendeinen Verdacht gegen den Dönerladenbesitzer?«, erkläre ich.

»Nein, ich habe nur großen Appetit auf einen Döner«, sagt er und läuft schnurstracks in das Restaurant rein und sucht sich den hintersten Tisch aus.

Wir lehnen den Adolf, verschnürt wie eine Kohlroulade, neben uns an die Wand und setzen uns hin.

Was für ein bösartiges Spiel treibt dieser Kerl eigentlich mit mir?

Weiß er vielleicht, dass ich weiß, dass er mit den Nazis gemeinsame Sache macht?

Weiß er, dass ich mir sein Geld geschnappt habe?

Weiß er, dass ich in seinem Büro ein Nickerchen gemacht habe?

Weiß er, dass ich bei der Nazi-Demo dabei war?

Weiß er, dass Rudolf bei uns im Keller liegt und Adolf zu seiner Rechten an der Wand ruht?

»Herr Engin, ist Ihnen irgendwas Verdächtiges aufgefallen?«, fragt er unvermittelt und reißt mich aus meinen tiefsinnigen Gedanken. Und zwar in einem Ton, als wäre ich ein Streifenpolizist, den er zum Rapport bestellt hat.

»Meinen Sie wegen der allgemeinen Gammelfleisch-

Hysterie?«, tue ich ahnungslos. »Machen Sie sich deshalb keine Sorgen, Herr Knochenhauer, hauen Sie ruhig rein. Ich esse sehr oft in diesem Laden und hab mir außer einem Durchfall noch nie was eingefangen.«

»Das meine ich doch nicht, Herr Engin«, schnauft er und verzieht den Mund. In seinem Unterton höre ich einen klitzekleinen Vorwurf, als hätte ich ihn absichtlich missverstanden und würde eigentlich ganz genau wissen, worum es geht. Oder bilde ich mir das alles nur ein? »Ach, übrigens, ich wollte Ihnen schon das letzte Mal sagen, dass Sie eine tolle Frisur haben.«

Was soll denn jetzt die Anspielung auf meine Glatze?

Mittlerweile habe ich ja so viel auf dem Kerbholz, dass alles, was er von sich gibt, bei mir große Schuldgefühle auslöst und ich mir ständig ertappt vorkomme. Der tote Adolf neben mir an der Wand verstärkt das alles nur noch!

Ich beschließe, trotzdem keine Schwäche zu zeigen und schon gar nicht etwas zuzugeben, was er noch nicht bewiesen hat. Der soll sich vor mir in Acht nehmen!

Ich weiß, dass er mit den Nazis zusammenarbeitet.

Ich weiß, dass er von Frauenhändlern viel Geld kassiert.

Aber ich weiß auch, dass er eine Pistole im Schulterhalfter hat und dass ich als Waffe nur dieses billige Besteck habe, das mir der Kellner vorhin auf den Tisch gelegt hat.

Kommissar Knochenhauer stochert mit der Gabel in seinem Dönerteller herum, schnappt sich das knusprigste Fleischstück und befördert es gierig in seinen Mund.

»Mmh ... köstlich!«

Ich bleibe meinem Lieblingsgericht treu: Köfte mit Reis.

Mir fällt auf, dass der tote Adolf es sich zur Gewohnheit

gemacht hat, mich ins Restaurant zu begleiten. Letztens war er mit mir beim Italiener, jetzt beim Türken. Zum Glück bestellt er im Gegensatz zu meiner Frau nie teure Gerichte und meckert auch nicht, dass der Rotwein nicht trocken und warm genug ist. Für einen Nazi sehr gut erzogen und ziemlich bescheiden. Vielleicht mag er ja aus Prinzip kein ausländisches Essen. Aber was er mit den beiden Hammelköpfen in der Tiefkühltruhe angestellt hat, weiß ich bis heute nicht. Diese Tiere werden von meinem Schlachter Kasap Kazim nach islamischen Regeln geschächtet und treten deshalb in der letzten Sekunde vor ihrem Ableben zum wahren Glauben über und landen somit zufrieden und glücklich im Hammelparadies, bevor sie anschließend in Eminanims Schnellkochtopf und dann in meinem Bauch landen und mich zufrieden, glücklich und dazu auch noch ganz schön satt machen.

»Noch mal zu meiner Frage, Herr Engin, ist Ihnen in der letzten Zeit was Verdächtiges aufgefallen?«, schmatzt er weiter.

»Das einzig Verdächtige hier sind die verschnürten Teppiche an der Wand«, sage ich wahrheitsgemäß.

Er lacht sich kaputt:

»Alle orientalischen Restaurants haben doch Teppiche. Entweder auf dem Boden, an der Wand oder oben an der Decke.«

Ich mache mir langsam Sorgen, dass Adolf bald zu stinken anfängt. Es ist nämlich ganz schön heiß hier drin.

»Herr Engin, ich meine doch, ob Sie in Ihrem Haus was Verdächtiges beobachtet haben. Ich nehme an, dass es von Ihrem Nachbarn, Dominique Nachtigall, immer noch kein Lebenszeichen gibt, nicht wahr?«

»Nein, kein *Lebens*zeichen von ihm!« Ich muss immer so reden, dass er mir später daraus keinen Strick drehen kann.

»Aber von seinen Nazi-Kollegen schon! Als ich kürzlich nachts aufs Klo musste, habe ich zwei Skinhääds auf der Straße vor unserem Haus beobachtet.« Dass sie Rudolfs Leiche zu uns geschleppt haben, verschweige ich erst mal, so lange mein Wagen nicht da ist und er noch mit Adolfs Leiche auf Tuch- bzw. Teppichfühlung ist.

In dem Moment klingelt mein Händy.

»Osman, wo steckst du?«, schreit meine Frau aufgeregt, »Adolfs Leiche, die wir heute wiederbekommen hatten, ist erneut verschwunden. Aber die Tiefkühltruhe haben sie dagelassen. Mehmet ist stinksauer, weil wir aus Versehen seine Kamera ausgeschaltet haben.«

»Mehmet ist also wieder zu Hause?«

»Ja! Aber hast du mich verstanden, Adolf ist erneut verschwunden!«

»Er ist nicht verschwunden, er ist hier bei mir«, sage ich auf Türkisch.

»Wer, der tote Adolf?«

»Ja.«

»Wo?«

»Im ›Istanbul Imbiss‹, bei uns im Karnickelweg.«

»Im ›Istanbul Imbiss‹? Was macht ihr denn da?«

»Wir essen Döner und Köfte.«

»Osman, du Spinner, du nimmst mich wieder auf den Arm, nicht wahr?«

»Waaas, eine Leiche, sagst du?«, brülle ich laut – diesmal auf Deutsch. »Frau, bist du sicher, dass wir eine Leiche bei uns im Keller haben?«

»Osman, tickst du heute nicht richtig? Was hast du gegessen?«

»Bei Allah, das kann doch nicht wahr sein! Gut, dass zufällig auch der Kommissar Knochenhauer hier bei mir ist! Ich werde ihm sagen, dass wir eine Leiche im Keller haben. Wir kommen sofort!«

»Du kommst mit dem Kommissar hierher?«

»Ja, tschüss, bis gleich!«

»Herr Engin, was ist los? Ich hörte was von einer Leiche?«

»Sie haben richtig gehört, Herr Kommissar. Meine Frau ist ganz aufgelöst, wir sollen angeblich eine Leiche bei uns im Keller haben.«

»Lassen Sie uns sofort gehen!«

Knochenhauer vorne, ich hinten, tragen wir den Adolf aus dem Imbiss und hetzen zu dritt nach Hause. Mit der linken Hand fingere ich die Autoschlüssel aus der Tasche.

»Herr Kommissar, mein Sohn hat den Wagen schon zurückgebracht. Dort steht er. Stellen wir die Teppiche doch bei Franz-Josef ab.«

»Wer ist denn Franz-Josef? Der Teppichhändler?«, schnauft er.

»Nein, nein, mein treuer Kumpel Ford-Transit heißt so mit Spitznamen.«

»Herr Engin, ob es wohl Ihr Nachbar, Dominique Nachtigall, ist, der tot in Ihrem Keller liegt?«

»Das glaub ich kaum, der liegt nämlich gerade tot auf Ihrer Schulter«, kann ich natürlich nicht sagen, obwohl ich sehr gespannt auf seine Reaktion wäre. Stattdessen lüge ich wie gedruckt – wie Mehmets Zeitung sozusagen: »Kann ich Ihnen nicht sagen. Meine Frau kennt den Dominique Nachtigall doch gar nicht persönlich.«

Den fest verschnürten Adolf werfen wir auf die Rückbank vom Transit.

»Herr Kommissar, jetzt fällt mir ein, dass ich die beiden Skinhääds eigentlich heute Nacht wieder vor unserem Fenster gesehen habe. Die haben auch was Sackartiges getragen.«

»Als Sie wieder aufs Klo gingen?«

»Ja. Ich muss sehr oft in der Nacht raus.«

»Ihre Prostata macht Ihnen wohl Schwierigkeiten?«

»Im Gegenteil! Ich würde eher sagen, meine Prostata hat die Mörder entdeckt. Ich würde die beiden Kerle nämlich sofort wiedererkennen.«

»Wenn wir nur wüssten, wo sie zu finden sind ...«, versucht er seine Nazi-Kumpels jetzt schon zu decken – aber nicht mit mir!

»Ich weiß, wo diese Brüder zu finden sind! Bei einer Wahlveranstaltung letzte Woche habe ich sie zufällig in einer Kneipe hier in der Nähe gesehen.«

Wortlos poltern wir aufgeregt und gespannt die Treppen nach unten in den Keller. Das »gespannt« bezieht sich selbstverständlich mehr auf Kommissar Knochenhauer – ich weiß ja bereits seit Tagen, wer bei uns in der Tiefkühltruhe liegt.

Eminanim steht wie versteinert in der Ecke und sieht sehr mitgenommen aus. Mit anderen Worten, sie sieht sehr glaubwürdig aus. Wie jemand, der gerade eine Leiche in seiner Tiefkühltruhe entdeckt hat.

Knochenhauer macht eine der Tiefkühltruhen auf, die bis vor kurzem Adolf gehörte.

»Die ist ja leer. Übrigens, seit wann haben Sie denn zwei von den Dingern?«

»Ist mir auch neu! Die wurde bestimmt mit der Leiche geliefert.«

Dann macht er die andere auf:

»Sie haben recht, Frau Engin. Sie können jetzt ruhig wieder nach oben gehen. Ich unterhalte mich später mit Ihnen«, sagt Knochenhauer beschwichtigend und holt sein Händy raus.

Meine Frau schießt wie ein Pfeil aus der Waschküche.

Nachdem der Kommissar seinem Händy die Situation geschildert und unsere Adresse durchgegeben hat, stürmen ein paar Minuten später sechs Polizisten den Keller.

»Herr Engin, lassen Sie uns sofort zu dieser Kneipe fahren, wo Sie die beiden Skinhääds gesehen haben. Es ist ja schon nach achtzehn Uhr. Vielleicht haben wir Glück!«

Er nimmt drei der Polizisten mit, und wir fahren mit zwei Autos los.

Plötzlich fühle ich mich viel besser. Es ist nämlich sehr unwahrscheinlich, dass gleich alle Bullen mit den Nazis sympathisieren. Außerdem ist der lästige Adolf auch nicht mehr dabei.

Es ist kaum zu glauben, selbst um diese Uhrzeit wimmelt es in der Kneipe nur so von Skinhääds, die saufen und mit irgendwelchen Spielautomaten rumhantieren. Und das Tolle ist: Die beiden Mörder sind auch da!

»Herr Kommissar, ich möchte nicht, dass die beiden Verbrecher erfahren, dass ich sie verraten habe«, rufe ich und mache noch in der Tür kehrt, während die vier Beamten sich mit gezückten Waffen an mir vorbeidrängeln.

Öko-Glatzen

Nachdem ich die beiden Skinhääds verpfiffen habe, flüchte ich mich sofort in Knochenhauers Wagen.

Aus sicherer Entfernung beobachte ich gespannt das ganze Spektakel. Die Polizei in der Nazi-Kneipe hat den gleichen Effekt wie ein Fuchs im Hühnerstall: Kaum betreten Kommissar Knochenhauer und seine Kollegen den Laden, schwärmen die Glatzen fliehend und funkelnd wie Glühwürmchen in alle Richtungen aus.

Inzwischen sind noch zwei weitere Streifenwagen angekommen. Außer den beiden von mir identifizierten mutmaßlichen Mördern haben sie noch drei weitere Männer festgenommen. Eigentlich hätten sie ja die ganze Bande durch die Bank verhaften können. Wenn die Polizisten noch nicht wissen sollten, weshalb sie sie festnehmen – die Nazis selber wüssten es bestimmt!

Kommissar Knochenhauer bringt es aber wohl nicht übers Herz, alle seine Kumpels hinter Gitter zu bringen. Diese zusätzlichen drei helfen ihm, sein Gesicht zu wahren. Mit weniger als fünf verhafteten Kerlen aus einem Nazi-Nest rauszukommen wäre auch unglaubwürdig.

Nach zehn Minuten ist die Vorführung vorbei, und der Kommissar steigt etwas durcheinander wieder in den Wagen ein.

»Herr Engin, ich fahre Sie jetzt nach Hause. Aber ich

muss schon sagen, die beiden von Ihnen identifizierten Männer sehen gar nicht wie Mörder aus«, ruft er, während er Gas gibt. Mit der Lobbyarbeit für seine Jungs kann er ja nicht früh genug anfangen. »Obwohl ich bisher noch keinen Mörder festgenommen habe, der auch wie ein Mörder aussieht!«, fügt er fast entschuldigend hinzu.

»Wie sollte denn für Sie ein normaler, akzeptabler Mörder aussehen?«, stelle ich ihn auf eine harte Probe.

»Na ja, mindestens wie Frankenstein! Dass Menschen sich gegenseitig Tag für Tag wegen nichts und wieder nichts gegenseitig umbringen, daran werde ich mich auch nach vierzig Berufsjahren nicht gewöhnen können.«

»Wegen nichts und wieder nichts?«, hake ich nach.

»Ja, wegen Geld, Karriere, Eifersucht, Frauen …«

»Und Politik?«

»Politische Morde sind genauso schwachsinnig!«

»Aber dann gibt es ja gar keinen Grund mehr, jemanden umzubringen«, meckere ich.

»Wäre das so schrecklich für Sie?«, grinst er.

»Ich denke schon, ›Colambo‹ und ›Tatort‹ wären in dem Fall genauso spannend wie ›Sesamstraße‹ oder ›Das Wort zum Sonntag‹. Und Sie wären arbeitslos!«

»In dem Fall wäre ich sehr gern arbeitslos!«

Alle Fenster im Wagen sind geschlossen. Trotzdem findet dieser professionelle Opportunist immer genügend Wind – da reicht wohl das bisschen Lüftchen aus dem Heizungsgebläse –, um sich wie ein Fähnchen zu drehen und richtig zu positionieren. Der böse Wolf gibt ja auch zuerst vor, die liebe Omi zu sein.

Kurz vor dem Karnickelweg bekommt Kommissar Knochenhauer plötzlich einen Anruf.

»Herr Engin, die beiden Skinhääds haben gerade ausgesagt. Sie haben recht, die haben wirklich was mit dem Mord zu tun. Ich muss schnell ins Revier.«

»Kein Problem, Sie können mich hier rauswerfen. Es ist nicht mehr weit für mich.«

Nachdem ich ausgestiegen bin, knallt er das Blaulicht aufs Dach und braust mit quietschenden Reifen davon.

Selbstverständlich haben die beiden Skins was mit dem Mord zu tun – den Beweis hab ich zu Hause in Video-Qualität!

Schnellen Schrittes laufe ich nach Hause, um Eminanim die gute Nachricht zu übermitteln. Aber zuerst werde ich den Adolf an seinen Stammplatz zurückbringen, bevor er anfängt, im Transit Stunk zu machen. Ein Glück, dass die Luft draußen fast genauso kalt ist wie in der Tiefkühltruhe.

In dem Moment, als ich den Adolf in Form einer Teppich-Roulade schultern will, sehe ich wie vor den Kopf gestoßen, dass Eminanim und Mehmet mit zwei Skinhääds auf dem Balkon der angeblichen »Toscana-Urlauber« stehen. Ich verstaue Adolf schnell wieder auf dem Rücksitz von Franz-Josef und stürme durch die Haustür. Panisch renne ich ins Haus. Knochenhauer hat der Nazi-Bande offensichtlich sofort verraten, dass ich sie bei der Polizei verpetzt habe!

Gleich wird es knallen! Mehmets und Skinhaads verhalten sich zueinander wie Feuer und Dynamit. Ich muss die Zündschnur abreißen, bevor das Ganze mit einem großen Knall explodiert!

Ich stehe vor der Wohnung und springe mit der rechten Schulter voran mit voller Wucht gegen die Tür. Im gleichen Moment wird sie von innen aufgemacht – und ich klebe wie eine 55-Cent-Briefmarke am gegenüberliegenden Schuhschrank in der Diele. Nach einem kurzen Moment des Verdattertseins machen sich die beiden Skinhääds zusammen mit Mehmet und Eminanim an die Arbeit.

Das Abkratzen der Briefmarke vom Schuhschrank geht einfacher vonstatten als erwartet, da die ganzen Möbel in der Wohnung zwecks längerer Reise abgedeckt worden waren. Überall ausgebreitete Laken, man hat das Gefühl, in einem Leichenschauhaus zu stecken, inmitten lauter eingehüllter Toter!

Zusammen mit dem Laken ziehen die mich vorsichtig – wie nach dem Sonnenbrand abgestorbene Haut – vom Schrank ab und legen mich behutsam aufs Sofa, das ebenfalls in weiser Voraussicht gegen alle möglichen Übel eingehüllt ist.

»Huch, Herr Engin, Sie sind aber ein stürmisches Kerlchen! Sie haben mir eine Heidenangst eingejagt, so wie Sie durch die Tür gekommen sind«, kichert einer der beiden Skinhääds und lächelt mich sehr sympathisch und höchst freundlich an.

Bei Allah, was soll denn jetzt diese komische Tour?

Die bösen Glatzen spielen auf einmal den netten Nachbarn, damit ich meine Aussage zurücknehme!

Ich bin völlig sprachlos!

»Frau Engin, Ihr Mann strotzt ja geradezu vor Männlichkeit! Kommt er abends immer mit so viel Elan ins Haus? Ich könnte schreien vor Glück, wenn mein Mann auch so temperamentvoll wäre. Huch, unser Cappuccino läuft über«, kreischt er und huscht in die Küche.

Ich bin etwas sprachlos, nicht nur, weil ich eben mit etwa zweihundert Stundenkilometern einen Frontalzusammenstoß mit einem viertürigen Schuhschrank hatte, sondern weil ich völlig baff bin angesichts der unglaublichen Freundlichkeit des Skinhääds. Ich bin zurzeit nicht auf dem neuesten Stand der Forschung. Vielleicht ist es ja schon so weit, dass männliche weiße Ziegen schwarze Elefanten gebären können – aber einen ausländerfreundlichen und sympathisch lächelnden Nazi kriegen sie auch mit noch so viel Genmanipulation sicherlich nicht hin. Vorher werden wahrscheinlich erst noch Krebs und Aids besiegt.

»Osman, diese beiden jungen Männer sind unsere Nachbarn Marcel und Lothar. Heute Mittag sind sie aus ihrem Ferienhaus in der Toscana zurückgekommen«, ruft meine Frau, die den Grund meines etwas stürmischen Überfalls natürlich sofort durchschaut hat. »Schau doch, wie hübsch die beiden ihre Wohnung eingerichtet haben – alles in Rosa! Auch die Wände. Ist das nicht herrlich, so möchte ich meine neue Wohnung auch haben«, strahlt sie mich an. In dem Moment entdecke ich verblüfft, dass der nette Marcel nicht nur eine polierte Glatze, sondern auch einen langen, gepflegten Zopf hat.

»Osman, du glaubst gar nicht, wie nett unsere neuen Nachbarn Marcel und Lothar sind«, schwärmt meine Frau weiter. »Wir kommen ganz wunderbar miteinander aus. Wir haben sogar schon Rezepte ausgetauscht. Und Marcel hat mir ein Päckchen italienischen Bio-Risottoreis geschenkt. Heute Abend mache ich uns toscanische Spezialitäten. Es soll herrlich schmecken«, plappert Eminanim wie ein Wasserfall ohne Luft zu holen weiter, um mir genug Zeit zu geben, meinen bösen Schock einigermaßen zu verdauen.

Mehmet ist da viel direkter, er sagt auf Türkisch:

»Vater, die beiden haben zwar Glatzen, sind aber Gott sei Dank keine Faschos – nur ein bisschen schwul.«

Ich atme erleichtert auf – so viel Taktgefühl, dass er diesen Satz auf Türkisch sagt, hätte ich Mehmet gar nicht zugetraut.

»Dann sind sie als Mörder hochgradig verdächtig, weil Skinhääds Schwule hassen, obwohl die Hälfte von denen bestimmt selber schwul ist. Genauso wie sie Sozialhilfeempfänger hassen, obwohl sie selber von der Stütze leben.«

»Osman, unsere beiden netten Nachbarn werden uns auch helfen, die Pizzeria von unserem Schwiegersohn zu schmücken, wenn sich die zwei frisch Verliebten dort übermorgen verloben«, verkündet Eminanim wie beiläufig.

»Welche zwei frisch Verliebten werden sich denn in Luigis Laden verloben?«, frage ich völlig verdutzt. »Unsere neuen netten Nachbarn Marcel und Lothar?«

»Nein, Marcel und Lothar doch nicht. Die haben schon längst geheiratet – in Dänemark. Ich hab mir eben die ganzen schönen, romantischen Fotos angesehen. Ich meine natürlich unsere beiden Küken, Zeynep und Luigi.«

»Frau, du siehst doch, dass ich mich von meinem ersten Herzinfarkt noch nicht richtig erholt habe. Was soll denn jetzt dieser Blödsinn? Willst du mich auch unter die Erde beziehungsweise in die Tiefkühltruhe bringen, oder was?«

»Reg dich nicht auf, Osman, die beiden Kinder haben es so entschieden. Als Mutter kann ich diesem fröhlichen Anlass doch nur zustimmen.«

»Bei Allah, wir wissen noch nicht mal, ob dieser Italiener mit seinen Sizilianer-Schuhen ...«

»Wir wissen, dass dieser Italiener ein sehr lieber und

hübscher Junge ist. Er ist enorm fleißig und hat einen eigenen, gut gehenden Laden.«

Es ist mir ja bekannt, dass die türkischen Mütter noch versessener darauf sind, ihre Töchter zu verheiraten, als die Töchter selbst! Deshalb sehe ich in meiner jetzigen Verfassung von einem Kampf ab – erst recht in einer fremden Arena.

»Ist mir doch egal, macht doch, was ihr wollt. Verloben ist ja nicht gleich heiraten«, nuschele ich und grinse siegessicher, da ich ja zum Glück die Aufnahmen von den beiden Luigis in der Hinterhand habe, die ich, wenn es hart auf hart kommt, auf den Tisch knallen kann.

»Osman, ich muss dir noch was sagen, ich habe eben aus Versehen die ganzen Filmaufnahmen aus unserem Keller gelöscht!«

Wie gesagt, ich weiß ja schon länger, dass die türkischen Mütter noch schärfer darauf sind, ihre Töchter zu verheiraten, als die Töchter selbst. Aber dass sie so weit gehen, ohne mit der Wimper zu zucken einen Mörder als Schwiegersohn zu akzeptieren und dabei auch noch tatkräftig alle Spuren und Beweise zu beseitigen, das hätte ich nicht gedacht!

Ich verabschiede mich von meinen neuen netten Nachbarn und verspreche Marcel hoch und heilig, dass ich auf jeden Fall bald eines seiner toscanischen Öko-Gerichte probieren werde. Er verspricht mir ungefragt, den Verlobungssaal meiner Tochter Zeynep bildhübsch zu gestalten. Sein Mann Lothar meint, ich sei bei ihnen in der Wohnung immer willkommen, nur solle ich das nächste Mal etwas leiser eintreten und die Füße abputzen.

Ich gehe nach unten zum Auto, um Adolf wieder zu seinem Ruheraum in unserem Keller zu begleiten. Das war doch ein sehr anstrengender Tag für eine Leiche. Eminanim meinte vorhin, die Polizei hätte stundenlang Spuren gesucht und würde bestimmt so schnell nicht wiederkommen.

Kaum habe ich mit viel Mühe den Adolf aus dem Ford-Transit gezerrt und an die Motorhaube gelehnt, um den Wagen abzuschließen, sehe ich Knochenhauer und Beinbrecher um die Ecke biegen.

»Herr Engin, haben Sie Ihre Teppiche schon umgetauscht?«, will er als Erstes wissen.

Ich nicke stumm, weil ich keinen Ton herausbekommen kann.

»Warten Sie, wir helfen Ihnen, sie reinzutragen.«

Knochenhauer lädt sich das Bündel am Kopfende auf die Schulter, Beinbrecher fasst es an den Beinen, und ich laufe in der Mitte. Nach nur drei Schritten klingelt ein Händy. Selbst nach mehrmaligem Bimmeln machen weder Knochenhauer noch Beinbrecher irgendwelche Anstalten, in ihre Taschen zu fassen.

Bei Allah, das ist das Händy von Adolf! Jetzt habe ich den Salat! Dass dieser Idiot auch gerade dann angerufen wird, wenn ihn zwei Polizisten auf den Schultern tragen, ist doch unglaublich!

Ich dachte, Mehmet hat den Kerl durchsucht! Wegen so einer Dummheit erwischt zu werden, ist doch mehr als beschämend!

»Oh, Verzeihung, das ist ja mein Händy, wie peinlich«, tue ich überrascht, greife mit der linken Hand in die Tasche und hoffe, dass das lästige Summen aufhört, bevor die beiden Wind davon bekommen.

»Nein, Herr Engin, das ist mein Händy«, ruft Kommissar Knochenhauer und fischt mit der freien Hand das Schreckgespenst heraus.

Ich atme total erleichtert auf! Mir fallen riesengroße Steine vom Herzen – größer als der Adolf auf unseren Schultern.

Aber meine Freude währt nicht lange.

»Herr Engin, die Kollegen haben neue Erkenntnisse gesammelt. Ich muss Sie leider sofort mit aufs Präsidium nehmen. Wir haben einen Hinweis, dass Sie Ihren Nachbarn Dominique Nachtigall getötet haben!«

Mit schlotternden Knien folgen Adolf und ich den beiden zum Polizeiwagen. Den Adolf verstauen sie in dem großen Kofferraum des BMW, mich auf dem Rücksitz – und rasen los!

Don Osman im Kreuzverhör

Heute gehe ich wie alle anderen ordentlichen Verbrecher ganz normal durch die vordere Tür in das Polizeigebäude. Adolf muss diesmal im Auto bleiben. Was ich ausgesprochen totenfeindlich finde! Igorr darf hier ja schließlich auch zu jeder Tages- und Nachtzeit ein und aus gehen.

Oben im Flur sehe ich voller Entsetzen die Skinhääds, die ich so schön verpetzt habe, direkt auf mich zukommen. Ich drehe mich auf der Stelle um und bewundere den frisch gebohnerten Linoleumboden. Aber der größere von den beiden – der mit dem Gullydeckel – erkennt mich sofort und rennt auf mich zu.

»Hiiilfee, Mördeeerr, die Nazis wollen mich umbringen«, kreische ich und versuche wegzurennen, werde aber von dem Gullydeckel leider geschnappt:

»Waldemar, hab keine Angst. Die Bullen können dir nichts anhaben. Uns mussten sie ja auch wieder gehen lassen«, tröstet er mich. Gott sei Dank kennen sie mein Gesicht, aber nicht meinen wahren Namen, und sie wissen auch nicht, wo ich wohne.

»Das kann doch nicht wahr sein! Die lassen euch wirklich wieder frei, oder was?«, staune ich, und im gleichen Augenblick wundere ich mich über meine Verwunderung: Eine Krähe hackt der anderen doch kein Auge aus!

Aber bevor der Skinhääd was erwidern kann, zerrt mich Kommissar Knochenhauer in sein Büro zum Verhör. Ich hoffe von ganzem Herzen, dass er und Beinbrecher dabei ihren Namen keine Ehre machen werden. Ich möchte nicht morgen in der Zeitung die typischen Polizeimeldungen lesen: »Der Beschuldigte fiel etwas unglücklich vom Stuhl und brach sich das Bein und drei Rippen«. Oder: »Der Beschuldigte wollte das Fenster öffnen, um Luft zu schnappen, und fiel dabei zwei Stockwerke nach unten. Leider brach er sich dabei das Genick«.

»Herr Engin, die Skinhääds haben Sie erkannt, nicht wahr?«, stellt Knochenhauer wahrheitsgemäß fest.

»Ich sagte Ihnen ja bereits, dass sie tagelang unser Haus belagert haben.«

»Und die beiden haben ausgesagt, dass sie in Ihrem Keller eine Leiche gesehen haben«, macht sein Kollege Beinbrecher weiter.

»Die sie selbst zu uns reingeschmuggelt haben. Das habe ich Ihnen auch schon erzählt.«

»Sie reden von Rudolf Meyerdierks, wir aber meinen Dominique Nachtigall, Ihren vermissten Nachbarn Adolf!«

»Dürfen denn Rudolfs einfach so gekillt werden, Adolfs aber nicht? Nach über sechzig Jahren genießt dieser Name also immer noch eine gewisse Immunität?«

»Wie meinen Sie das?«

»Ich meine, vielleicht brauchen die Behörden noch zusätzliche sechzig Jahre, um an Adolf-Morde neutral und frei von Emotionen ranzugehen. Eine zeitliche Distanz ist in vielen Fällen genauso hilfreich wie eine räumliche.«

»Verzeihung, Herr Engin, ich muss gestehen, ich verstehe überhaupt nicht, wovon Sie reden«, unterbricht

Kommissar Beinbrecher meinen kriminalpsychologischen Vortrag und macht demonstrativ das Fenster auf. Ich verstehe das Zeichen sofort! Ob unten schon Reporter auf mich warten?

»Machen Sie bitte das Fenster zu, dann werde ich noch deutlicher.«

»Frieren Sie etwa?«, sagt er und schließt widerwillig das Fenster.

»Ja, ich zittere die ganze Zeit.« Einen Sturz von einem Stuhl kann man nämlich überleben, aus dem Fenster hingegen kann die Sache aber schon ganz schön brenzlig werden.

»Also, was ich die ganze Zeit sagen will, ist: Auch Nazis können Adolfs abmurksen! Umso mehr, wenn sie schon Parteigenossen wie Rudolf über die Klinge in die Tiefkühltruhe springen lassen.«

»Herr Engin, die beiden Skinhääds, die Sie von ihrem Fenster aus beobachtet haben, sind auf keinen Fall die Mörder von Rudolf Meyerdierks. Das steht schon mal fest. Die beiden hatten lediglich die Aufgabe, dessen Leiche zu entsorgen, und haben sie in Ihrem Keller deponiert. Weil sie der Überzeugung waren, dass Sie ihren Kameraden Dominique Nachtigall getötet und auch in Ihrem Keller versteckt haben.«

»Mit der Leiche von Rudolf wollten sich die beiden sozusagen an Ihnen wegen Adolf rächen«, mischt sich nun auch Kommissar Knochenhauer wieder in das Gespräch ein.

»Aber Adolf war bei denen genauso unbeliebt wie Rudolf. Das habe ich bei der Wahlveranstaltung der RNU von vielen Leuten gehört.«

»Das stimmt, das haben wir auch herausbekommen. Aber was wollten Sie eigentlich da?«

»Wie jeder verantwortungsvolle Bürger wollte ich mich vor der Wahl über deren politisches Grundsatzprogramm informieren.«

»Bei der Wahlveranstaltung einer rechtsradikalen Partei?«

»Ich habe keine Vorurteile, man muss jedem eine Chance geben.«

»Wie auch immer, die beiden Skinhääds haben mit dem Mord an Rudolf nichts zu tun. Wir haben von denen einige sachdienliche Hinweise zur Tat bekommen, auch wenn sie glauben, dass sie nichts verraten haben. Unsere Kollegen gehen im Augenblick diesen Spuren nach. Herr Engin, was wir Ihnen vorwerfen, ist …«

»Ich denke, ich sollte ohne meinen Anwalt nichts mehr sagen!«

»Sie meinen, über Ihren toten Nachbarn in Ihrem Keller?«

»Ich habe keinen toten Nachbarn in meinem Keller!«

»Gut, dann ist es besser, Sie rufen Ihren Anwalt an!«

»Ich hab leider auch keinen Anwalt.«

»Sie könnten aber gut einen gebrauchen.«

»Können Sie mir einen Rechtsanwalt empfehlen? Na ja, das lassen wir lieber, so rechts möchte ich den Anwalt dann auch wieder nicht haben.«

»Spätestens, wenn wir die Laborergebnisse von der Spurensicherung aus Ihrer Wohnung bekommen, brauchen Sie einen Rechtsanwalt. Die beiden Skins haben nämlich unabhängig voneinander bis ins kleinste Detail geschildert, wie und wo Dominique Nachtigall in Ihrer Tiefkühltruhe lag. Und dass Sie ihn zwischenzeitlich weggeschafft und danach wieder zurückgebracht haben. Bemerkenswerterweise kurz bevor wir Ihre Wohnung durchsucht haben.«

»Erstens stimmt das alles nicht, und zweitens, wenn das stimmen würde, spricht das mehr gegen Sie als gegen mich.«

»Sie geben also zu, dass Ihr Nachbar, Herr Dominique Nachtigall, bei Ihnen im Keller war?«

»Ich gebe gar nichts zu! Seitdem wir in diese Wohnung eingezogen sind, haben wir mehr Publikumsverkehr im Haus als Sie hier im Polizeipräsidium. Da kann er natürlich genauso gut bei uns im Keller gewesen sein. Unser Hausmeister Warmbier hat auch des Öfteren beobachtet, dass dieser Adolf nachts völlig besoffen nach Hause gekommen ist, seine Schlüssel nicht finden konnte, auf der Straße randaliert hat und schließlich über das Fenster in unserem Keller, weil unser Kellerfenster ja direkt neben der Haustür ist, in seine Wohnung ging. Ein paarmal soll er dort unten sogar eingeschlafen sein. Eine unmögliche Situation, mit der keiner der Nachbarn so richtig glücklich war. Besonders, wenn man bedenkt, dass er in seinem Zustand jedes Mal ganz schön hässliche Parolen gegrölt hat.«

»Sie meinen, alle Bewohner des Hauses hätten genug Gründe, um Dominique Nachtigall kaltzumachen und in die Tiefkühltruhe zu stecken? Ist das nicht eine recht heftige Reaktion für ein paar Nächte Randale?«

»Ich persönlich habe diesen Adolf ja noch nie gesehen – weder tot noch lebendig. Und soviel ich weiß, gibt es ohne Leiche keinen Mord! Und dass der Kommissar Beinbrecher jetzt schon wieder das Fenster öffnet, ändert auch nichts mehr daran! Jedenfalls nicht an Adolfs Verschwinden.«

»Öhem ... ich wollte doch nur ein bisschen frische Luft schnappen, hier drin ist es sehr warm, ich schwitze ja schon«, murmelt Beinbrecher verlegen.

Ein Polizist klopft leise an und steckt seinen Kopf durch den Türspalt. Die Kommissare sehen sich an und gehen raus auf den Flur. Ihre Schritte entfernen sich. Auf diese Gelegenheit habe ich schon lange gewartet und mache mich schleunigst an die Arbeit. Schnell hole ich mir die Akte Nowosibirsk heraus. Ich bin gespannt, ob Cädilläc-Lui dem Kommissar schon wieder einen Schlüssel oder zur Abwechslung einige schlanke Frauen unter der Tür durchgeschoben hat.

Nein, in Nowosibirsk nichts Neues! Enttäuscht stelle ich die Akte zurück. Die Schritte kommen wieder näher. Ich laufe sofort zurück zum Stuhl, nehme meine alte Position ein und setze einen völlig gelangweilten Gesichtsausdruck auf. Gerade noch rechtzeitig, dann geht die Tür auf und – Mehmet kommt rein!

»Mehmet, was machst du denn hier?«, rufe ich total überrascht.

»Dasselbe wie du«, sagt er, und hinter ihm kommen auch schon die beiden Kommissare rein. »Ich erzähle den Polizisten auch schon die ganze Zeit, dass wir bestimmt keine toten Adolfs bei uns beherbergen.«

»Herr Engin, so wie es die beiden Skinhääds geschildert haben, soll Dominique Nachtigall auch noch drei Kugeln im Kopf gehabt haben«, gibt Kommissar Knochenhauer noch ein Detail preis, auf das wir möglichst überrascht reagieren sollten.

»Bei Allah, drei Kugeln im Kopf, sagen Sie? Der arme Junge«, rufe ich.

»Wie sollen wir mit einer Waffe, die wir nicht haben, jemanden erschießen, der nicht da war?«, fragt Mehmet höchst schlitzohrig.

»Mit anderen Worten: keine Leiche, keine Tatwaffe, kein Verdacht! Wollen Sie uns etwa noch länger hierbehalten?«, werde ich konkreter.

»Sie können gehen, meine Herren«, kommt als Antwort – höchst widerwillig.

Kurz vor der Tür halte ich plötzlich an. Mit der rechten Handfläche klatsche ich mir gegen die Stirn und lasse meine Kralle dort einige Sekunden ruhen. Mache dabei ein sehr nachdenkliches Gesicht, drehe mich langsam um, nehme die Hand von der Stirn und hebe sie hoch, während ich sie gleichzeitig langsam ausstrecke, als würde ich damit die beiden Polizisten begrüßen wollen. Und in dieser Stellung verharre ich einen Moment lang. In dieser Stellung könnte ich ein Leben lang verharren!

Bei Allah, ich danke dir, dass ich diesen Tag noch erleben durfte! In einem echten Mordfall, mit wirklichen Kriminal-Kommissaren und verschwundenen Leichen, diese tolle ›Colambo‹-Abschiedsszene spielen zu dürfen, ist das Höchste der Gefühle für einen ›Colambo‹-Dschankie wie mich. Jetzt können sie mich ruhig schnappen und abführen! Ob als Zeuge, Mörder oder Leiche, das ist mir völlig egal!

Um die Szene komplett zu machen, sozusagen wegen des i-Tüpfelchens, sage ich in gleichgültigem Ton:

»Ach, Sör, ich hätte da noch eine Frage ...« So, als wäre mir in dieser Sekunde was Unwichtiges eingefallen, was den Verlauf der Geschichte aber in Wirklichkeit auf den Kopf stellen oder zumindest nachhaltig verändern könnte – aber dem ich anscheinend nicht die gebührend große Bedeutung beimesse. Nur mir fällt leider absolut nichts ein, was ich fragen könnte! Ich hab mich so sehr auf meine schauspielerische Leistung konzentriert, dass ich den Text völlig vergessen habe. Nein, ich hab den Text nicht vergessen – ich hatte überhaupt keinen! Es ging nur um diese Szene und um diesen einen Satz, um den emotionalen Olymp zu erklimmen.

»Ja bitte, Herr Engin?«, erkundigt sich Kommissar Knochenhauer neugierig.

»Könnte es denn nicht sein, dass Adolf sich selbst umgebracht hat?«, frage ich, weil mir nichts Besseres einfällt.

»Selbstmord mit drei Kugeln im Kopf? Wir sind doch nicht in der Türkei«, lacht der Kommissar.

»Warum nicht?«, mischt sich mein Sohn Mehmet ein. »Wahrscheinlich wollte er gerade seine Waffe reinigen – Vollautomatik, Mauser, Drittes Reich –, da bekam er einen Herzanfall, dadurch einen Krampf im Arm, und die Vollautomatik gibt gleich drei Schüsse hintereinander ab: Tak, tak, tak!«

»Haben Sie keine besseren Theorien?«, fragt Knochenhauer und verzieht den Mund.

»Doch, was halten Sie denn von der? Der Adolf war sehr stark in seinen Nachbarn Abdullah-Ibrahim verliebt! Hatte aber im Rausch seiner gigantischen Nationalgefühle einen Wan-Neit-Ständ mit seinem Nazi-Kumpel Rudolf. Onkel Abdullah nahm ihm das sehr übel und zog kurzerhand beleidigt aus dem Haus aus. Das wiederum hat Adolf total verletzt, und er erschoss sich!«

»Und anschließend hat er sich mit drei Kugeln und mehreren Knochenbrüchen selber zur letzen Ruhe in die Tiefkühltruhe gelegt, nicht wahr?«

»Vielleicht hat auch Onkel Abdullah ihn erschossen!«

»Sonst noch was?«

»Ja, eins hab ich noch: Rudolf erschoss Adolf und dann sich selbst!«

»Ich glaube, so viel Breinstorming reicht für heute«, unterbreche ich die lebhafte Diskussion. »Herr Kommissar, lassen Sie uns doch übermorgen weitermachen.«

»Wie meinen Sie das, sollen wir Sie dann wieder vorladen?«

»Nein, nein, ich lade Sie ein. Ich lade Sie hiermit recht herzlich zur Verlobungsfeier meiner Tochter Zeynep ein. Dort können wir dann alle möglichen Mordtheorien in aller Ruhe durchgehen. Das Schöne dabei ist, wenn ich mich dort die ganze Zeit mit Ihnen unterhalte, kann meine Frau mich nicht ständig zum Bauchtanz auffordern.«

»Danke für die Einladung, ich komme gerne«, ruft er uns hinterher.

Mein Sohn Mehmet und ich gehen ziemlich erleichtert die Treppen nach unten und verlassen zügig das Polizeipräsidium.

»Vater, ich bin mit dem Wagen gekommen. Dort steht unser Transit«, sagt Mehmet und deutet auf Franz-Josef, der uns auch in dieser schweren Stunde treu zur Seite steht.

»Warte mal, lass uns doch erst mal unseren Teppich und die Wäsche abholen«, rufe ich und laufe zum Polizei-Parkplatz.

»Sind die in der Reinigung?«

»Nein, die stecken im Kofferraum von Kommissar Knochenhauers BMW!«

Zum Glück ist der Kofferraum nicht abgeschlossen. Mein Teppich ist ihm nicht wertvoll genug.

Schneller als der eiskalte Wind, der über den Parkplatz weht, löse ich die vielen Knoten und rolle unseren Teppich heraus.

Mehmet verfolgt mit großen Augen atemlos das seltsame Geschehen und bekommt keinen Ton heraus.

Dann murmelt er unsicher:

»Jetzt sind überall im Kofferraum deine Fingerabdrücke!«

»Das macht nichts. Dieses Paket habe ich doch vorhin zusammen mit den beiden hier deponiert«, kläre ich ihn auf und drücke ihm unseren Teppich in die Hand. Hoffentlich nimmt mir Adolf nicht übel, dass ich ihn jetzt hier alleine zurücklasse. Er hat sich ja inzwischen so daran gewöhnt, tagtäglich, von früh bis spät, mit mir zusammen durch die Gegend zu ziehen. Aber so eine Spritztour mit der Polizei gefällt ihm sicher auch ganz gut. Schwungvoll schnappe ich mir auch noch die dreckige Wäsche und sage:

»Komm, mein Sohn, lass uns nach Hause fahren. Deine Mutter macht sich sicherlich schon Sorgen, was mit ihrer dreckigen Wäsche passiert ist!«

Omas zu verschenken

Zwei Tage später wirft meine Frau mich frühmorgens brutal aus dem Bett.

»Osman, du bist wirklich unmöglich! Heute ist die Verlobungsfeier deiner Tochter, und du liegst hier immer noch faul rum!«

»Was ist los, ich muss heute nicht arbeiten«, murmele ich schlaftrunken und versuche wieder ins Bett zu klettern.

»Nichts da, du stehst sofort auf! Du gehst jetzt gleich zur Bank und hebst ein paar hundert Euro ab. Sogar unsere Nachbarn Marcel und Lothar machen sich mehr Gedanken über die Verlobungsfeier als du! Schäm dich, du Rabenvater!«

»War mir schon klar, dass ich mit diesen neuen rosaroten Nachbarn kein Fußball zusammen gucken werde!«

»Ich bin sehr zufrieden mit den beiden Süßen von unten. Hoffentlich wird Allah uns so schnell nicht wieder trennen.«

»Allah vielleicht nicht, aber Kommissar Knochenhauer könnte eurem jungen Glück schon bald ein jähes Ende bereiten!«

»Auf keinen Fall! Die haben mit dem Mord an Adolf und Rudolf noch weniger zu tun als ich, das sieht man doch!«

»Ich konnte nichts sehen, die hatten alles unter diesen weißen Laken versteckt.«

»Du konntest nichts sehen, weil du mit deinen Hörnern im Schuhschrank gesteckt hast.«

In dem Moment fängt das Haus wieder an zu vibrieren. Man sieht zwar die Schwarzarbeiter nicht – was anderes schickt mir mein Kumpel Sükrü ja aus Prinzip nicht –, aber hören tut man diese Kerle sicherlich noch drei Straßen weiter. Zum Glück wüten sie zurzeit in irgendeinem anderen Zimmer unserer Wohnung und nicht im Bad – ich muss doch gleich Geld *abheben*!

Ich schnappe mir aus einem der herumliegenden Werkzeugkästen Hammer und Meißel – in normalen Wohnungen gibt es überall Blumentöpfe, bei uns Werkzeugkästen – und mache mich an meinen Säyf beziehungsweise an die Badezimmerfliesen.

Diesmal gehen die Dinger leider nicht mehr so leicht von der Wand ab, weil die mittlerweile bombenfest kleben. Mir bleibt nichts anderes übrig, als die neue Fliese kaputt zu hauen.

Bei Allah, es ist aber kein Geld dahinter! Sie haben nicht nur das Geld mitgenommen, sondern auch das Loch! Verdammt, ich hätte mir besser merken müssen, hinter welcher Fliese ich meinen Reichtum versteckt habe! Ich haue noch eine Fliese raus – wieder nichts! Das ist ja hier wie bei Schiffeversenken.

Zum Glück fällt der Lärm nicht weiter auf, nur das Badezimmer sieht nicht mehr so schön aus. Aber ich muss zugeben, es ist total spannend. Es ist genauso prickelnd wie Rubbellotto. Nur, dass es nicht so leicht von der Hand geht und ziemlich viel Staub aufwirbelt.

Bei der neunten Fliese stoße ich endlich auf das ersehnte Geld, berge glücklich den Schatz und stopfe alles in meine Arbeitstasche. Wie alle Gold- oder Ölbohrer hinterlasse ich eine verseuchte und verwüstete Trümmerlandschaft, für die ich dann auch nicht verantwortlich gemacht werden will.

»Schon wieder eine Stundensitzung auf dem Klo?«, empfängt mich eine leicht verärgerte Eminanim mit zusammengezogenen Augenbrauen.

»Wieso, ich komme doch gerade von der Bank. Hier hast du 15 000 Euro für die Feier von deiner Tochter heute Abend.«

»15 000 Euro? Bist du verrückt? Wie ist das möglich? Hast du etwa die Bank ausgeraubt?«

»Du siehst, so gleichgültig ist mir die Verlobung meiner Tochter auch wieder nicht. Mit diesem Geld können sie später auch die Hochzeit finanzieren.« – Oder die Kaution!

»Osman, das ist ja klasse! Danke, mein Schatz! Du bist der beste Ehemann, den ich je hatte!«

»Und diese 15 000 Euro sind für dich, meine teuerste Eminanim. Damit kannst du die nicht enden wollenden Renovierungen bezahlen und viele neue Möbel kaufen.« – Oder für die Rechtsanwälte blechen.

»Ich fass es nicht, 30 000 Euro! Wo hast du denn das viele Geld her?«

»Diese paar Notgroschen habe ich für solche Tage all die Jahre gespart.« An der Lüge stirbt man nicht – manchmal aber an den Nebenwirkungen.

»Mein Gott, wie sieht denn mein Badezimmer schon wieder aus?«, kreischt sie dann, als sie mein Werk entdeckt.

»Eminanim, ich hab mich längst daran gewöhnt«, beruhige ich sie, »der eine Handwerker macht's – der andere macht's kaputt! Das müsstest du doch jetzt auch schon wissen, oder?« – Manchmal ist es schon sehr vorteilhaft, wenn die Handwerker kein Deutsch verstehen.

»Aber wieso um Himmels willen? Die Wand sah doch gut aus.«

»Vielleicht haben sie eines ihrer Werkzeuge oder die Zigaretten in der Wand vergessen. Aus diesem Grund öffnen sogar Ärzte einige ihrer Patienten ein zweites Mal.«

»Na ja, jetzt habe ich keine Zeit, das alles sauber zu machen. Wir müssen diese Kisten sofort in Luigis Laden transportieren.«

»Bei der Gelegenheit kann ich ja auch die neue Tiefkühltruhe hinbringen.«

»Wieso, was soll er denn damit?«

»Ich denke, die kann er in der Pizzeria ganz gut gebrauchen. Sie ist sozusagen mein ganz persönliches Verlobungsgeschenk.« – Die gehört ihm ja sowieso.

»Du bist aber heute großzügig. 15 000 Euro und dazu noch eine Tiefkühltruhe.«

Meine Frau hat so viele Sachen gepackt, als würden wir mit der ganzen Familie in Luigis Pizzeria einziehen. Ich muss drei Mal hin und her fahren – und das mit einem riesigen Transit. Unglaublich, aber wahr: Eminanim will sogar in einem Restaurant selber groß aufkochen.

»Wir können den vielen Gästen doch nicht nur trockene Pizza vorsetzen«, meint sie, ganz die türkische Mama.

Gegen Mittag, nach dem letzten Transport, lerne ich dann endlich meinen zukünftigen Schwiegersohn Luigi Di Vincenzo kennen. Früher haben die Töchter den Bräutigam, den der Vater für sie bestimmt hatte, erst bei der Verlobung oder in der Hochzeitsnacht zu Gesicht bekommen. Heutzutage wird den Vätern erst nach der Hochzeitsnacht der Schwiegersohn vorgestellt, den die Tochter selbst ausgesucht hat. Ich muss sagen, meine Tochter hat einen sehr hübschen Schwiegersohn für mich ausgesucht. Er ist zwar etwas kurz geraten, sieht aber überhaupt nicht wie ein Mörder aus. Aber welcher Mörder sieht denn schon wie ein Mörder aus, wenn ich Herrn Knochenhauer zitieren darf?

»Osman, beeil dich, du musst noch Marcel und Lothar abholen«, quengelt meine Frau, die mir auch nicht eine Sekunde Verschnaufpause gönnt.

»Eminanim, hast du dir das auch gut überlegt? An deiner Stelle würde ich den Marcel auf keinen Fall hierherbringen, falls du den hübschen Luigi noch ein paar Tage als Schwiegersohn behalten willst.«

Aber meine Frau nimmt von mir außer Geld nichts an – schon gar nicht einen gut gemeinten Rat! Was sich im Nachhinein auch als sehr weise herausstellt. Denn Marcel und Lothar zaubern aus diesem langweiligen Pizzaladen ein wahres Märchenschloss: Mit ihren tausend Tüchern und Kerzen in allen möglichen Farben, mit kleinen Figürchen und Vasen und mit kitschigsten Fotos aus der Toscana, die ein Diaprojektor unaufhörlich an die Wand projiziert. Und in dem hübschen Kleid von Marcel mit vielen Rüschen und Spitzen sieht meine Tochter Zeynep wie eine wunderschöne Prinzessin aus. Aber ich muss dafür noch tausendmal hin und her fahren. Mal haben sie ein pinkfarbenes Nähgarn zu Hause vergessen, mal muss ich für sie unbedingt irgendwelche Glitzerstoffe besorgen. Die spannen sogar unseren Hausmeister Warmbier in die Vorbereitungen ein. Der ist für das Grobe zuständig und muss mit mir zusammen Tische und Stühle durch die Gegend schleppen.

»Papa, Papa, ich hab endlich mein psychologisches Gutachten«, brüllt plötzlich meine Tochter durch den ganzen Laden.

»Seit wann braucht man denn zum Heiraten ein psychologisches Gutachten?«, frage ich völlig verwirrt und etwas gestresst.

»Papa, komm zu dir, nicht alle deine Töchter sind scharf aufs Heiraten. Ich bin's, Nermin. Ich kann mir heute endlich einen Hund ausleihen.«

»Heute? Am Verlobungstag deiner Schwester? Tickst du nicht mehr richtig?«

»Trifft sich doch gut, heute kann ich meinen süßen Hund gleich mit allen Leuten bekannt machen!«

»Nermin, lass mich in Ruhe mit deinem Köter! Heute habe ich ohnehin bereits eine Weltumrundung mit dem Wagen hinter mir.«

»Das hast du mir aber versprochen! Wenn Zeynep einen Mann kriegt, kriege ich einen Hund!«

»Aber nicht am selben Tag! Zieh endlich Leine!«

»Will ich ja, aber dafür musst du mich zuerst ins Tierheim fahren.«

»Würde ich ja gerne, aber du musst deine Mutter fragen, ob sie mich für eine Stunde entbehren kann«, schiebe ich die Entscheidung auf Eminanim, die in dieser Situation auf mich als Organisator natürlich auf keinen Fall verzichten wird.

»Ja, Osman, tu mir und ihr den Gefallen. Fahr bitte sofort wieder weg«, sagt sie genervt, »hier behinderst du nur die Leute bei der Arbeit!«

»Öhm, Nermin, … ich glaube, deine Mutter hat nichts dagegen, dass ich einen Moment wegfahre«, murmele ich.

In der Hoffnung, dass sie bis zur Hochzeit endlich einen eigenen Führerschein hat, kutschiere ich Nermin mal wieder bis ans Ende der Stadt. Bis zu Zeyneps Hochzeit natürlich! Dass meine feministische Tochter Nermin niemals heiraten wird – jedenfalls keinen Mann –, ist mir längst klar!

Die Leiterin des Tierheims ist begeistert, dass wir es geschafft haben, mit allen notwendigen Unterlagen dort wieder zu erscheinen.

»Viele Leute haben nicht mal den Nerv für das bisschen Papierkram«, sagt die Cheftierschützerin lobend, »wie sollen die da bloß mit einem sensiblen Tier klarkommen? War doch nicht so schwer, oder?«

Meine Tochter freut sich noch viel mehr und kann es kaum noch erwarten, jetzt alle Hunde anschauen zu dürfen, um ihren Traumprinzen zu finden.

»Tut mir leid, mein Kind, das geht nicht so einfach«, wird sie von der netten Dame sofort gebremst.

»Wieso denn nicht?«, fragen wir beide ziemlich verständnislos.

»Sie müssen den Hund nehmen, der jetzt dran ist. Das geht der Reihe nach.«

»Okäy, ich bin mit jedem Hund einverstanden. Geben Sie mir jetzt endlich einen«, bettelt Nermin sie förmlich an.

»So geht das aber auch nicht, mein Kind, wir haben hier ganz klare Richtlinien!«

»Aber wieso denn nicht?«, frage ich diesmal noch einen Tick geschockter, obwohl die Dame mit »mein Kind« nicht unbedingt mich gemeint haben muss.

»Wir haben hier nun mal sehr lange Wartelisten. Denken Sie etwa, Sie sind die einzige Tierliebhaberin in dieser Stadt?«

»Also gut, ich komme morgen wieder«, gluckst Nermin verzweifelt.

»Schauen Sie, wir haben auf der Liste noch einhundertsiebenundzwanzig Leute vor Ihnen, die alle schon sehr lange darauf warten, einen unserer begehrten Hunde ausführen zu dürfen.«

»Das kann doch nicht wahr sein«, brüllt Nermin und fängt an zu heulen. »Seit Wochen plage ich mich damit ab, die verdammten Voraussetzungen zu erfüllen! Ich war beim Seminar, ich war beim Psychologen, ich hab mich gegen Staupe impfen lassen. Was muss ich denn noch machen?«

»Ich vermute, so acht, neun Monate müssen Sie sich schon gedulden, mein Kind.«

»Waaas? Acht, neun Monate? Sind Sie wahnsinnig geworden?«, platzt mein sonst sehr geduldiges Kind am Ende heraus und fängt an zu schnaufen.

»Ich finde neun Monate Wartezeit nicht ganz so schlimm«, versuche ich die Wogen zu glätten. »Bis dahin macht deine Schwester Zeynep bestimmt ein süßes Baby, mit dem darfst du dann spazieren gehen.« Mit diesen Worten zerre ich Nermin ganz schnell nach draußen, bevor sie die Frau noch beißt.

»Papa, ich hatte mich so darauf gefreut, bei Zeyneps Verlobung mit einem süßen Hund zu erscheinen«, schluchzt Nermin.

»Ich weiß, mein Kind, die armen Hunde sind jetzt bestimmt genauso traurig wie du, dass sie diese hochinteressante italo-türkische Märchenverlobung verpassen«, tröste ich sie und gebe Gas, damit ich sie nicht selbst verpasse. Das würde mir meine Frau nie verzeihen.

»Papa, kannst du bitte kurz rechts ranfahren und vor dem Gebäude dort anhalten?«, kreischt Nermin plötzlich und zeigt mit dem Finger auf ein Haus, vor dessen Tür zwei alte Damen mit ihren Dackeln spazieren gehen.

»Nermin, bist du verrückt geworden? Du kannst doch nicht den armen Omis einfach ihre Hunde klauen. Du hast doch – zumindest von außen betrachtet – wenigstens eine einigermaßen intakte Familie, aber diese alten Damen haben außer ihren Kötern niemanden auf der Welt! Sie würden jämmerlich daran zugrunde gehen, wenn du ihre Hunde entführst!«

»Papa, spinnst du, was denkst du denn über mich? Das hier ist ein Altersheim. Oma Weißbrot wohnt hier. Wenn ich schon keinen Hund ausleihen kann, dann will ich wenigstens eine Oma spazieren führen.«

»Das geht nicht! Du hast doch gesehen, wie schwierig es ist, einen Hund auszuborgen. Wenn du dich aber um einen Menschen kümmern willst, musst du jahrelang studiert haben. Das werden sie dir nie erlauben. Dafür musst du schon warten, bis ich so alt bin.«

Aber sie springt einfach raus und rennt los. Ich renne sofort hinterher. Ich muss das dumme Kind erreichen, bevor sie aus dem Altersheim hochkantig rausgeschmissen wird.

Im Foyer sehe ich völlig überrascht Frau Weißbrot mit noch drei weiteren alten Damen zusammensitzen. Sie ist nicht weniger überrascht als ich:

»Herr Engin, das ist ja nett, dass Sie mich mal besuchen kommen«, freut sie sich wie ein kleines Kind.

»Vielleicht will der ja auch hier einziehen«, freut sich die taktlose Dame neben ihr über mein Erscheinen! »Dann haben wir endlich mal wieder einen Mann hier.«

»Er ist nicht so alt, wie er aussieht«, verteidigt mich Frau Weißbrot wie eine Löwin. Ich weiß nicht, ob ich mich über dieses Kompliment freuen soll?

In dem Moment höre ich, wie die Leiterin des Altersheims ruft:

»Da sitzen sie alle, suchen Sie sich eine aus, die Ihnen gefällt.«

»Wie, kann ich mir sofort eine aussuchen? Muss ich denn nicht vorher irgendwelche Papiere unterschreiben? Eine Schulung machen oder Impfungen?«, stottert Nermin, über so viel Entgegenkommen und Vertrauen selber überrascht.

»Was für Papiere? Warum denn? Nehmen Sie ruhig eine von unseren Damen gleich mit!«

»Wollen Sie nicht mal meinen Ausweis sehen?«, fragt Nermin.

»Wozu?«

»Aber das geht doch nicht! Man kann doch nicht so respektlos mit den alten Damen umspringen«, greife ich ein, »wir müssen sie doch mal fragen, ob sie überhaupt einverstanden sind.«

»Mein Gott, jetzt machen Sie doch keinen Staatsakt daraus. Nehmen Sie schon eine Oma mit, oder zwei.«

»Frau Weißbrot, hätten Sie Lust, jetzt gleich mit zu der Verlobung meiner Schwester Zeynep zu kommen?«, fragt Nermin unsere ehemalige Nachbarin.

»Selbstverständlich komme ich mit. Wenn du wüsstest, wie langweilig es hier ist«, freut sie sich wie ein Bäby.

»Wir kommen auch mit, wir kommen auch mit«, springen die drei anderen Damen ebenfalls freudestrahlend hoch.

»Darf ich auch vier Omas mitnehmen?«, fragt Nermin die Heimleiterin etwas zaghaft.

»Kein Problem, nehmen Sie so viele mit, wie Sie wollen«, ruft sie gönnerhaft.

»Vielleicht dauert die Feier ja bis spät in die Nacht. Wie lange darf ich denn mit den Omas wegbleiben?«, fragt Nermin verunsichert.

»Ist mir völlig egal! So lange, wie Sie wollen. Wenn Sie keine Lust mehr haben, dann stellen Sie sie einfach wieder bei uns vor der Tür ab.«

Die Mörderparade

Zeyneps Verlobungsparty ist eine Riesensause! Es lässt sich natürlich viel unbekümmerter feiern, wenn man im Keller keine Leiche mehr hat. Meine Tochter Zeynep ist auch überglücklich, weil sie denkt, ich sei deshalb so häppy, weil sie unsere Familie um einen echten Mafioso bereichert hat.

Luigis kleine Pizzabude ist hoffnungslos überfüllt. Die Gäste sitzen zusammengepfercht wie die Hühner in einer Legebatterie. Aber was heißt hier »Gäste«? Auf türkischen Feiern besteht die Hälfte des Publikums aus Schnorrern, die kein Mensch eingeladen hat und die nur kommen, um sich umsonst den Bauch vollzuschlagen. Apropos Bauch. Es gibt hier nicht mal genügend Platz, um einen anständigen türkischen Bauchtanz zum Besten zu geben.

Unser Nachbar Marcel hängt schon die ganze Zeit wie eine Klette an Luigi. Ich hatte Eminanim aber gewarnt. Jetzt bin ich natürlich umso mehr gespannt, mit wem Luigi die Verlobungsfeier später verlassen wird – mit Zeynep oder mit Marcel? Meine dankbare Tochter toleriert das Ganze zurzeit noch, weil Marcel aus diesem langweiligen Raum ein wahres Schmuckstück gemacht hat.

Außer den Schnorrern sind auch noch alle unsere Bekannten und Nachbarn anwesend. Eminanim hat ganze Arbeit geleistet. Ich sehe, wie Abdullah-Ibrahim und Oma

Weißbrot sich lautstark miteinander unterhalten. Hans und Sükrü prosten sich mit Bier gut gelaunt zu. Hausmeister Warmbier ist sichtlich froh über den Platzmangel, er tanzt ganz eng umschlungen mit Natascha. Sogar Herr und Frau Nachtigall tun so, als wenn sie gute Laune hätten. Unsere ehemaligen Nachbarn vom Karnickelweg 7b, Oma Fischkopf und Opa Prizibilsky, haben unsere Einladung auch gerne angenommen und beobachten mit strahlenden Augen die jungen Leute, die wie verrückt rumhüpfen und sich gegenseitig auf die Füße treten. Alle Freundinnen und Freunde unserer Kinder sind offenbar bester Laune. Mein Sohn Mehmet hat sich zur Feier des Tages sogar seine Haare gekämmt. Hatice und ein Dutzend andere Dreikäsehochs toben schon seit Stunden durch den Laden. Und Igorr scheint auch bester Laune zu sein. Bei Allah! Was macht denn der Fascho hier? Wer hat den denn eingeladen?

»Eminanim, Faschos stürmen unsere schöne Feier, ruf sofort die Polizei«, schreie ich aufgeregt.

»Nicht nötig, die sind doch schon da«, meint meine Frau und deutet mit dem Kopf auf die Kommissare Knochenhauer und Beinbrecher, die sich durch die Menschenmenge zu mir durchwühlen.

»Guten Abend«, ruft Igorr von Weiten.

»Guten Abend, Igorr«, stottere ich.

»Guten Abend, Frrau Engin, guten Abend, Herrr Engin«, sagt er, »oder soll ich lieberr Waldemarr sagen?«

Jetzt bin ich geliefert! Der Mistkerl weiß, wer ich bin!

»Vielen Dank für die Einladung, Herr Engin. Ach, übrigens, darf ich bekannt machen, das ist Igorr Popotschenkov«, stellt Kommissar Knochenhauer ihn vor.

»Ich kenne den Fascho ... ich meine, ich kenne den Igorr schon«, murmele ich völlig durcheinander.

»Nein, Sie kennen diesen Fascho nicht richtig«, lacht Knochenhauer. »Sie wissen nicht, dass er genauso wie ich Polizist ist.«

»Wie? Igorr ist auch noch Polizist?«

»Ja, Polizist ist er schon. Aber kein Fascho. Er ist unser Anderkawa-Agent, den wir in die rechtsradikale Szene eingeschleust haben.«

»Hurraaa, dann sind Sie es ja auch nicht?«, freue ich mich.

»Was bin ich nicht?«

»Ein Fascho!«

»Ich? Ein Fascho? Wie kommen Sie denn darauf?«

»Weil ich Sie beide zusammen mal zufällig gesehen habe. Sie können sich ja gar nicht vorstellen, wie erleichtert ich bin. Jetzt wird mir auch klar, warum Igorr mir nicht sofort an die Gurgel gegangen ist, als ich mal über die dummstolzen Nationalisten hergezogen bin.«

Mir fallen riesengroße Steine vom Herzen. Größer noch als Luigis Pizza Margherita – nur nicht so fettig!

»Sie warren auch sehrr gut, Herrr Engin. Sie warren besserre Nazi als Nazis selberrr!«

»Osman, lass uns doch endlich mit der Verlobung weitermachen«, brüllt mir meine Frau wegen der grauenhaft lauten Musik ins Ohr. Gleichzeitig gibt sie der Kapelle ein Zeichen, woraufhin schlagartig der ganze Lärm aufhört. »Als Brautvater musst du dem jungen Paar die Verlobungsringe anstecken«, sagt sie weiter.

Alle Leute klatschen erwartungsvoll Beifall und glotzen mich neugierig an.

»Warum macht das denn nicht der Bräutigamvater?«, frage ich aufgeregt.

»Weil der Bräutigam keinen Vater hat!«

»Wirklich, ist unser zukünftiger Schwiegersohn Luigi ein armes Waisenkind?«

»Nein, das nicht! Aber Luigis Eltern werden erst zur Hochzeit aus Sizilien anreisen, das ist doch logisch«, sagt sie und drückt mir zwei Ringe in die Hand.

»Frau Engin, vorher kriegen Sie erst mal ein paar Ringe von uns verpasst«, sagt Kommissar Knochenhauer und legt meiner Frau blitzschnell dicke Handschellen an. »Ich verhafte Sie hiermit, da Sie unter dem dringenden Tatverdacht stehen, Ihren Nachbarn, Dominique Nachtigall, ermordet zu haben«, brüllt er ganz schön laut durch den Saal.

Eminanim erstarrt vor Schreck zur Salzsäule. Die Menge zieht sich ängstlich zurück und klebt mucksmäuschenstill an der Wand. Auf einmal hätten wir in der Mitte des Raumes sogar genug Platz für Breikdänz. Aber die Lust auf Bauchtanz ist allen vergangen.

»Aber ... das dürfen Sie nicht machen«, stottere ich fassungslos. »Okäy, sie hat ihm mit Sicherheit ein paar Knochen gebrochen, aber zu der Zeit war Adolf bereits in der Hölle und bestimmt schon braun gebrannter als die ganzen Afrikaner, die er in den letzten Jahren gejagt hat.«

»Frau Engin, wir haben an Ihrer Kleidung viele DNS-Spuren von Dominique Nachtigall gefunden. Ihr Mann hat aber vor zwei Tagen behauptet, dass Sie ihm nie begegnet wären.«

»Ich habe schon immer befürchtet, dass ich den armen Jungen getötet habe«, bricht es plötzlich aus Eminanim heraus, »aber ich wollte das auf keinen Fall! Mein Gott, ich kannte ihn ja nicht mal.« Meine Frau sackt völlig saft- und kraftlos in sich zusammen – wie eine Luftmatratze, deren Stöpsel gezogen wurde. Dann kriegt sie einen Heulkrampf und stürzt zu Boden.

Unsere unbeschwerte Verlobungsfeier hat sich schlagartig in eine tragische Trauerfeier verwandelt. Niemand bewegt sich oder wagt ein Wort zu sagen.

»ICH habe Adolf getötet«, ruft plötzlich mein Sohn Mehmet und tritt zu uns in die Mitte des Raumes. »Herr Kommissar, auf meinem blau karierten Hemd, das Sie vor zwei Tagen mitgenommen haben, haben Sie sicherlich die Blutspuren von Dominique Nachtigall entdeckt, nicht wahr? Ich bin der Mörder! Es gibt auch viele Menschen, die bezeugen können, dass ich Adolf auf offener Straße des Öfteren gedroht habe. Nehmen Sie meiner Mutter bitte die Handschellen ab. Sie hat damit nichts zu tun. Mutter hat mir nur geholfen, die Leiche eine Zeit lang in der Tiefkühltruhe zu verstecken, daher die DNS-Spuren von Adolf an ihrer Kleidung. Das ist die Wahrheit und nichts als die Wahrheit!«

Unglaublich! Sogar in so einer Situation macht Mehmet Werbung für seine dämliche Zeitung!

Unsere Gäste sind etwas konsterniert, dass die Mutter und der Bruder der Braut plötzlich als gemeine Mörder dastehen. Selbst den Schnorrern ist der Appetit vergangen, und sie schauen ungläubig und verwirrt aus der Wäsche.

»Mehmet lügt, ICH habe Dominique getötet«, meldet sich ein ängstliches, dünnes Stimmchen, und wir sehen, wie sich meine hübsche Tochter Zeynep in ihrem wundervollen Verlobungskleid und mit Tränen in den Augen den

Polizisten stellt. »Weder meine Mutter noch mein Bruder haben etwas damit zu tun, Herr Kommissar. Ich war letztes Jahr eine Zeit lang mit diesem Dominique zusammen.« Ich traue meinen Ohren kaum. »Meine Eltern wussten nichts davon, damals wohnten wir noch am anderen Ende der Straße. Am Anfang dachte ich, seine Glatze hätte modische Gründe. Irgendwann habe ich dann mitgekriegt, dass er in Wirklichkeit ein Nazi ist. Und er bekam Probleme mit seinen Kumpels wegen mir. Unsere Beziehung ist daran zerbrochen. Ich wollte mich von ihm trennen. Er hat immer gesagt, er würde mit diesem schrecklichen Nazi-Kram aufhören. Aber ich wollte trotzdem nicht mehr. Er ist mir danach immer noch hinterhergelaufen. Kurze Zeit später habe ich Luigi kennengelernt. Dominique hat gedroht, Luigi was anzutun, wenn ich nicht wieder zu ihm zurückkomme. Eines Nachts bin ich dann zu ihm nach oben in die Wohnung, weil ich versuchen wollte, noch mal mit ihm zu reden. Er lag wie so oft besoffen im Bett. Ich hab das Gas an seinem Herd aufgedreht und bin schnell weggelaufen. Daran ist er gestorben. Das ist die ganze Wahrheit!«

»Bei Allah, das kann doch nicht wahr sein!«, schimpfe ich. »Plötzlich kommt raus, dass meine Frau und die Hälfte meiner Kinder gemeine Mörder sind! Hatice und Nermin, überlegt euch mal, ob ihr nicht in letzter Zeit auch jemanden getötet habt?«

»Herr Engin, Sie dürfen auf Zeynep nicht böse sein«, meldet sich auf einmal Luigi zu Wort. »Die Arme versucht doch nur verzweifelt, ihre Mutter und ihren Bruder zu schützen. Aber das hat sie in Wirklichkeit gar nicht nötig. Weder meine Schwiegermama noch mein Schwager Mehmet und schon gar nicht meine Verlobte Zeynep haben mit diesem Mord was zu tun. ICH bin der Mörder! Herr und Frau Nachtigall, glauben Sie mir, ich hatte das auf gar keinen Fall vor. Ich wollte Ihren Sohn nur mal zur Rede stellen, weil er nicht aufgehört hat, meine Freundin Zeynep zu belästigen. Ich bin durch das Kellerfenster ins Haus geklettert und wollte ihm vor seiner Wohnung auflauern. Da sah ich, dass er dort unten besoffen eingeschlafen ist. Kurz entschlossen nahm ich seine Bierflasche und knallte sie ihm auf den Kopf. Er war sofort tot. Damit der Verdacht nicht auf meine unschuldigen Schwiegereltern fällt, habe ich ihn dann nach oben bis vor seine Wohnungstür geschleppt. Das ist die Wahrheit! Herr Kommissar, ich bin bereit, wir können gehen! Zeynep, mein Liebling, ich hoffe von ganzem Herzen, dass du auf mich warten wirst, bis ich wieder aus dem Knast rauskomme!«

Ich stelle erstaunt fest, dass sich Luigis charmanter italienischer Akzent aus dem Staub gemacht hat. Als ich ihn gerade danach fragen will, zieht er es jedoch vor, mir zuerst zu erzählen, wohin Adolfs Leiche zwischenzeitlich verschwunden ist:

»Herr Engin, ich hab keine Ahnung, wer danach den Adolf in Ihrer Tiefkühltruhe geparkt hat. Aber als ich das entdeckt habe, habe ich die Leiche sofort mitgenommen, damit Sie wegen mir keine Scherereien mit der Polizei bekommen. Nachdem die Bullen Ihre Wohnung durchsucht hatten, habe ich die Leiche wieder zurückgebracht. Ich wusste, dass es nur eine Frage der Zeit sein würde, bis die Polizisten auch mich verdächtigen. Aber Ihre Tiefkühltruhe war schon mit einer anderen Leiche belegt. Deshalb habe ich dann extra auch noch meine eigene Tiefkühltruhe mitgebracht, damit Sie sich meinetwegen nicht noch in Unkosten stürzen müssen.«

Wenn ich den Luigi bald im Gefängnis besuche, werde ich ihm den dringenden Rat geben, in Zukunft bei solchen Anlässen auf keinen Fall spitze, weiße sizilianische Schuhe zu tragen, auch wenn sie noch so schick sind!

»Mein lieber Luigi, ich finde das sehr ehrenhaft von dir, dass du hier verzweifelt versuchst, deine hübsche Verlobte Zeynep zu retten. Aber das hast du doch gar nicht nötig. Denn weder Zeynep noch du haben mit dem Tod meines Sohnes Dominique etwas zu tun«, mischt sich plötzlich Herr Nachtigall in die undurchsichtige Diskussion ein und macht alles noch verworrener, als es ohnehin schon ist. »Herr Kommissar Knochenhauer, ich erzähle Ihnen ganz genau, wie es war: Ich bin wieder einmal zu meinem Sohn gegangen, um ihm zum tausendsten Mal zu sagen, dass er mit diesem Nazi-Schwachsinn endlich ein für alle Mal aufhören muss. In seiner Wohnung angekommen, war ich schockiert, als ich entdeckte, dass mein Junge seinem Leben lieber mit Gas ein Ende setzen wollte, als sich länger mit diesem Nazi-Pack abzugeben. Zum ersten Mal war ich so was wie stolz auf meinen missratenen Sohn. Ich hab im Flur geheult wie 'n Hund. Als ich wieder zu mir kam, habe ich sofort das Gas ausgedreht und die Fenster aufgemacht. Aber es war leider schon zu spät. Meine Trauer kennt keine Grenzen – ICH habe meinen eigenen Sohn auf dem Gewissen!«

Wir vernehmen einen herzzerreißenden Schrei, und Eminanim bekommt Gesellschaft auf dem Fußboden. Frau Nachtigall stürzt ohnmächtig zu ihr hinunter.

Abdullah-Ibrahim schnappt sich sofort eine große Wasserflasche, schüttet ihr den Inhalt ins Gesicht und ruft: »Frau Nachtigall, Frau Nachtigall, kommen Sie bitte zu sich. Das stimmt doch alles nicht. Ihr Mann trägt am Tod Ihres Sohnes überhaupt keine Schuld. ICH habe mich nämlich leider zu dieser brutalen Tat hinreißen lassen! Mein lieber Kommissar Knochenhauer, ich erzähle Ihnen mal, wie es wirklich war. Ich hatte in meiner alten Wohnung einen Teil meiner früheren Werke liegen lassen und ging nach der Spätschicht wieder in das Haus, um sie abzuholen. Da sah ich, dass dieser blöde, besoffene Nazi, der meiner Familie und mir das Leben mehrere Jahre lang zur Hölle gemacht hat – entschuldigen Sie bitte meine unkontrollierte Ausdrucksweise, Frau Nachtigall, Herr Nachtigall –, also, ich sah, dass dieser Dominique es wieder einmal nicht in seine Wohnung geschafft hat und im Treppenhaus eingeschlafen ist. Früher hat er in solchen Situationen vorher kräftig gegen meine Tür getreten und rumgebrüllt. Diesmal beförderte aber ich ihn mit einem kräftigen Tritt eine Etage tiefer, und er schlug mit dem Kopf auf dem Steinboden auf und brach sich bei dem Sturz unglücklicherweise das Genick. Dass er gleich stirbt, war wirklich nicht vorgesehen. Ich wollte nur meine jahrelang angestaute Wut loswerden. Herr Knochenhauer, bitte führen Sie mich ab, ich will nur noch meine Zahnbürste und mein Poesiealbum mitnehmen.«

Alle Achtung! Abdullah-Ibrahim nimmt seine Schriftstellerei inzwischen anscheinend todernst! In der Türkei gilt nämlich niemand als großer Dichter, wenn er nicht zuvor ein paar Jahre im Knast war. Aber es ist vorteilhafter, wenn die Schuld politischer Natur ist. Mord kommt nur gut, wenn man Räpper werden will.

»Herr Abdullah-Ibrahim Büyükcesme, stellen Sie sich bitte hinten an«, ruft auf einmal unser Hausmeister Warmbier unvermittelt dazwischen. »Meine lieben Herren Nachtigall, Engin, Knochenhauer und Beinbrecher: Seit Tagen lässt mir mein Gewissen keine Ruhe mehr, ich kann diese schwere Bürde auf meiner Seele nicht mehr ertragen. ICH bin der wahre Mörder von Dominique! Aber Gott weiß, dass ich ihn nicht umbringen wollte. Es sollte ihm nur eine Lehre sein, nie wieder im Treppenhaus in der eigenen Kotze seinen Rausch auszuschlafen. Keiner unserer Nachbarn hatte sich bisher getraut, ihm das ins Gesicht zu sagen. Mich als Hausmeister haben die Bewohner ständig für sein schändliches Verhalten verantwortlich gemacht.«

»Herr Warmbier, bitte geben Sie hier nicht so großspurig an, wie ein Scherriff, der die Stadt von Banditen gesäubert hat. ICH war derjenige, der Adolf kopfüber die Treppe runter und somit direkt ins Jenseits geschickt hat«, brüllt mein Kollege Abdullah-Ibrahim beleidigt und besteht immer noch auf seinem Recht, ein angesehener Schriftsteller werden zu dürfen.

»Von welcher Etage hast du ihn denn runtergeschubst?«, will der Hausmeister wissen.

»Von der ersten Etage bis ganz nach unten an die Kellertür«, sagt Abdullah-Ibrahim.

»Siehst du, da hatte ich ihn aber bereits von der zweiten Etage die Treppe runter in die erste befördert«, triumphiert Warmbier regelrecht. »Als ich deine Schritte hörte, habe ich mich sofort versteckt. Mein lieber Abdullah-Ibrahim Büyükcesme, du wirst höchstens wegen Leichenschändung belangt. Kommst bestimmt mit einer geringen Geldstrafe davon. Der Adolf war nämlich schon lange tot, als er in der ersten Etage ankam. Dann habe ich ihn, nachdem du auch noch deine Wut losgeworden bist, bis nach oben in sein Bett getragen, um die Polizei zu täuschen. Was ich im Nachhinein natürlich sehr töricht finde!«

Bei Allah, was für ein glückliches Händchen ich doch als Detektiv habe! Zum ersten Mal in meinem Leben betätige ich mich als Scherlok Holms, und schon melden sich ein Dutzend Menschen freiwillig als Mörder. Wieso habe ich mir eigentlich all die Tage so viel Mühe gemacht und Tag und Nacht mein Leben riskiert, um den Mörder zu fassen? Ich hätte es mir vor dem Fernseher gemütlich machen und Tee trinken sollen.

»Hören Sie auf, sich zu streiten, meine Herren! Das scheint hier ja eine richtige Mördergrube zu sein. Wie es aussieht, können wir jeden x-Beliebigen verhaften und liegen damit nicht falsch. Was den Mörder betrifft, habe ich jetzt die Qual der Wahl!«, brüllt Kommissar Knochenhauer und setzt der lebhaften Mörderparade ein jähes Ende, bevor die restlichen Gäste die Möglichkeit haben, sich auch als Totschläger zu auten.

Eigentlich ist das mit dem »alle verhaften« ja mein Spruch und war für die Nazi-Feier gedacht – nicht für unsere Verlobungsfeier!

Dann gibt Kommissar Knochenhauer das Wort an den Maulwurf:

»Bitte, Igorr, klär die Leute endlich auf.«

»Guten Abend, liebe Gäste und ...«

»... liebe Mörder«, rufe ich an seiner Stelle.

»Herrr Engin, nicht überrtrreiben, bitte. Liebe Gäste,

als wirr vor einigen Monaten den Hinweis bekamen, zwei aktive Nazis, nämlich Dominique Nachtigall und Rrrudolf Meyerrdierrks, würrden ihrren Ausstieg aus derr Orrrganisation planen, wollten wirr die beiden soforrrt in Sicherrheit brrringen. Ein anderrerr Nazi-Aussteigerr wurrde nämlich vorr sechs Monaten brrrutal errmorrrdet. Wirr hatten die Befürrrchtung, dass man wiederr einen Killerrr beauftrragen würrrde. Ich hatte die Aufgabe, Dominique Nachtigall zu beschatten, damit ihm nichts zustößt. In derr Nacht, in derr err starrrb, ging err sehrr betrrrunken nach Hause. Aus einigerr Entferrrnung sah ich, dass err seine Schlüssel nicht finden konnte und sich dann durrrch das offene Kellerrfensterrr von Herrrn Engin Zugang zum Haus verrrschafft hat. Ich wollte warrrten, bis sein Licht oben angeht. Aberrr es passierrte nichts. Deshalb bin ich nach einigen Minuten ihm hinterrherrr in den Kellerr gekletterrrt. Da lag err. Err war auf dem nassen Boden ausgerrrutscht und böse mit dem Kopf aufgeschlagen. Währrend ich ihn noch unterrrsuchte, hörrte ich Schritte drraußen vorrr dem Haus und verrsteckte mich soforrt, in derrr Hoffnung, den Auftrragskillerrr endlich zu fassen.

Aberr stattdessen kam derrr Pizzabäckerr Luigi Di Vincenzo zum Fensterrr herrein. Den kannte ich wegen seinerr Eiferrrsuchtsprrobleme mit Dominique Nachtigall schon etwas längerr. Und Herrr Di Vincenzo hat vorrhin worrtwörrtlich die Wahrrheit errrzählt. Err schnappte sich Dominiques Bierrrflasche und knallte sie ihm auf den Kopf. Dann hat err ihn nach oben ins Trrreppenhaus geschleppt und ist in panischerrr Angst weggelaufen. Ich bin soforrt wiederr zu Dominique gegangen. Als ich ihn wegtrrragen wollte, hörrte ich Schrrritte oben im Trreppenhaus. Ich habe mich errrneut verrsteckt. Herrr Warrrmbierr kam aus seinerr Wohnung und verrpasste Dominique, ohne zu zögerrn, einen Trritt, genauso wie err es eben errrzählt hat. In dem Moment hörrte ich, wie unten die Haustürrr geöffnet wurrde, und Herrr Warrmbierrr verrrsteckte sich genauso wie ich. Aber anstelle des von mirr errrhofften Killerrs kam Herrr Abdullah-Ibrrrahim Büyükcesme die Trreppe hoch. Derr beförrrderrte Dominique noch mal eine Etage tieferr. Als errr weg warr, hat derr Hausmeisterr Warrrmbierr Dominique soforrrt nach oben in dessen Bett getrragen. Ich harrrte immerr noch unterrr derr Trreppe aus. Etwa eine halbe Stunde späterr hörrrte ich wiederr jemanden im Trrreppenhaus. Die Tochterr von Herrrn Engin, Zeynep Engin, schlich sich nach oben in Dominiques Wohnung. Sie hatte offenbarrr einen Wohnungsschlüssel. Ein paarr Sekunden späterr rrrannte sie überstürrzt aus dem Haus, nachdem sie, wie sie eben selbst errrzählt hat, den Gashahn aufgedrreht hat. Als Letzterrr kam dann auch noch Herrr Nachtigall ins Haus. Dazu brrrauche ich eigentlich nichts weiterrr zu errrzählen. Err hat vorrhin alles wahrrheitsgemäß geschilderrrt. Ich habe dann noch bis halb sieben gewarrtet, ob zurr Abwechslung auch mal ein Prrofikillerrr seine Aufwarrtung macht, aberr bis dahin kam niemand mehrrr.«

»Wer ist denn nun von diesen Leuten der Mörder meines Sohnes?«, platzt Frau Nachtigall heraus.

»Keiner«, sage ich, »soweit ich Igorr Popotschenkovs Bericht richtig gefolgt bin, hat er noch nichts von einem Schuss erzählt. Besser gesagt von drei Schüssen, die Ihren Sohn letzten Endes getötet haben.«

»Als unsere Kollegen die Leiche Dominique Nachtigalls am nächsten Tag aus seiner Wohnung holen wollten, war sie nicht mehr da«, ergreift diesmal Kommissar Knochenhauer das Wort. »Und als wir zwei Tage später endlich einen Durchsuchungsbefehl für Herrn Engins Wohnung hatten und das ganze Haus auf den Kopf stellen konnten, hatte Luigi Di Vincenzo die Leiche, die unten im Keller war, bereits hier in seinem Laden versteckt, wie wir eben erfahren haben. Herr Engin, die Skinhääds waren der festen Überzeugung, dass Sie deren früheren Kameraden Dominique getötet haben. Deshalb haben sie Ihnen Drohbriefe geschrieben und die Leiche von Rudolf Meyerdierks bei Ihnen im Keller abgestellt, um Sie in Schwierigkeiten zu bringen. Aber zum Glück, dank Ihrer Prostata …«

»Herr Knochenhauer, das ist aber sehr nett, dass Sie hier vor tausend Gästen meine Prostata erwähnen.«

»Öh, Entschuldigung, ich meine, dank Ihrer schwachen Blase konnten Sie die beiden Leichenträger ja dann identifizieren. Durch die bruchstückhaften Hinweise, die wir aus den beiden herauspressen konnten, und natürlich durch die jahrelange harte Arbeit meines fleißigen Kollegen Igorr Popotschenkov sind wir an die Hintermänner der Mordserie gelangt. Und gestern Nacht haben die Kollegen in Dresden endlich auch den Auftragskiller gefasst, der die ganzen Nazi-Aussteiger ermordet hat.«

»Der Mörder meines Sohnes ist also schon gefasst?«, ruft Frau Nachtigall.

»Nein, nur der Mörder von Rudolf Meyerdierks!«, sagt Knochenhauer.

»Aber wer hat denn nun meinen Dominique getötet?«, kreischt sie.

»Frau Nachtigall, wir haben die Leiche Ihres Sohnes noch nicht. Ich hatte gehofft, dass ich, wenn ich vorgebe, Frau Engin zu verhaften, an Informationen komme, wo sich die Leiche befindet. Aber stattdessen haben sich plötzlich sechs mutmaßliche Mörder gestellt.«

»Herr Knochenhauer, bitte, ich verstehe das alles nicht. Bitte sagen Sie mir doch klipp und klar, wer der Mörder meines Sohnes Dominique ist. Bitte, ich flehe Sie an«, sagt Frau Nachtigall inzwischen mit etwas festerer Stimme.

»Niemand«, ruft Igorr dazwischen.

»Wie, niemand?«, fragt sie verwirrt. »Allein in diesem Raum sind schon mindestens sechs Mörder!«

»Frrau Nachtigall, als Ihrr Sohn betrrrunken in den Kellerr gesprrungen ist, ist err ausgerrrutscht und mit dem Kopf auf den harrrten Betonboden geschlagen. Als ich bei ihm ankam, warr err leiderrr schon tot!«

»Was heißt das, er war schon tot?«, fragen alle mutmaßlichen Mörder gleichzeitig – und nicht nur die.

»Tot eben. Toterr geht's nicht mehrrr!«

»Sie meinen, wir haben auf der Treppe völlig unnötig ...«

»Ja!«

»Auch die ganzen Schuldgefühle völlig unnötig ...«

»Ja!«

»Auch die Höllenangst, lebenslänglich im Knast zu landen, war völlig unnötig?«

»Ja!«

»So ganz stimmt das alles aber nicht. Wir haben schon einen richtigen Mörder unter uns«, rufe ich laut in die Runde.

Jetzt schauen zur Abwechslung mal die drei Polizisten doof aus der Wäsche.

»Es war im Keller nicht einfach nur nass, wie Igorr eben gesagt hat«, fahre ich mit meinem Vortrag fort, »der Adolf ist nicht auf Wasser, sondern auf hinterhältig dort ausgeschüttetem Olivenöl ausgerutscht und hat sich bei seinem Sturz das Genick gebrochen. Irgendjemand hat dieses Olivenöl genau aus diesem Grund in unserem Keller ausgeschüttet. Ein Südländer wie ich riecht Olivenöl hundert Meter gegen den Wind.«

»Was meinen Sie damit, Herrr Engin?«, fragt Igorr, seiner Sache diesmal nicht mehr ganz so sicher.

»Das, was ich gesagt habe! Jemand wollte, dass Adolf ausrutscht und sich das Genick bricht!«

»Herr Engin, sind Sie sich da ganz sicher?«, ruft Kommissar Knochenhauer skeptisch.

»Ja, wir haben einen weiteren Mörder unter uns! Diesmal aber den echten!«

Die Polizisten schauen sich ungläubig an, der dicke Beinbrecher läuft aber vorsichtshalber sofort zur Tür, um mit seiner Körpermasse den Fluchtweg zu versperren. Was völlig grundlos ist, alle sind nämlich wie versteinert.

»An dem Tag, als wir in unsere neue Wohnung eingezogen sind und am Nachmittag diesen Adolf tot in unserem Keller vorgefunden haben, ist mir nämlich sofort aufgefallen«, sage ich weiter, »dass seine Schuhsohlen sehr fettig waren. Fettiger als Luigis Pizzas. Aber der Boden war völlig sauber. Weder Öl noch Blut! Und meine Frau Eminanim hat zufällig ein paar Stunden vorher gesehen, wie jemand mit einem Eimer Seifenwasser nach unten ging, um alles sauber zu machen …«

»Aber Osman, ich hab doch nur Frau Weißbrot gesehen. Du meinst doch wohl nicht …«, sagt Eminanim verständnislos.

»Doch, ich meine Frau Weißbrot. Sie ging nach unten, um die Spuren zu beseitigen. Du warst völlig begeistert: ›Die alte Dame von oben hat unseren Keller gewischt, was für nette neue Nachbarn wir doch haben‹, hast du gejubelt. Einige Stunden später bist du dort auf Adolf gestoßen. In Deutschland helfen sich Nachbarn nicht grundlos!«

»Aber Osman, du weißt doch, dass ich die Tür nicht öffnen konnte, weil Dominiques Leiche von hinten dagegen gelehnt war. Wie soll die schwache Frau Weißbrot das geschafft haben?«

»Du konntest sie nicht öffnen, weil unsere Kellertür manchmal klemmt und du wegen dem Pfefferbrot völlig außer dir warst, als du dort ankamst.«

»Herr Knochenhauer, Herr Engin hat völlig recht. Es hat keinen Sinn, es zu leugnen. Ich habe die Ölspuren unten in seinem Keller beseitigt«, sagt Oma Weißbrot sehr leise. »Ich werde also bald vom Altersheim ins Gefängnis umziehen. Ich befürchte, ich werde den Unterschied nicht mal merken!«

»Frau Weißbrot, Sie sind aber nicht die Mörderin«, sage ich. »Sie haben nicht das Öl in unserem Keller ausgeschüttet!«

»Doch, ICH war's!«, röchelt sie.

»Also noch eine Möchtegern-Mörderin«, ruft der dicke Beinbrecher von der Tür zu uns rüber.

»Einspruch! Frau Weißbrot war es nicht!«, brülle ich. »Frau Weißbrot, Sie sind entlassen. Ich rufe hiermit Natascha in den Zeugenstand.«

»Herr Engin, wir sind hier nicht im Fernsehen ...«, ermahnt mich Kommissar Knochenhauer.

Natascha steht sowieso schon die ganze Zeit mit großen Augen in nur zwei Metern Entfernung von mir und kommt sofort einen Schritt näher.

»Frau Natascha, sagen Sie bitte den Polizisten, was Sie mir gestern Abend erzählt haben«, fordere ich sie auf.

»Guten Abend, meine Herren«, ruft Natascha, »mein richtiger Name ist nicht Natascha, sondern Silke. Natascha ist nur mein Künstlername. Ich bin hauptberufliche Gunstgewerblerin mit allen Zertifikaten und gültigem Bockschein. Herr Engin und ich hatten uns vor einiger Zeit im Treppenhaus kennengelernt, als ich gerade von meinem Termin bei Herrn Warmbier kam. Gestern trafen wir uns zufällig wieder auf der Straße, und er fragte mich, ob er mich zu einem Döner einladen dürfe. Daraufhin fragte ich ihn, woran es wohl liegen mag, dass in seinem Haus alle alten Männer meine Dienste mit Naturalien bezahlen wollen? Herr Engin vermutete, dass ich über Herrn Warmbier reden würde. Ich meinte aber einen richtig alten Greis, der mich vor ein paar Wochen ziemlich niveaulos im Treppenhaus angemacht hat, als ich wieder mal bei Herrn Warmbier zur Visite war.«

»Frau Silke, wie wollte dieser ältere Herr Sie bezahlen?«, frage ich meine Zeugin.

»Mit einer Flasche billigem Olivenöl, die er gerade zufällig in der Hand hatte und mit der er in den Keller unterwegs war. Er sagte, im Zweiten Weltkrieg hätten sie in Russland die Frauen auch mit Butter und Zigaretten bezahlt. Ich solle mich nicht so anstellen und mit in den Keller kommen.«

»Danke, Frau Silke, Sie sind damit als Zeugin entlassen«, rufe ich und gehe rüber zu Oma Weißbrot: »Frau Weißbrot, es ist ehrenwert, dass Sie das Ansehen Ihres Gatten nicht beschmutzen wollten. Aber es war nun mal so. Ihr Mann, Alois Weißbrot, der vor kurzem verstorben ist, ist der WAHRE Mörder von Adolf.«

Ich nehme ihr die Dose, die mit viel Pfeffer und wenig Asche gefüllt ist und die sie immer bei sich hat, aus der Hand, halte sie in die Höhe und rufe:

»Kommissar Knochenhauer, den Mörder von Dominique Nachtigall brauchen Sie nicht weiter zu jagen! Er steckt hier drin: Er heißt Alois Weißbrot!«

Die Oma fängt an zu schluchzen:

»Mein armer Alois wollte ihn nicht töten. Er wollte ihn nur erschrecken, damit er nicht immer so viel Lärm macht. Mein Mann hatte das Öl ein paar Tage vor seinem Herzinfarkt in Herrn Engins Keller ausgeschüttet. Später war mir das in meiner Trauer völlig entfallen. Als ich dann plötzlich die vielen Möbelwagen sah, erinnerte ich mich daran und lief sofort in den Keller, um das Öl aufzuwischen, bevor die neuen Nachbarn darauf ausrutschen. Aber als ich in den Keller kam, lag schon der Dominique tot auf dem Boden.«

»Herr Engin, kommen Sie bitte mal mit nach draußen«, sagt Knochenhauer, und ich gehe mit den drei Polizisten endlich an die frische Luft.

»Herr Knochenhauer, als Igorr gesagt hat, dass Adolf nicht an den drei Kugeln, sondern an seinem Sturz gestorben ist, da stand der Mörder für mich sofort fest.«

»Tolle Leistung, Herr Engin. Sie hätten Polizist werden sollen!«

»Danke für das Kompliment. Sie können mich ja einstellen.«

»Wer weiß, vielleicht komme ich irgendwann auf Ihr Angebot zurück. Aber Ihr Meister Viehtreiber glaubt jetzt schon, dass Sie Polizist sind. Er hat erst vor ein paar Tagen in meinem Büro angerufen und nach Ihnen verlangt.«

»Mein Meister aus Halle 4 ruft bei Ihnen an?«, frage ich total überrascht.

»Ja, er meinte, er hätte nur die Rückruftaste betätigt, nachdem Sie ihn angerufen haben.«

»Eigenartig, wie ist das möglich? Wie kommt der nur auf solche Gedanken?«, murmele ich.

»Ja, ja, das ist alles sehr eigenartig. Damit aber nicht genug, Herr Engin, gestern haben wir einen Menschenhändlerring hochgenommen. Der Chef der Bande, Cädilläc-Lui, behauptet steif und fest, dass er mir einen Schlüssel für ein Schließfach im Hauptbahnhof, in dem sich 100 000 Euro befanden, unter der Bürotür durchgeschoben hat, damit ich seine Firma in Ruhe lasse. Übrigens genau an dem Tag, an dem Ihr Meister mich in meinem Büro angerufen hat. Cädilläc-Lui wirft mir vor, ich hätte mir sein Geld unter den Nagel gerissen und ihn trotzdem hopsgenommen. Er hätte das Vertrauen in die Polizei verloren. Apropos 100 000 Euro, diese tolle Feier heute Abend ist bestimmt auch nicht billig, mit Kapelle und so viel Essen, nicht wahr, Herr Engin?«

»100 000 Euro sagen Sie? Bei Allah, warum bietet mir niemand so viel Geld an? Wenn ich so viel Geld hätte, würde ich als Erstes den armen Bahnhofspennern 1000 Euro schenken. Dann würde ich natürlich meiner Tochter für Verlobungs- und Hochzeitsfeier mindestens 15 000

Euro geben. Meine Frau würde genauso viel bekommen, damit sie in der neuen Wohnung so viel renovieren kann, wie sie lustig ist. Für mich selber würde ich gar nichts haben wollen. Ja, den Rest, also 69 000 Euro, würde ich diesem Verein ›EXIT‹ spenden! Das ist eine gute Sache. Die kümmern sich um Jugendliche, die aus dem Nazi-Sumpf raus wollen, unter dem Motto: *Alles aussteigen, der Scheiß endet hier.*«

»Herr Engin, wenn Sie in meiner Position wären, hätten sie das Geld auch nicht angenommen. Ach, übrigens, ich heiße gar nicht Knochenhauer«, sagt er.

»Sind Sie etwa auch ein Anderkawa-Agent wie Igorr?«, frage ich überrascht.

»Nein, aber solange wir an diesen beiden sehr heiklen Fällen recherchiert haben, mussten wir uns auch Künstlernamen zulegen, so wie Frau Natascha.«

»Und wie heißen Sie in Wirklichkeit?«, frage ich völlig neugierig.

»Ich heiße mit Nachnamen Blümchen.«

»Hans-Egon Blümchen, klingt sehr hübsch«, grinse ich.

»Aber lassen wir das erst mal, Herr Engin. Was ich Ihnen eigentlich sagen wollte, ist, wir wissen inzwischen, dass der Killer von Rudolf, den wir jetzt in Dresden gefasst haben, den Auftrag dazu hatte, auch Adolf zu ermorden. Wir wissen, dass er ihm in seiner Wohnung drei Kugeln in den Kopf geschossen hat, weil er dachte, er würde schlafen. Und zwar kurz nachdem Inspektor Popotschenkov das Haus verlassen hatte. Außerdem wissen wir, dass er das blutige Bett sauber gemacht hat und danach die Leiche in Ihrem Keller deponiert hat, um seine Spuren zu verwischen. Bei dem Durcheinander an Ihrem Umzugstag ist das wohl niemandem aufgefallen. Aber ohne die Leiche von Dominique Nachtigall können wir weder den Mord noch den Auftrag dazu beweisen, weil uns, wie gesagt, die Leiche und die drei Kugeln im Kopf als Beweisstücke fehlen«, sagt Kommissar Knochenhauer, ich meine Blümchen, und schaut dann verzweifelt in den dunklen Nachthimmel. »Herr Engin, ich würde sofort kreuz und quer durch ganz Deutschland fahren oder bis in die Türkei zu Fuß laufen, wenn ich nur wüsste, wo ich Adolfs Leiche finden kann.«

»Aber Herr Kommissar, warum in die Ferne schweifen, wenn der Tote liegt so nah?«, rufe ich und mache seinen Kofferraum auf.

Ich bedanke mich herzlich bei diesen lieben Superdetektiven:
Helene Gustschew, Eva-Maria Prokop, Ralph von Richthoven und Inspector Colambo.
Ohne sie hätte ich meinen ersten Fall niemals lösen können!

Osman Engin im dtv

www.osmanengin.de

»Bei Engin bekommen alle ihr Fett weg und den Spiegel vorgehalten. Boshaft, kritisch, ironisch und witzig.«
Ramesch

Kanaken-Gandhi
Roman
ISBN 978-3-423-20476-7
»Engin erzählt in seinem ersten Roman in rasantem Tempo die aberwitzige Geschichte einer Abschiebung. Der ›Kanaken-Gandhi‹ beweist, dass Engins Humor langstreckentauglich ist.« *taz*

GötterRatte
Roman
ISBN 978-3-423-20708-9
Ein zwerchfellerschütterndes Beziehungsdrama.

Oberkanakengeil
Geschichten aus dem deutschen Alltag
ISBN 978-3-423-20631-0
Irrwitzige Geschichten eines ungeheuer integrationsversessenen türkischen Mitbürgers.

Don Osman
Neue heimtürkische Geschichten
ISBN 978-3-423-20799-7
»Osman Engin auf seine ›heimtürkische‹ Weise ist eine Bereicherung für die deutsche Satire-Szene und längst nicht mehr aus den Bücherregalen wegzudenken.« *Istanbul Post*

West-östliches Sofa
Neue Geschichten von Don Osman
ISBN 978-3-423-20908-3
Realsatiren zwischen Orient und Okzident – frei nach Goethe.

Getürkte Weihnacht
Illustrationen v. Til Mette
ISBN 978-3-423-20931-1
Ein Weihnachtsbuch der anderen Art, in dem Don Osman sich bemüht, das große Familienfest nach dem Vorbild der »Eingeborenen« zu feiern.

Don Osman auf Tour
Urlaubsgeschichten
ISBN 978-3-423-20996-0
Das etwas andere Urlaubsbuch: In unnachahmlicher Manier erzählt Don Osman von seinen Reiseerlebnissen.

Tote essen keinen Döner
Don Osmans erster Fall
Kriminalroman
ISBN 978-3-423-21054-6
Die Engins ziehen um. Und das Erste, was sie in ihrer neuen Wohnung vorfinden, ist die Leiche des Neonazi-Nachbarn in ihrem Kellerabteil. Nun ist Mördersuche auf »osmanisch« angesagt.